판클라치온 7

최영채 판타지 장편 소설

초판 1쇄 찍은 날 § 2004년 12월 10일
초판 1쇄 펴낸 날 § 2004년 12월 20일

지은이 § 최영채
펴낸이 § 서경석

편집장 § 문혜영
편집 § 장상수 · 서지현 · 한지윤
마케팅 § 정필 · 강양원 · 이선구 · 홍현경

펴낸곳 § 도서출판 청어람
등록번호 § 제1081-1-89호
등록일자 § 1999. 5. 31
어람번호 § 제1-0564호

주소 § 경기도 부천시 원미구 심곡1동 350-1 남성B/D 3F (우) 420-011
전화 § 032-656-4452 팩스 § 032-656-4453
http://www.chungeoram.com
E-mail § eoram99@chollian.net

ISBN 89-5831-339-0 04810
ISBN 89-5505-885-3 (SET)

경채 판타지 장편 소설

판룡전

과격무쌍!! 바람의 파이터!!
바람같이 달려들어 번개처럼 관절을 꺾고 뼈를 뽑는다

7

귀향

완결

도서출판
청어람

목
차 1부 : 귀향(歸鄕)
7 귀향

제61장 하이 엘프 …7
제62장 종합 격투 아카데미 …35
제63장 동상이몽(同床異夢) …59
제64장 제로의 마지막 지도 …84
제65장 아쉬드의 고심 …116
제66장 전면전 …141
제67장 마지막 전투 1 …167
제68장 마지막 전투 2 …200
제69장 마지막 전투 3 …227
제70장 다시 대한제국으로……. …256

61장
하이 엘프

"쟌, 쟌? 정신이 들어요?"

셸은 간절한 심정으로 쟌의 이름을 불렀지만 쟌은 좀처럼 정신을 차리지 못했다.

셸이 운디네로 쟌의 전신을 씻겼는지 선혈의 흔적은 어디에도 찾아볼 수 없었지만 평소와는 달리 백지장처럼 창백한 안색을 한 쟌의 모습은 안쓰러워 보였다.

그도 그럴 것이 마지막 무방비 상태인 그에게 쏟아진 공격 마법은 보통 용병이라면 어느 것 하나만 맞아도 생명을 잃을 만큼 지독한 것이었다. 비록 충격을 줄이기 위해 순간적으로 몸을 최대한 동그랗게 만들었다고는 하지만 쟌이 받은 충격은 그야말로 어마어마했다.

벌써 만 하루가 지났지만 쟌은 아직까지도 정신을 차리지 못하고 있었다.

수심에 가득 찬 셸을 위로한 사람은 제론이었다.

"마담 가이야, 뭐라고 사죄의 말씀을 드려야 좋을지 모르겠습니다. 모든 것이 저 때문입니다. 제가 성을 떠나지만 않았어도 가이야 부단장이 이렇게 다치는 일은……."

"아니에요, 샤젤스 부단장님. 저는 결코 샤젤스 부단장님을 원망하지 않아요. 그건 쟌도 마찬가지일 거예요."

차분하지만 걱정이 가득한 셸의 음성을 듣는 순간 제론은 쟌에 대한 미안함 때문에 얼굴을 들 수 없었다. 동시에 이런 상황을 만든 케니에 대한 분노를 도저히 참을 수 없었다.

얄팍한 케니의 복수심 때문에 성을 출발한 열네 명의 용병 가운데 현재 살아남은 사람은 겨우 네 명, 아니, 셸까지 다섯 명밖에 되지 않았다. 게다가 목숨을 잃은 용병 가운데에는 쟌의 제자인 엘튼까지 포함돼 있었다.

아무리 진심으로 사과를 한다고 하더라도 이 일은 그저 말 몇 마디로 끝날 문제가 아니었다.

정신을 잃고 있는 쟌의 모습을 잠시 바라보던 셸은 조용히 일어나 휴식을 취하고 있던 조나단과 올리비에에게 다가갔다. 크고 작은 상처는 셸의 치료 마법에 의해 치료는 끝나 있었지만 꼬박 하루 동안 쉬지 않고 이동하느라 그들의 체력은 완전히 바닥이 난 상태였다.

"상처는 좀 어떤가요?"

"사모님께서 치료를 해주셔서 이미 나았습니다. 그저 조금 지쳤을 뿐이니 잠시만 쉬면 곧 괜찮아질 겁니다."

"프리스트께 보였으면 좋았을 텐데… 허벅지의 상처가 상당히 깊으니 조심하세요."

"명심하겠습니다."

그래도 불행 중 다행인 것은 올리비에가 큰 부상을 입지 않아 쟌을 업고 이동할 수 있었다는 점이다. 제론마저 왼팔에 깊은 상처를 입은 상태에서 만약 올리비에까지 부상을 입어 움직이기 불편했다면 셀로서는 쟌만을 구할 수밖에 없었다.

그녀에게 있어 쟌은 무엇보다 소중한 존재였다. 후일 쟌이 깨어났을 때 왜 다른 일행을 구하지 않았느냐는 원망을 그에게서 듣게 될지도 모르지만 그것은 나중의 일이었다. 쟌의 안전을 위해서는 무슨 짓이든 할 수 있을 것 같았다.

만약 이 지역 곳곳에 안티 마나 존이 설치되어 있지 않았다면 진작 이동 마법진을 이용해 성으로 복귀를 했을 것이었다. 하지만 얼마나 많은 안티 마나 존이 설치되어 있는지 정령 소환은 고사하고 치료 마법조차 제대로 실현되지 않았다.

만약 안티 마나 존이 설치되어 있지 않은 곳을 발견하지 못했다면 쟌은 물론 조나단이나 제론도 제때 마법 치료를 받지 못해 팔과 다리를 잃어야만 했을 것이다.

여전히 정신을 차리지 못하고 있는 쟌의 머리칼을 만지작거리던 셀의 귀에 거칠게 잡목들을 건드리는 소리가 희미하게 들렸다. 즉시 레이피어를 뽑아 든 셀은 일행에게 수신호를 보냈다.

셀의 수신호를 받은 올리비에는 즉시 쟌을 업었고, 조나단은 제론의 부축을 받아 이동할 준비를 마쳤다. 불안한 마음을 감추지 못하던 셀은 억지로 감정을 추스르며 귓전에 들리는 소리에 모든 신경을 집중시켰다. 그리고는 소음이 들리지 않는 방향을 가리켰다.

일행이 이동하는 모습을 확인하고서야 셀은 주위를 살피며 천천히 일행의 후미에 따라붙었다. 들려오던 소음이 어느 정도 멀어진 것을 확인한 셀은 일행에게 신속하게 이동하라는 지시를 내렸다.

거의 두 시간 이상을 전력으로 달린 일행은 쓰러지듯 그 자리에 주저앉아 거친 숨을 몰아쉬었다.

특히 허벅지에 부상을 당한 조나단의 얼굴은 백지장처럼 창백하게 변해 있어 그가 느끼는 고통의 극심함을 쉽게 짐작할 수 있었다. 그러나 그의 표정만큼은 부상의 입기 전과 조금도 달라지지 않았다.

"잠시만 이곳에서 기다리세요."

셀은 일행에게 대답할 틈도 주지 않고 숲을 향해 달려갔다.

지금 일행이 있는 곳은 숲으로 둘러싸인 야트막한 돌산이었다. 비교적 널찍한 곳을 찾아 쟌을 누인 올리비에는 우선 돌산 위로 올라가 주위를 둘러보았다.

끝도 보이지 않는 숲이 지평선까지 펼쳐져 있었다. 그러나 위치가 그리 높지 않은 탓인지 숲 속까지 살필 수는 없었다.

단전호흡을 하기 위해 가부좌를 튼 올리비에는 평소와는 달리 눈을 뜬 채로 호흡을 시작했다. 그러면서 쟌이 말한 대로 귀 쪽으로 마나를 보내 청각의 기능을 최대한 활성화시키기 시작했다. 물론 난생처음 해보는 것이기에 마음먹은 대로 될 리가 없었다.

다시 한 번 마음을 진정시키고는 마나의 유도에 최대한 신경을 집중시켰다. 단전에서 시작된 마나는 올리비에의 유도에 따라 천천히 가슴을 통과해 귀 쪽으로 이동하기 시작했다.

마나가 양쪽의 귀 부근에서 뭉치는 것을 느끼는 순간 주위에서 들리는 소리들이 조금씩 커지기 시작했다. 자신의 의도대로 소리가 커지자 올리비에는 흥분했고, 흥분으로 인해 호흡이 흐트러지는 순간 커지던 소리는 다시 귓가에서 사라졌다.

심호흡을 해 흥분을 가라앉힌 올리비에는 다시 한 번 마나를 귓가로 유도했다. 그러자 줄어들었던 소리들이 다시 크게 들리기 시작했다.

바람 소리, 나뭇가지들이 서로 비벼지는 소리, 수풀이 바람에 흔들리는 소리들이 먼저 들렸다. 올리비에는 귓가로 보내던 마나의 양을 좀 더 늘렸다. 그러자 좀 더 복잡한 바람 소리와 나뭇가지 흔들리는 소리, 수풀이 바람에 비벼지며 내는 소리가 들렸지만 동물이나 인간의 발자국 소리는 전혀 들리지 않았다.

일단 안심은 되면서 자신이 과연 얼마나 먼 거리의 소리까지 들을 수 있는지 몰라 불안한 마음도 동시에 들었다. 잡념을 지우고는 더욱 귀에 마나를 집중시켰다. 그러나 조금 전 들었던 바람 소리, 나뭇가지와 수풀이 서로 부딪치거나 비벼지며 내는 소리뿐이었다.

막 청력을 거두려는 순간 무엇인가 빠르게 수풀을 스치며 이동하는 소리가 들렸다.

재빨리 단전호흡을 마친 올리비에는 스콜피온 테일과 모닝스타를 움켜쥐고 돌산에서 뛰듯이 내려왔다. 그리고는 일행에게 주의를 주고는 그들 앞에서 적들의 습격에 대비했다.

잠시 후 살기등등한 표정을 짓고 있던 올리비에 앞에 모습을 드러낸 사람은 다름 아닌 셀이었다.

"아~ 사모님이셨군요."

몇 가지 과일과 두 마리의 토끼를 들고 있던 셀은 올리비에의 살기 띤 모습에 깜짝 놀란 표정을 지었다.

엘프 특유의 가벼운 발걸음과 몸놀림 때문에 인간들은 바로 곁에 있다고 하더라도 자신의 움직임을 발견할 수 없었다. 그런데 방금 올리비에의 말은 이곳으로 향하는 자신의 움직임을, 그것도 미리 발견한 듯하지 않은가?

"우선 간단하게 요기라도 하세요."

"이리 주십시오, 사모님. 제가 하겠습니다."

셀에게서 죽은 토끼를 받아 든 올리비에는 그녀의 마음 씀씀이가 너무 고마워 눈물이 날 지경이었다.

그가 이렇게 감격하는 이유는 셀이 잡아온 토끼 때문이었다. 엘프는 자신의 생명이 위협받는 경우가 아니라면 절대 동물을 사냥하지 않는다. 특히 셀 같은 경우는 육류로 된 요리마저 피하는 상황에서 그녀가 토끼를 사냥했다는 것은 오로지 일행을 위해서가 아니겠는가?

셀이 무슨 생각을 하면서 토끼를 사냥했을지 그녀의 심정이 충분히 이해가 갔다.

올리비에가 토끼 손질을 마치고 굽기 시작했을 때 셀이 입을 열었다.

"비록 느리다고는 하지만 꾸준히 정찰 범위를 늘리는 것을 보면 아직 추적을 포기하지 않은 것 같아요. 거리가 충분히 떨어져 있긴 하지만 방심할 수 없으니 요기를 마치는 대로 이동하기로 해요."

포위망을 유지한 채 추격하는 아쉬드의 용병들 때문에 성으로 바로 복귀하지 못하고 크게 우회하느라 쟌 일행은 제대로 쉴 시간조차 없었다. 게다가 얼마나 광활한 지역에 안티 마나 존을 설치했는지 워프나 텔레포트 같은 이동 마법은 생각도 못하고 있었다.

묵묵히 식사를 하는 일행을 바라보던 셀은 단전호흡을 해 심신을 안정시킨 후 천천히 치유 마법인 큐어의 스펠을 캐스팅하기 시작했다.

이동하기 전 조나단과 제론을 치료하기 위해서였다.

물론 6클래스의 힐링의 스펠을 모르는 것은 아니지만 언제 적들과 만날지 모르는 상황에서 함부로 마나를 소모할 수 없었기 때문이다.

"큐어!"

셀의 시동어와 함께 조나단의 허벅지와 제론의 왼팔에 잠시 푸른 빛이 반짝였다가 곧 사라졌다. 식사를 마치고 이동할 준비를 하고 있던 두 사람은 자신의 상처 부위에 빛이 번쩍이는 것을 발견하고는 누가 먼저라고 할 것도 없이 셀에게로 고개를 돌렸다. 하지만 그들이 발견한 것은 근심과 우울로 어두워진 표정으로 쟌을 바라보는 셀의 얼굴뿐이었다.

올리비에가 다시 쟌을 업자 일행은 누가 먼저라고 할 것도 없이 발걸음을 떼고 있었다.

*   *   *

"크윽!"

돌아누우려던 카멜은 가슴에서 이는 지독한 통증 때문에 자신도 모르게 신음을 흘리며 깨어났다.

"여, 여기는?"

초점이 맞지 않는 눈을 억지로 찌푸리며 주위를 살핀 카멜은 그곳이 자신의 방임을 깨닫고는 마음을 놓으며 긴장된 근육을 풀었다. 뭉쳤던 근육이 풀리자 또다시 가슴에서 지독한 통증이 일었다.

"크윽! 으드득!"

자신도 의식하지 못한 상태에서 이를 부드득 간 카멜은 조심스럽게 상체를 일으켜 세웠다. 어금니를 잔뜩 악물던 카멜은 이마에 송골송골 땀이 맺힐 때쯤이 돼서야 겨우 몸을 일으켜 침대에 기대어 앉을 수 있었다. 동시에 그의 뇌리에 스친 장면은 자신의 가슴에 손바닥을 댄 채 비릿한 미소를 짓고 있던 쟌의 모습이었다.

물론 쟌의 외모를 보고 약간 경시하던 마음이 없었던 것은 아니다. 그러나 절대 방심하지는 않았다. 그럼에도 불구하고 쟌의 마지막 공격에는 속수무책일 수밖에 없었다.

쟌의 손이 가슴에 닿았을 때만 하더라도 카멜은 상대의 의도를 전혀 짐작하지 못했다. 그런데 그 손에서 전해진 어떤 힘에 의해 자신의 몸이 낙엽처럼 날아가 버린 것이다. 정말 다시는 경험하고 싶지 않은 어마어마한 충격이었다.

자신이 용병 생활을 하는 동안 목숨이 위험할 정도의 부상을 입은 적이 한두 번이 아니었지만 당시와 같은 충격을 받은 적은 한 번도 없었다. 뭐라고 표현하면 좋을까?

쟌에게서 충격을 받는 순간 숨이 콱 막히면서 내장 전체에 인간으로는 참을 수 없는 극악한 통증이 전해짐을 느끼면서 속수무책으로 정신을 잃고 말았다. 마치 수백 발의 매직 미사일을 동시에 얻어맞은 것 같은 충격을 받은 것이다.

어떻게 겨우 약관을 넘었을 쟌이 이런 능력을 가지고 있는 것인지 의문이 들기는 했지만 그보다는 애송이에 불과한 쟌에게 자신이 당했다는 사실에 분노를 느끼고 있었다. 하지만 자신이 기절하기 전 두 대의 골렘과 동원된 150여 명의 용병이 주위를 삼엄하게 포위하고 있었으니 설사 심각한 타격을 입었다고 하더라도 그들을 생포하거나 사살했을 것임을 카멜은 믿어 의심치 않았다.

전신에서 이는 고통을 이를 악물고 참으며 침대 곁의 작은 탁자 위에 놓여 있던 컵에 물을 따라 천천히 마셨다. 물을 마시고 나니 전신에서 전해지는 고통이 한결 가시는 것 같았다.

덜컥!

카멜이 정신을 가다듬고 있을 때 누군가가 누군가 조용히 소리를 죽인 채 방문을 열었다. 그러다 침대에 일어나 있는 카멜을 발견하고는 반색했다.

"단장님, 드디어 깨어나셨군요."

"으음~ 루미넨인가? 내가 얼마나 정신을 잃고 있었지?"

"그때부터 꼬박 사흘이 지났습니다."

"으음……."

루미넨의 대답에 카멜의 입에서는 절로 신음이 흘러나왔다.

사흘이나 정신을 잃고 있었다니…… 다시 한 번 이가 갈리는 순간이었다. 억지로 끓어오르는 분노를 억누른 카멜이 입을 열었다.

"포로들은 어떻게 되었지?"

"포로? 무슨 말씀이신지?"

영문을 모르겠다는 루미녠의 태도에 오히려 카멜이 어리둥절한 표정을 지었다. 상대의 태도에서 뭔가를 느꼈기 때문일까? 카멜의 얼굴이 금세 딱딱하게 변했다.

"독사 눈초리를 한 애송이 녀석과 그 일행."

그제야 카멜이 말한 포로가 누굴 가리키는 말인지 깨달은 루미녠은 그때부터 안절부절못하고 카멜의 시선을 피했다. 그런 루미녠의 태도에서 뭔가를 짐작한 카멜이 입을 열었다.

"그 태도는 뭔가? 설마 모두 죽여 버린 것인가?"

"그게 아니라…… 단장님, 실은 적들을 잡지 못했습니다."

"지금 뭐라고 했나? 그놈들을 잡지 못했다고 했나?"

"그, 그렇습니다."

카멜의 얼굴에서 표정이 사라지더니 순식간에 무표정한 얼굴로 돌아갔다.

"그러니까 두 대의 골렘과 150명의 용병을 동원하고도 그놈들을 사로잡지도, 죽이지도 못했다는 것인가?"

"죄, 죄송합니다, 단장님."

무감정한 카멜의 말에 루미녠은 어쩔 줄 몰라 했다.

그러는 사이 다시 방문이 열렸고, 아쉬드와 다른 왕자들이 방으로 들어왔다. 카멜이 깨어난 것을 보고 입을 열려는 아쉬드보다 카멜이 먼저 입을 열었다.

"뭐라 사죄의 말씀을 드려야 좋을지 모르겠습니다. 부하들은 제 명령대로 움직인 잘못밖에 없으니 이번 일의 모든 책임은 저에게만 물어 처벌을 내려주시기 바랍니다, 전하."

묻기도 전에 카멜이 먼저 죄를 청하자 아쉬드는 입맛을 다시다 자신이 궁금하게 생각했던 것을 질문했다.

"그렇게 강했소?"

"예?"

"제이슨 단장이 이런 부상을 입을 정도로 쟌이란 청년이 그렇게 강했느냔 말이오!"

"흐음~"

아쉬드의 질문에 다른 왕자들도 눈빛을 빛내며 카멜의 얼굴을 뚫어져라 쳐다봤다. 그들의 시선을 발견하지 보지 못한 것은 아니지만 카멜은 모든 신경을 쟌과 싸웠던 당시를 떠올리는 데 집중시켰다.

"상당한 실력을 가진 청년이었습니다. 마법이나 정령에 대한 능력은 가지지 못했지만 순수한 무력만큼은 저희 3대 용병왕에 비견될 만한 실력을 가지고 있었습니다. 검술과 격투술을 동시에 사용하는 바람에 당황한 것은 사실이지만 다시 만난다면 따끔한 맛을 보여줄 수 있습니다."

"3대 용병왕과 비견될 만한 실력이라……."

"용병왕과 비슷한 실력이라면 실질적으로 일반 용병들로서는 그를 막을 수 없다는 말이잖아."

"더구나 제이슨 단장이 장담하던 골렘까지 동원하고도 사로잡지 못했다면 그 자식을 사로잡을 수 있는 방법이 전혀 없다는 거 아니야?"

왕자들의 이야기가 이어질수록 카멜의 얼굴은 더욱 굳어졌지만 굳이 그들의 의견에 토를 달지는 않았다.

"잘 알았소, 제이슨 단장. 쟌이라는 청년 하나 때문에 전황이 바뀌는

일은 없을 테니 우선은 몸부터 완쾌하길 바라오. 단장은 좀 더 쉬어야
할 테니 우리는 이만 가겠소."

"방문해 주셔서 감사합니다, 전하."

카멜의 인사를 들으며 왕자들은 방을 빠져나갔고, 남아 있던 루미넨
은 더욱 안절부절못했다.

"피해는 얼마나 발생했나?"

"예? 피해라니요?"

루미넨의 반문에 카멜은 갑자기 짜증이 났다.

"자네들이 그들을 그냥 놓아주었을 리 없을 테고, 또 그 과정에서 당
연히 피해가 발생했을 테니 그 피해가 얼마나 발생했냐고 묻는 것이
네."

"20여 명이 목숨을 잃었고, 40여 명이 다쳤습니다, 단장님. 하지만
나머지 용병들이 그들의 뒤를 쫓고 있으니 곧 좋은 소식이 있을 겁니
다."

카멜은 루미넨의 대답을 듣는 순간 회의적인 생각밖에 들지 않았다.
자신이 있고, 골렘이 있을 때도 탈출이 가능했던 그들이 아무리 용병들
이 추격을 한다고 하더라도 잡히지 않을 거란 생각이 들었다.

"현재 그들의 위치는?"

"아직까지 추격대로부터 연락은 없었습니다."

"그렇다면… 그들을 부르게."

"예? 무슨 말씀이신지……."

"나와 골렘이 있을 때도 탈출이 가능했던 놈들이 겨우 용병들로 구
성된 추격대의 손에 잡힐 거라 생각하나?"

"하지만 쟌이란 놈도 마지막에 목숨이 위험할 정도의 심각한 부상을 입은 상태고, 또 그 자식의 일행 가운데 절반이 중상을 입었습니다. 더구나 케산이 추격대를 인솔하고 있으니 곧 그들을 사로잡거나 그것이 불가능하다면 최소한 그들을 사살할 수 있을 겁니다."

루미녠의 자신만만한 대답에 카멜은 한숨이 나오려던 것을 억지로 참았다. 모든 일이 예상대로만 진행된다면 얼마나 좋겠는가? 하지만 아무리 생각을 해봐도 그들을 사로잡을 확률보다는 놓칠 확률이 더욱 컸다.

"나머지 용병들은?"

"인근 지역을 샅샅이 수색하면서 수색 지역을 조금씩 확장하고 있습니다. 곧 헤르난 전하께서 머물고 있는 성을 발견할 수 있을 겁니다."

"저들의 반격은?"

"없는 것은 아니지만 현재까지는 미미해서 무시해도 좋을 정도입니다."

"흐음~ 아쉬드 전하께서는 뭐라고 하시던가?"

"무슨 일이 있어도 이번엔 반드시 헤르난 전하의 본거지를 알아내야 한다고 하셨습니다. 해서 현재 계속적으로 병력을 증원하고 있는 상황입니다."

"그 외에 내가 알아야 할 특별한 사항이 있는가?"

"없습니다, 단장님."

"알았네. 이만 쉬고 싶으니 그만 나가보게."

"알겠습니다, 단장님. 잠시 후 교단의 하이 프리스트가 상처 치료를 하기 위해 올 겁니다."

"알겠네."

루미넨이 방을 나가자 다시 침대에 누우려던 카멜은 다시금 느껴지는 지독한 통증에 인상을 쓰며 다시 한 번 부드득 이를 갈았다.

"뿌드득! 만약 죽지 않고 나중에 다시 만나게 된다면 나의 무서움을 똑똑히 가르쳐 주마."

*   *   *

후두두둑! 쏴아~

몇 방울씩 떨어지던 빗방울이 기어코 장대비로 변해 삽시간에 대지를 물바다로 만들었다.

누구보다 날씨에 민감한 셀이 서둘러 동굴을 찾은 탓에 일행은 다행히도 비를 피할 수 있었다. 동굴은 퀴퀴한 냄새와 짐승 특유의 노란내가 진하게 배어 있기는 했지만 꽤나 큰 짐승이 살았던 곳인 듯 일행이 비를 피하기에는 충분할 정도로 넓었다.

갑작스레 내린 겨울비 때문에 주위의 온도는 급격하게 떨어졌다. 더구나 몰아치는 세찬 북풍 탓에 동굴 입구에서 떨어지던 빗방울을 얼려 삽시간에 기다란 고드름을 만들었다.

점점 체온이 내려가는 쟌의 상태를 염려한 일행은 서둘러 모닥불을 피웠다.

화르르~

동굴 안은 금세 훈훈해졌지만 일행들은 침울한 표정으로 어느 누구도 입을 열지 않았다. 쟌의 부상도 부상이었지만 무엇보다 이번 전투를 통해 자신들의 실력이 얼마나 보잘것없는 것인지 똑똑히 깨닫게 된 것이다.

특히 제론의 경우에는 케니 때문에 중상을 입은 쟌이나 목숨을 잃은 엘튼, 또 다른 용병들에 대한 죄책감 때문에 입을 열기는커녕 고개조차 들 수 없었다.

각자가 나름대로 자책과 회의로 어두운 표정을 감추지 못하고 있을 때 가느다란 신음 소리가 동굴 안을 울렸다.

"으음~"

사람들의 시선은 누가 먼저라고 할 것도 없이 누워 있던 쟌에게로 향했다. 잠시 머리를 흔들던 쟌의 눈이 힘없이 떠졌다.

"쟌, 정신이 들어요?"

"마스터! 정신이 드십니까? 마스터!"

"가이야 부단장!"

급한 마음에 사람들은 저마다 쟌을 불렀다.

초점이 잡히지 않는지 쟌은 몇 번이나 눈을 깜빡이다 드디어 셸의 얼굴을 바라보았다. 그런 쟌의 행동에 셸은 눈물로 볼을 흠뻑 적셨다.

만지면 닳을까 쥐면 부서질까 너무나 조심스러운 손길로 쟌의 뺨을 어루만지던 셸은 조용하고 나직한 음성으로 입을 열었다.

"쟌, 정신이 드나요?"

"여기가… 어디지?"

"동굴이에요. 비가 와서 잠시 몸을 피한 거예요."

"비?"

반문하던 쟌의 귀에 그제야 세차게 내리는 빗소리가 들렸다. 천천히 주위를 둘러보던 쟌의 눈에 비친 것은 며칠 전과는 비교도 할 수 없을 만큼 핼쑥해진 셸의 얼굴이었다.

"얼굴이… 너무 안돼 보여?"

"흑흑흑! 다행이에요. 난 당신이 다시는 깨어나지 않을지도 모른다는 생각이 들어서……."

눈물을 흘리는 셸의 모습을 발견한 쟌은 억지로 손을 들어 셸의 뺨에 흐르는 눈물을 닦아주었다. 하지만 힘에 부치는지 그의 팔은 가늘게 떨리고 있었다.

평소의 그였다면 상상도 할 수 없는 광경이었다. 그 모습에 셸을 비롯한 일행은 너무나 가슴이 아파 아무 말도 할 수 없었다.

"가이야 부단장, 뭐라고 사과를 해야 좋을지……."

"난… 괜찮으니… 물… 좀……."

바싹 마른 쟌의 음성에 셸은 서둘러 운디네를 소환했다.

"운디네, 이 물통에 물을 좀 채워주겠니?"

셸의 말에 운디네의 작은 손에서 뿜어져 나온 가느다란 물줄기가 수통을 채우기 시작했다. 수통이 어느 정도 채워지자 셸은 조심스럽게 수통의 입구를 쟌의 입술에 갖다 대었다.

"꿀꺽~ 꿀꺽~"

연달아 몇 모금의 물을 마신 쟌은 정신을 완전히 차렸는지 자신의 얼굴만 쳐다보고 있는 일행을 둘러보았다. 역시 엘튼을 비롯한 몇몇 용병의 모습은 보이지 않았다.

"셸, 내가 정신을 잃은 지 얼마나 되었지?"

"오늘로 닷새째예요."

"닷새? 크윽! 셀, 일어나게… 좀 도와주겠어?"

"쟌, 부상이 굉장히 심해요. 비록 마법으로 치료를 했다고는 하지만 모든 장기의 저항력이 극도로 저하되어 있기 때문에 잘못하면 상처가 재발할지도 몰라요. 그러니 지금은 그냥 쉬도록 해요."

"가이야 부단장, 마담 가이야의 말대로 지금은 그냥 쉬는 것이 좋을 것 같네. 게다가 자네의 부상은 외상도 심하지만 내상은 더 심하네. 기절하기 전 심하게 피를 토했었는데…… 생각나지 않나?"

"마스터, 샤켈스 부단장님의 말씀이 맞습니다. 사모님이 아니셨다면 목숨마저 위험했을 겁니다. 그러니 지금은 쉬시는 것이 더 좋을 듯합니다."

조나단마저 셀의 말을 거들고 나섰지만 쟌은 들은 척도 하지 않았다. 그저 묵묵히 셀의 얼굴만 바라볼 뿐이었다.

잠시의 시간이 지나고 어쩔 수 없다는 듯 고개를 흔든 셀은 조심스럽게 쟌을 일으켜 주었다. 셀은 일어난 쟌을 동굴 벽에 기대어 주려고 했지만 쟌은 고개를 흔들고는 가부좌를 틀고 앉았다.

"잠시 후… 내가 눈을 뜰 때까지… 내 몸을… 절대 건드리지 마."

"알았으니 안심해요."

셀의 대답을 들으며 눈을 감은 쟌은 천천히 자신의 몸 상태부터 살피기 시작했다.

내공을 끌어올리려던 쟌은 우선 단전이 텅 비어버린 상실감을 먼저 느껴야만 했다. 이런 현상은 이미 예상했기에 곧 마음을 안정시킨 쟌은 다시 호흡을 정리하며 천천히 내공을 끌어올리기 시작했다.

단전호흡을 시작한 지 거의 한 시간 이상이 지났지만 쟌이 모은 마

나는 얼마 되지 않았다. 하지만 그나마도 쟌에게는 기사회생의 단초를
제공하는 소중한 마나였다.

"후우~"

처음 일행의 귀에 거칠게 들리던 쟌의 호흡 소리는 어느샌가 사라지
고 없었다. 그러나 일행의 시선과 모든 신경은 쟌에게서 떨어질 줄 모
르고 있었다. 하지만 그런 일행의 걱정을 아는지 모르는지 쟌은 여전
히 눈을 뜨지 않고 있었다.

불편한 자세[가부좌(跏趺坐)]를 취한 채 꼼짝도 하지 않은 쟌의 모습
을 지켜보던 일행은 시간이 지날수록 하나둘 지쳐 가기 시작했다.

차츰 한 명 한 명씩 죽음보다 깊은 수마(睡魔)의 유혹에 빠져들었다.
그러나 단 한 사람, 셸만큼은 쟌 곁에서 떨어지지 않은 채 그의 모습에
모든 신경을 집중시키고 있었다.

비록 꼼짝도 않고 있는 쟌이지만 그의 곁으로 몰려들고 있는 마나의
양이 조금씩, 그리고 지속적으로 늘어나는 것을 보면 비록 늦기는 하
지만 쟌의 상태가—체력과 상처 역시 함께 회복되는 것이라 셸은 믿고 싶었
다—회복되는 것을 느낄 수 있었다. 그렇기에 숨도 제대로 쉬지 못하
면서도 쟌에게서 눈을 떼지 못하고 있었던 것이다.

그러는 사이 어느 틈엔가 날이 밝아오고 있었다.

눈의 피곤함 때문에 셸이 잠시 눈을 감고 주위에 들려오는 소리에
모든 신경을 집중하고 있을 때였다.

"누군가 온다!"

선잠에서 깨자마자 동굴의 입구에서 모든 신경을 청각에 집중하고
있던 올리비에의 갑작스런 음성에 선잠을 자고 있던 사람들은 깜짝 놀

라며 각자의 무기에 손을 올렸다. 당연히 셀도 예외는 아니었다.

레이피어를 뽑아 든 셀은 쟌의 앞을 가로막으며, 정령들을 소환함과 동시에 실드의 스펠을 캐스팅했다. 적어도 7클래스 이상 되는 마법사만이 가능한 더블 캐스팅, 아니, 트리플 캐스팅이 셀에게서 일어났다.

쏴아—

저벅저벅.

세차게 내리는 빗소리 사이로 누군가의 발자국 소리가 들려왔다. 상당히 조심하는 듯 발자국 소리는 빗소리에 묻혀 거의 들리지 않을 정도였지만 일행 가운데 그 소리를 듣지 못한 사람은 없었다.

동굴 입구에 앉아 있던 올리비에는 양손에 모닝스타와 스콜피온 테일을 나눠 들고 재빨리 동굴 입구에 있던 나무 위로 올라가 호흡을 죽인 채 정체 불명의 인물이 다가오기만을 기다리고 있었다.

주위가 워낙 조용했던 탓인지 처음 소리를 듣고 한참의 시간이 지난 후에야 어둠 속에서 동굴로 다가오는 검은 그림자를 발견할 수 있었다.

나무 위에서 검은 그림자를 주시하던 올리비에는 마나를 시각과 청각에 집중해 다른 사람들의 흔적을 찾았지만 다행히도 혼자인지 더 이상 다른 소리는 들리지 않았다.

다가오던 검은 그림자는 동굴 근처에서 걸음을 멈췄다. 그리고는 주위의 분위기만큼이나 가라앉은 음성으로 누군가를 불렀다.

"셀레니온느 주벨, 동굴 안에서 당장 나와라."

"……."

"인간 따위와 결혼을 하다니 이제는 우리들의 마을 같은 것은 까맣게 잊어버린 것인가? 역시 하프 엘프 따위는 마을에 받아들이는 것이 아니었어."

무덤덤하던 사내의 음성은 말이 끝날 때쯤엔 완전히 싸늘하게 변해 있었다.

"넌 스피얼 게레네프? 무슨 이유로 내게 적의를 드러내는 것이지?"

대답과 동시에 동굴에서 나온 셀의 손에는 평소 좀처럼 뽑지 않던 레이피어가 들려 있었고, 그녀의 전신에서는 싸늘한 기운을 흘리고 있었다. 게다가 기운만큼이나 그녀의 얼굴도 딱딱하게 굳어져 있었다.

그런 그녀의 싸늘한 태도에 사내의 얼굴 역시 딱딱하게 굳었다.

누구에게나 존댓말을 사용하며 부드러운 미소를 잃지 않던 평소의 셀과는 너무도 다른 모습이기에 그녀 뒤에 선 조나단과 제론, 그리고 게링, 아니, 스피얼 뒤에서 여차하면 공격할 듯 보이던 올리비에로서는 의아한 생각이 드는 것을 감출 수 없었다. 그러나 지금 동굴 안에는 쟌이 무방비 상태로 있기에 일행에게 방심이란 있을 수 없었다.

"사모님께서 아시는 엘프입니까?"

올리비에의 질문에 셀은 자신도 모르게 스피얼을 바라봤고, 하드 레더의 왼쪽 가슴 부분에 제이알 알렉산더 공작 가문을 증명하는 교차된 두 자루의 검의 문장이 양각되어 있는 것을 보며 대답했다.

"과거에 알던 사이였어요. 하지만 지금은……."

셀은 말꼬리를 흐렸지만 용병 생활까지 해봤던 올리비에가 그녀가 뭘 말하고 싶은지를 모를 리 만무했다.

"마스터와 사모님을 인정하지 못하는 자라면 저희의 적입니다. 나머지는 저에게 맡겨주십시오."

"아니에요. 이렇게 나타난 것을 보면 저에게 할 말이 있는 것 같아요. 잠시 이야기를 들어봐야 할 것 같아요."

셀의 말에 세 사내는 다시 한 번 무기를 고쳐 잡으며 스피얼을 노려보았다.

"조금 전 무슨 뜻에서 그런 말을 한 것이지?"

"그런 말이라니?"

"인간과 결혼을 하더니 마을을 잊었다는 말."

"왜? 사실 아닌가?"

빈정거리는 듯한 스피얼의 말에 셀은 여전히 딱딱하게 굳은 얼굴로 대꾸했다.

"뭐가 사실이라니 거지? 내가 마을을 잊었다는 것을 증명해 봐. 만약 그 대답이 전혀 근거없는 것이라면 그냥 두지 않을 테니 각오하는 것이 좋을 거야."

단호한 대답과 함께 격렬한 적의를 드러내는 셀의 태도에 스피얼을 포위하고 있던 세 사내들은 조금은 당황스러운 생각이 들었다. 하지만 스피얼은 그런 셀의 태도에 오히려 코웃음을 쳤다.

"그냥 두지 않겠다니? 감히 네까짓 하프 엘프가 하이 엘프인 날 어쩔 수 있다고 생각하는 거냐?"

상대를 경멸하는 듯한 스피얼의 말에 올리비에를 비롯한 사내들의 얼굴이 딱딱하게 굳어졌다. 적의를 드러내기 시작한 일행의 반응에도 스피얼은 경멸에 가까운 비웃음을 지을 뿐이었다.

그렇지 않아도 혼수상태에서 깨어난 쟌에 대한 걱정 때문에 신경이 잔뜩 곤두서 있던 셀은 스피얼의 경멸에 가까운 반응에 더 이상 참지 못하고 마나를 끌어올리기 시작했다.

"실레스틴!'

셀의 나직한 호통 소리와 실레스틴이 소환되어 셀의 뒤쪽 머리 위에 모습을 드러냈다. 그 모습에 스피얼의 얼굴에 떠올랐던 비웃음은 당장 사라졌다.

"어, 어떻게 너 따위 하프 엘프가 실레스틴을……?!'

헤어질 당시 바람의 중급 정령인 실라페를 겨우 소환했던 셀이 어떻게 바람의 최상급 정령을 소환해 낼 수 있는 것인지 스피얼은 도저히 이해가 되지 않았다.

엘프가 정령과의 친화력이 뛰어나다는 것을 모르는 이는 없다. 하지만 하프 엘프는 일반 엘프가 가진 정령 친화력의 절반 정도, 하이 엘프는 일반 엘프의 다섯 배 이상의 정령 친화력을 가지고 있다는 사실을 알고 있는 이는 거의 없다.

하이 엘프인 자신도 이제야 겨우 실라이온을 소환하는데 일반 엘프도 아닌 하프 엘프에 불과한 셀이 어떻게 실레스틴과 맹약을 맺을 수 있는지 이해가 되지 않았다. 하지만 더 큰 문제는 그것이 아니었다. 그제야 늘어뜨린 셀의 레이피어가 푸른색의 마나에 휩싸인 것을 발견한 것이었다.

"소, 소드 마스터? 대체 언제?!'

소드 유저도 겨우 중간 레벨밖에 되지 않았던 셀이 어떻게 이렇게까지 발전할 수 있었는지 자신의 눈으로 직접 확인을 했으면서도 도저히 믿을 수 없었다.

상대는 마을에서 함께 지낼 때에도 노골적으로 자신을 경멸하고 괴롭혔던 자였다. 비록 마을을 구하기 위해 같이 마을을 떠난 처지였지만 단 한 번도 동료라고 생각해 본 적이 없었다.

그가 무슨 의도에서 이곳에 나타난 것인지는 모르지만 이미 자신에게 적의를 드러냈고, 또 자신에게는 목숨으로 지켜야 할 쟌이 부상을 입은 채 동굴 안에 있지 않은가? 선택의 여지가 없었다.

적의를 드러내는 셀의 태도에 올리비에와 조나단, 그리고 제론은 지체없이 스피얼의 퇴로를 봉쇄한 채 여차하면 셀을 돕기 위해 만반의 준비를 마쳤다.

자신을 포위한 자들에게서 흉흉한 기세가 뿜어져 나오는 것을 깨달은 스피얼은 경각심을 일깨우며 롱 소드를 뽑는 것과 동시에 즉시 실라이온을 소환했다.

순간 한줄기 바람이 셀과 스피얼 주위를 세차게 휘감고 지나갔다.

상대를 노려보며 굳은 듯 보였던 두 남녀는 거의 동시에 상대를 향해 검을 휘둘렀고, 푸른 마나에 싸인 검이 부딪치며 주위에 엄청난 충격파가 몰아쳤다.

쾅!

폭음과 함께 뒤로 물러선 이는 스피얼이었다.

검술에 대한 실력은 둘째 치고 믿을 수 없을 만큼 강력한 힘에 의해 뒤로 밀려난 스피얼은 멍한 얼굴로 셀을 쳐다봤다. 셀 역시 그동안 쌓은 단전호흡이 이렇게 막강한 힘을 발휘할 줄은 상상도 못했기에 놀라지 않을 수 없었다. 하지만 이곳은 적지, 언제까지 싸움을 계속 할 수는 없는 일이었다.

산보를 밟아 순식간에 스피얼에게 다가간 셀은 지체없이 스피얼의 목에 레이피어를 갖다 대었다.

"무기를 버려."

"헉!"

믿을 수 없이 현란한 셀의 움직임에 정신을 잃고 쳐다보던 스피얼은 어느 틈엔가 셀에게 제압당하자 헛바람을 들이키지 않을 수 없었다. 비록 6년 넘게 그녀를 보지 못했다고는 하지만 이렇게까지 차이가 나리라고는 상상도 못한 스피얼이었다.

치욕 어린 표정을 감추지 못하던 스피얼은 어금니를 깨물고는 움켜쥐고 있던 손에 힘을 풀었다.

퍽!

비가 온 탓인지 롱 소드는 진흙 더미에 파묻혔고, 재빨리 다가온 올리비에는 그의 팔을 뒤로 해 묶고는 그의 무기를 거두어들였다. 그제야 레이피어를 회수한 셀은 무표정한 얼굴로 다시 동굴 안으로 향했다.

그녀가 가부좌를 틀고 있던 쟌의 곁으로 다가왔을 땐 이미 평소의 부드러운 얼굴로 돌아와 있었다.

자신이 동굴을 나갈 때 취하고 있던 자세와 비교해 조금도 변한 것이 없었지만 셀은 직감적으로 쟌의 상태가 조금 전보다 호전되었다는 것을 깨달을 수 있었다. 그에게로 몰려드는 마나의 양도 훨씬 늘었지만, 무엇보다 창백하기만 했던 그의 안색에 미약하나마 혈색이 돌기 시작한 것을 발견했기 때문이었다. 하지만 한 번 감겨진 쟌의 눈은 좀처럼 떠질 줄 몰랐다.

일행은 동굴 벽에 몸을 기댄 채 휴식을 취하며 쟌이 깨어나기만을 기다렸다.

자신이 우습게만 여겼던 셀에 패했다는 것에 대한 자괴감에 빠져 있던 스피얼의 눈에 운공(運功)에 빠져 있는 쟌의 모습이 들어왔다.

처음에는 대체 저렇게 불편한 자세로 무엇을 하는 것인지 이해가 되지 않았지만 하이 엘프 특유의 민감한 감각으로 쟌 주위의 마나가 천천히 움직이고 있다는 사실을 곧 깨달을 수 있었다.

물론 쟌이 마법사이고 현재 스펠을 캐스팅하고 있다면 이런 현상이 이해되지만 지금 그는 눈을 감은 채 그저 앉아 있을 뿐이지 않는가. 이해할 수 없는 현상에 스피얼이 호기심을 드러낸 채 쟌을 바라보고 있을 때였다.

"휘렝가는 어떻게 되었지?"

"……."

자신의 질문에도 스피얼이 대답하지 않자 셀은 상대를 노려보다가 스피얼의 표정이 딱딱하게 굳어 있는 것을 발견할 수 있었다. 그 모습에 셀의 가슴속에는 어둠이 드리워졌다.

"죽었다. 마을을 빠져나올 때 웨어타이거 무리와 전투를 벌이다가 중상을 입었고, 결국 신의 품으로 돌아갔다."

"휴우~ 혹시나 했는데 마을의 후계자인 휘렝가가 목숨을 잃다니…… 마을의 어른들께서 이 사실을 아신다면 얼마나 슬퍼하실지……."

셀의 나직한 탄식에 스피얼의 얼굴에는 경멸에 가까운 비웃음이 떠올라 있었다.

"흥! 네까짓 하프 엘프 따위가 건방지게 하이 엘프들을 걱정한다는 말을 내가 믿을 것 같으냐? 더구나 휘렝가는 예전부터 끔찍하게도 널 싫어했다. 그런 휘렝가의 죽음을 슬퍼하는 척하다니…… 인간들 사이에 있더니 탐욕스럽고 거짓투성이인 인간의 본성을 되찾은 모양이구나."

스피얼의 말에 셀은 물론 휴식을 취하고 있던 세 사내가 발끈하려고 할 때였다.

"흥! 엘프 중의 엘프라고 알려진 하이 엘프가 이따위로 편협한 종자들이라니…… 역시 사람들의 말은 믿을 것이 못 되는군."

"쟌!"

"마스터!"

"가이야 부단장!"

한 사람을 부르는 각기 다른 호칭에 쟌은 가볍게 목례를 하고는 스피얼을 쳐다보았는데, 그 눈길에는 오직 가소롭다는 감정만이 담겨 있었다.

다시 한 번 이야기하지만 쟌의 눈매는 골격의 특성상 평상시에도 상대를 불쾌하게 만드는 특징이 있다. 더구나 지금처럼 상대를 무시하는 듯한 표정까지 지으면 상대를 몇 배나 더 불쾌하게 만들기 충분하다.

스피얼 역시 마찬가지일 수밖에 없었다.

평상시 하프 엘프를 미천하다고 여겨왔던 스피얼이 인간인 쟌의 그런 태도를 받아들일 리 만무했다. 더구나 방금 하이 엘프를 비방하는 말까지 하지 않았는가?

"인간, 방금 뭐라고 했느냐?"

"하이 엘프란 싸가지없고 꽉 막힌 종족이라고 했다. 왜?"

"너 따위 하찮은 인간이 감히 지고무상한 하이 엘프를 욕하다니…… 죽고 싶으냐?"

"죽어? 누가? 내가?"

마치 말장난이라도 하듯 반문을 하던 쟌의 얼굴이 갑자기 무표정하게 변했다. 단지 표정이 사라졌을 뿐이지만 쟌의 눈길을 받은 스피얼은 그때부터 몸을 움직일 수 없었다.

실체화된 살기가 드러난 살갗 위로 스멀거리며 돌아다니는 것을 생생하게 느낄 수 있었다. 한 번도 이런 느낌을 주는 존재를 만나본 적이 없었다.

전신에서 소름이 돋는 것을 애써 참으며 다시 쟌의 전신을 찬찬히 살폈다.

전신이 제법 탄탄해 보이기는 했지만 저 정도의 체격은 흔히 볼 수 있을 정도로 평범하다. 유일하게 특이해 보이는 것이라고는 용모를 들 수 있지만, 생긴 것이 무섭다고 그가 지닌 실력까지 뛰어나다고 할 수는 없지 않은가.

"나에게 무례한 것은 둘째 치고라도 감히 셀에게 검을 겨누었다는 사실 하나만으로도 넌 이미 죽을죄를 지은 거야."

"건방진 놈! 내가 묶여 있다고⋯⋯."

"올리비에, 풀어줘."

"마스터, 아직 부상이 완전히 나은 것도 아니신데⋯⋯."

"시끄러워. 이젠 너까지 날 무시하는 거냐?"

쟌의 나직한 말에 올리비에는 불안한 표정을 감추지 못하면서도 스피얼을 손목을 묶고 있던 가죽끈을 풀어주고는 재빨리 퇴로를 차단했다. 하지만 쟌이나 스피얼은 그런 올리비에의 행동에는 신경도 쓰지 않은 채 천천히 일어서며 상대를 노려볼 뿐이었다.

스피얼이 좀처럼 움직이지 않자 갑작스레 쟌은 비릿한 미소를 지으며 손을 들어 검지 하나만을 까닥거렸다.

"왜, 그렇게 하찮게 여기던 인간에게 겁이라도 나는 건가?"

쟌의 말에 모욕을 느낀 것인지 스피얼의 얼굴이 붉어졌다. 스피얼이 막 쟌을 공격하기 위해 발을 앞으로 내딛는 순간, 상대의 품으로 뛰어든 쟌은 자세를 낮추며 스피얼의 옆구리를 손바닥으로 강하게 끊어 쳤다.

퍽!

짧고 둔탁한 소리가 들림과 동시에 스피얼의 눈에 동공이 사라지면서 그대로 그 자리에 주저앉았다. 정신을 잃고 쓰러진 스피얼은 끊임없이 게거품을 토해내고 있었다.

"쟌! 괜찮아요?"

걱정스러운 표정으로 묻는 셀에게 쟌은 그저 담담한 표정으로 미소를 지은 채 고개를 끄덕일 뿐이었다.

성으로 복귀한 쟌과 일행은 왕자들과 쟌에게서 훈련을 받은 세 기사의 열렬한 환영을 받은 것은 물론 얼굴도 모르는 용병들의 환호에 어리둥절해하지 않을 수 없었다.

휴식을 취하며 쟌이 자신의 부상을 치료할 때 셀은 그의 곁에서 한 치도 떨어지지 않은 채 간호에 열중했다.

그런 반면 왕자들은 쟌과 일행에게서 들은 정보를 바탕으로 골렘에 대한 대책을 고민하기 시작했다. 그러나 어느 누구도 케니가 저지른 일에 대해 거론한 사람은 없었다. 다만 성으로 복귀한 날 제론이 케니를 만난 후 케니의 모습은 성안에서 흔적도 없이 사라졌다. 물론 쟌도 그런 사실을 알고 있었지만 제론의 입장을 생각한 것인지 애써 모른 척했다. 그렇게 며칠이 지나갔다.

휘이익—

차가운 북풍이 성벽과 건물을 휘감고 지나가며 날카로운 비명을 남겼다.

똑똑똑!

"들어오세요."

마침 일어나 있던 셸이 문을 열어주자 들어온 사람은 조나단과 올리비에였다.

"이쪽으로 와서 앉아."

바닥에 가부좌를 틀고 있던 쟌의 말에 두 사람은 조심스럽게 쟌 앞에 앉았다. 잠시 두 사람을 바라보던 쟌은 미리 준비해 두었던 작은 상자 하나를 꺼내 두 사람 앞으로 내밀었다.

"이것이 무엇인지 말해 주기 전에 두 사람에게 묻고 싶은 것이 있다."

평소와는 다른 쟌의 태도에 두 사람은 긴장하며 쟌의 뒷말을 기다렸다.

"내가 너희에게 가르친 비격은 우리 사문만의 무술이다. 묻겠다. 너흰 앞으로 계속해서 비격을 익히겠느냐?"

잔뜩 긴장하고 있던 두 사람은 자신들이 생각했던 것과는 다른 쟌의 말에 안도의 한숨을 내쉬며 입을 열었다.

"물론입니다, 마스터."

"앞으로도 계속해서 비격을 익히고 싶습니다, 마스터."

두 사람의 대답에 고개를 끄덕인 쟌은 말을 이었다.

"좋다. 그럼 지금부터 너희들을 부른 이유를 설명하겠다."

쟌은 말과 함께 나무 상자의 뚜껑을 열었다. 상자 안에는 얇은 책 한 권과 두꺼운 책이 한 권 들어 있었다.

먼저 얇은 책을 든 쟌은 두 사람에게 설명을 시작했다.

"먼저 이 얇은 책자에는 체력을 키울 수 있는 기본 훈련 방법에 대한 것과 기초적인 단전호흡 방법, 예검과 격검, 산보, 그리고 그에 필요한 몇 가지의 훈련법이 적혀 있다. 그리고 이 두꺼운 책자에는 너희들이 아직 익히지 못한 비격의 여러 가지 효용과 활용, 본격적인 단전호흡 방법, 맨손 격투술, 검술과 여러 가지 무기를 익히는 법과 무기의 활용법이 적혀 있다. 내가 너희에게 이 두 권의 책자를 전하는 이유는……너희가 승계 전쟁 후 종합 격투 아카데미를 열어 사람들에게 비격을 널리 전파했으면 하는 마음 때문이다."

뜻하지 않은 쟌의 말에 두 사람은 할 말을 잃은 듯 그저 쟌의 얼굴만 바라볼 뿐이었다. 담담한 표정으로 쟌은 말을 이었다.

"처음엔 지금까지 가르친 것을 끝으로 더 이상 가르치지 않으려고 했다. 하지만 엘튼의 죽음으로 생각을 바꾸었다."

쟌의 말에 두 사람의 얼굴에 어둠이 드리워졌다.

"너희들이 반드시 명심해야 할 것이 있다."

"말씀하십시오, 마스터."

"우선 아카데미를 열어 문하생들을 받아들이더라도 단전호흡은 나중에 가르치도록 해라. 10년의 교육 기간 중 기본 훈련을 최소 5년은 익힌 자들에게만 단전호흡을 익힐 자격을 주란 말이다."

"마스터, 5년 동안 기본 훈련을 익혀야만 하는 특별한 이유라도 있는 겁니까?"

"내가 비록 너희들에게 갖가지 기본형을 가르치기는 했지만 이전부터 너희가 익혀왔던 것들과 뒤섞여 본래 비격이 가지고 있는 강력한 힘이 제대로 발휘되지 않았다. 만약 어릴 때부터 체계적으로 비격을 익힌다면 곧 나와 같거나 비슷한 경지에 도달하게 될 것이다. 그런데 단전호흡까지 익힌 자가 만약 악인이라면 어떻게 할 것이냐? 5년이란 기간의 유예를 둔 것은 그런 사태를 방지하기 위한 것이다."

그제야 쟌의 말을 이해한 두 사람은 고개를 끄덕였다.

"5년 동안의 기본 훈련조차 견디지 못하는 놈은 비격을 익힐 자격조차 없다. 기본 훈련을 익힌 녀석 가운데 심성이 바른 녀석에게만 단전호흡 방법을 가르쳐 주고, 비격을 익힐 자격을 주거라."

"그러니까 마스터의 말씀은 이 얇은 책자에 나와 있는 훈련 방법에 따라 5년 동안 기본 훈련만 시킨 후 올바른 마음을 가진 사람에게만 단전호흡과 비격의 여러 가지 무술을 익힐 수 있는 자격을 주란 말씀이십니까?"

"그렇다. 그리고 이 두꺼운 책자에 있는 내용은 너희 둘과 너희의 제자들만이 익힐 수 있는 것이다. 제자는 평생 동안 단 두 명만 받을 수 있다. 그런 만큼 신중하게 판단해서 제자를 받아들이도록 해라."

쟌의 설명에 두 사람의 얼굴에는 곤란해하는 표정이 역력했다.

"무슨 문제라도 있나?"

"먼저 그런 아카데미를 열려면 적지 않은 돈이 들어갈 텐데 그 문제는 어떻게……?"

"바리타스 왕국의 폴렌 시에 카비렌 디 벨파스라는 상인이 있다. 그

분께 내 이야기를 하면 너희에게 도움을 줄 것이다. 그래도 부족하다면 샤프란 왕국의 사브리나 제2왕자비에게 내 제자임을 밝히고 도움을 청해라. 그러면 아마 너희를 도와줄 것이다. 또 다른 문제는?"

"이 두꺼운 책자에 있는 것은 저희들만 익혀야 한다고 하셨는데, 저희들의 능력으로 책만 보고 비격을 제대로 익힐 수 있을지 자신이 없습니다."

"쉽지는 않겠지만 자세하게 해석을 해두었으니 불가능한 것은 아니다."

올리비에의 질문에 쟌의 대답은 단호했다. 올리비에가 계속해서 질문하는 데 반해 조나단은 무엇 때문인지 아까부터 고심하는 기색이 역력했다.

"조나단, 무엇을 그리 고심하느냐?"

"마스터, 이건 제 생각인데…… 저희들 곁을 떠날 생각이십니까?"

늙은 생강이 맵다고 조나단은 쟌이 자신들에게 이 책자를 준 이유를 나름대로 생각하고 있었던 모양이다. 조나단의 질문에 멈칫하던 쟌은 잠시 고민하다가 곧 입을 열었다.

"그래. 나에겐 반드시 해야만 하는 일이 있다. 그리고 그 일을 끝마치려면 너희들 곁을 떠나는 것은 불가피할 것 같다."

"하지만 마스터 저희들의 능력으로 비격을 익히기에는 거의 불가능한……"

"당장 떠난다는 말이 아니다. 승계 전쟁이 끝나기 전까지는 이곳에 있을 테니까 궁금한 점이 있으면 언제든 질문을 하도록 해라."

"마스터, 단순히 저희가 배운 것을 사람들에게 가르치는 것은 할 수 있을지 모르지만 심성이 제대로 된 인간이나 아이를 골라 제자로 삼는 것은 자신이 없습니다. 그럴 만한 안목을 가진 것도 아니고 말입니다."

조나단의 근심 어린 말투에 잔은 엷은 미소를 지으며 지금까지와는 달리 부드러운 음성으로 입을 열었다.

"지금 당장 제자를 키우라는 말이 아니니 걱정하지 마라. 그리고 너희가 앞으로 10년 이상 비격을 열심히 수련하다 보면 어떤 녀석이 제대로 된 녀석인지 알아볼 수 있는 눈도 가지게 될 것이다. 본격적으로 비격을 수련해 보면 알겠지만, 비격은 수련하는 자에게 엄청난 힘과 능력을 주게 된다. 물론 얇은 책자의 있는 내용대로 20년 이상 수련을 한다면 소드 마스터가 되는 것도 그리 어려운 일은 아니다. 검에 대해 특별한 재능이 있는 자라면 그 이상의 경지에도 이를 수 있겠지만 깨달음을 얻기 전에는 그 벽을 깨기가 쉽지 않을 것이다. 깨달음이라는 것을 한마디 말로 표현하기는 불가능하다. 그 방법을 이 두꺼운 책자에 내 나름대로의 경험을 토대로 설명해 놓았으니 너희나 너희 제자가 높은 경지의 벽을 허무는 데 약간이나마 도움이 될 것이다. 그리고 또 한 가지 명심할 것은 이 책자를 절대 남들에게 보이지 말 것은 물론 절대 복사를 하지 말도록 해라."

갑자기 굳은 표정을 짓는 잔의 태도에 두 사람은 다시 긴장했다.

"내가 책을 복사하지 말라는 말을 한 이유를 너희는 짐작하겠느냐?"

"……."

"너희들이 본격적으로 비격을 익히다 보면 알게 될 일이지만 비격의 통해 얻게 될 힘은 검이나 무술을 익힌 사람이라면 누구든 욕심을 낼 만한 것이기 때문이다. 예를 들어 지금까지 한 번도 검을 사용해 보지 못했던 사람도 이 책자에 나온 대로만 훈련한다면 10년 안에 소드 마스터가 될 수 있다고 치자. 귀족들이 만약 이 사실을 알게 된다면 가만히 있으리라 생각하느냐? 자신이 가진 모든 것을 한순간에 날려 버릴 존재가 등장하는 것을 순순히 용납하리라 생각하느냐? 아마도 수단과 방법을 가리지 않고 이 책자를 빼앗아 자신의 입지를 더욱 굳히려고 할 것이 분명하다. 내가 너희에게 종합 격투 아카데미를 열라고 한 것은 귀족들의 배를 불리거나 그들의 위치를 굳건하게 만들어주기 위함이 아니다."

쟌의 말에 두 사람은 자신도 모르게 고개를 끄덕거리고 있었다.

"힘없는 자들에게 자신을 지키고 가족을 지킬 수 있는 힘을 주려는 것이 내 의도라는 것을 잊지 말도록 해라."

"명심하겠습니다, 마스터."

"힘없는 자들을 위한 아카데미를 만들겠습니다, 마스터."

두 사람의 대답에 쟌은 미소를 지으며 고개를 끄덕였다. 조금 떨어진 곳에서 그들의 대화를 듣고 있던 셀의 얼굴에는 미소가 떠올라 있었다.

조나단과 올리비에의 나이가 쟌에 비해 두 배 가까이 많다는 것을 셀도 알고는 있었지만 지금 그녀의 눈에 비친 모습은 장난꾸러기 어린애들이 어른 앞에 칭찬을 받기 위해 앉아 있는 것처럼 보였다.

"지금부터는 자신과의 고독한 싸움이 될 것이다. 산의 정상으로 올라가는 길은 수없이 많겠지만 정상은 끊임없이 노력하는 자만이 밟을 수 있다는 사실을 잊지 않는다면 너희는 상상했던 것보다 훨씬 높은 경지에 이르게 될 것이다. 비록 나를 통해 인연을 맺게 되었지만 서로 목숨을 걸고 상대를 아껴주도록 해라. 내 말은 이것이 마지막이다. 그만 나가보도록 해라.”

“마스터의 말씀대로 행하겠습니다.”

“모든 일은 마스터께서 말씀하신 대로 이루겠습니다.”

공손하게 쟌에게 인사를 한 두 사람은 조용히 방을 나갔다.

“셀, 우리도 이만 나가볼까?”

“예? 어디 갈 곳이 있나요?”

“일전에 잡아온 하이 엘프 있잖아. 그 자식이 왜 건방지게 셀에게 검을 휘두른 것인지 그 이유를 알아봐야겠어.”

“쟌, 스피얼을 그냥 풀어주면 안 될까요?”

“왜? 그러고 싶어?”

“그래요, 쟌. 누가 뭐라 해도 스피얼은 같은 마을에서 살던 사이예요. 비록 어렸을 때부터 자주 싸우면서 자라긴 했지만 그래도 같은 마을 출신이잖아요. 그를 괴롭히기는 싫어요.”

“괴롭히려는 것이 아니야. 그가 왜 셀을 적대시하는 것인지 그걸 알고 싶어. 또 아쉬드 진형에 대한 정보도 얻어야 하고 말이야. 하지만 셀이 내키지 않는다면 그만두지 뭐.”

담담한 쟌의 말에 셀은 잠시 내키지 않는 표정을 짓다가 곧 표정을 바꾸었다.

“아니에요, 쟌. 제 개인적인 일 때문에 전쟁의 향방을 가릴 수 있을지도 모르는 정보를 얻지 못한다면 그건 어리석은 일이잖아요. 그리고 저도…… 스피얼이나 휘렝가가 왜 그렇게 저를 미워하는 것인지 그 이유를 알고 싶어요. 또 제로의 지도는 몇 장이나 찾았는지 그것도 알고 싶고요."

"그래? 그럼 같이 가도록 하지."

두 사람은 방을 빠져나와 눈 치우기에 여념이 없는 용병들 사이를 지나 한쪽에 지어진 건물 지하로 향했다. 건물 앞에서 지키고 있던 두 명의 용병은 몹시 추운 듯 입김을 불어내며 손을 싹싹 비비고 있다가 쟌을 발견하자마자 환하게 웃으며 인사를 건넸다.

"가이야 부단장님, 다치셨다고 들었는데 괜찮으십니까?"

"부상은 다 나으신 겁니까?"

"추운데 수고 많군. 부상은 자네들의 염려 덕분에 이미 다 나았다네. 내가 걱정을 끼친 모양이군."

"아닙니다, 부단장님."

용병들의 인사를 들으며 쟌과 셀은 건물 안으로 들어섰다.

아직 교대 시간이 남은 대여섯 명의 용병이 테이블 주위에 둘러앉아 뜨거운 수프를 마시며 대화를 나누고 있다가 쟌을 발견하고는 그 자리에서 벌떡 일어났다.

"일어나지 말게. 포로를 만나러 왔네."

"성으로 복귀할 때 데리고 오신 그 엘프 말씀이십니까?"

"그렇네."

"제가 안내해 드리겠습니다. 절 따라오십시오."

30대 중반으로 보이는 용병이 앞장서서 지하로 향했고, 그 뒤를 쟌과 셀이 걸음을 옮기며 연신 주위를 살폈다.

춥고 음습할 것이라는 두 사람의 예상과는 달리 지하 감옥 곳곳에 비치해 놓은 화로에 피워진 불로 인해 꽤나 훈훈하게 느껴졌다. 주위를 둘러보던 쟌은 감옥이 대부분 텅 비어 있는 것을 알 수 있었다.

용병이 발걸음을 멈추자 따라 걸음을 멈춘 쟌과 셸은 감옥 벽에 기댄 채 멍하니 허공을 주시하고 있는 스피얼의 모습을 곧 확인할 수 있었다. 스피얼은 손목에 마나 봉인 마법이 그려진 가죽 수갑을 차고 있었다.

"그럼 전 이만 물러가겠습니다."

"잠깐, 감옥문을 열어주겠나?"

"예? 하, 하지만……."

"내가 책임질 것이니 감옥문이나 열어주게."

"알겠습니다, 부단장님."

철컹!

감옥문에 채워져 있던 커다란 자물쇠가 풀렸지만 스피얼은 미동도 하지 않았다.

"말씀이 끝나시면 불러주십시오. 그럼……."

용병이 사라진 후 쟌과 셸은 조금은 어두운 감옥 안으로 들어갔다.

가까운 곳에서 본 스피얼의 얼굴은 며칠 전에 비해 수척한 것이 그리 건강해 보이지 않았다. 그런 쟌의 생각을 눈치챘는지 셸이 설명했다.

"스피얼이 쓰러지고 난 후 제가 마법으로 치료를 했고, 또 성으로 돌아온 후 프리스트께서 신성력으로 치료를 했지만 큰 차도를 보이지 않아서 걱정이에요. 휴우~"

"당시에 내가 화도 나고 해서 손을 꽤 심하게 썼거든. 아마 내장이 파열되기 일보 직전일 거야. 그렇기 때문에 한두 번 정도 치료를 해서는 효과를 보기 힘들 거야.”

설명을 마친 쟌은 스피얼에게 다가갔지만 스피얼은 그저 멍하니 앉아 있을 뿐이었다.

조금은 우악스러운 손길로 스피얼을 뒤로 돌아 앉힌 쟌은 천천히 손에 마나를 모아서는 그의 등에 갖다 대었다.

“큭!”

멍하니 있던 스피얼의 입에서 잔뜩 억누른 듯한 신음이 흘러나왔지만 그의 등에 댄 쟌의 손은 떨어지지 않았다. 그러나 단순히 갖다 댄 것만은 아닌지 쟌의 얼굴에는 곧 땀방울이 가득 맺혔다.

“휴우~ 내부 장기에 고여 있는 울혈을 모두 제거했으니 이제 프리스트에게 몇 번 치료를 받는다면 완전히 나을 수 있을 거야.”

“컥!”

쟌의 말이 끝남과 동시에 스피얼은 피를 토했는데 역한 냄새가 나는 시커멓게 죽은 피였다. 토혈을 한 후 스피얼의 안색은 급격하게 원래대로 돌아왔다.

쟌이 자신을 치료해 준 것을 알면서도 스피얼은 여전히 멍한 표정을 짓고 있었다. 상대의 태도가 물이 간 생선처럼 신통치 않은 것을 보고도 쟌은 신경도 쓰지 않은 채 먼저 셀의 일부터 질문했다.

“셀과 같은 마을에서 살았다고 들었다. 그런데 왜 셀을 미워하고 괴롭혔던 거지? 내가 알기로 마을을 떠난 후 몇 년 만에 만난 것으로 알고 있는데 인사는 고사하고 검을 뽑아야 할 정도로 그녀가 그렇게 밉고 싫었나?”

“……이니까.”

"뭐라고?"

"하이 엘프의 피를 더럽히는 혼혈이라 미워했다고 했다."

셀의 얼굴이 어두워진 반면에 쟌은 영문을 모르겠다는 표정을 짓고 있었다.

"피를 더럽힌다니? 무슨 소리야, 그게?"

"너는 이 대륙에 순수한 하이 엘프가 얼마나 남아 있는지 아느냐?"

"……."

"순수한 하이 엘프는 겨우 300여 명, 일반 엘프와 혼혈이 겨우 100여 명에 불과하다. 이런 상황에서 인간과 혼혈인 엘프를 우리가 받아들이리라고 생각하는가."

"나참, 별 귀신 씻나락 까먹는 소리를 다 들어보겠네."

쟌의 어이없다는 대꾸에 셀과 스피얼은 자신도 모르게 그의 얼굴은 쳐다봤다.

"야, 임마! 넌 네가 하이 엘프로 태어나고 싶어서 하이 엘프로 태어났냐? 어찌해서 태어나고 보니까 하이 엘프였잖아. 그런데 겨우 그렇게 조잡한 이유로 셀을 미워하고 괴롭혔다고? 참나, 하도 유치하고 기가 막혀서 할 말이 없네."

물론 쟌의 말이 옳다는 것을 두 엘프도 잘 알고 있었다. 하지만 옳은 일이라고 항상 이성적으로 생각하고 행동할 수 있는 사람이 세상에 과연 얼마나 될 것인가?

"표정을 보아하니까 그래서는 안 된다는 것을 알고는 있지만 도저히 이성적으로 행동할 수는 없었다는 것 같은데, 그래서 옳은 일을 한다는 것이 힘든 거야. 특히 너처럼 하이 엘프가 아닌 다른 종족을 하찮게 여기는 종자라면 더욱 옳지 않은 일은 하지 말았어야지. 그렇지 않아?"

틀린 말은 아니지만 쟌의 말을 계속 듣고 있으려니 뭔가가 가슴속 깊은 곳에서 부글부글 끓어오르는 것을 느끼는 스피얼이었다.

이대로 두면 쟌의 빈정거림이 끝나지 않을 것 같아 셸이 얼른 질문을 던졌다.

"그보다 제로의 지도는 몇 장이나 찾았지?"

셸의 질문에 스피얼은 득의만면한 표정을 지었다.

"여섯 장, 그리고 나머지 한 장이 어디 있는지도 알고 있다."

"그, 그렇다면 일곱 장?"

깜짝 놀라는 셸의 얼굴을 보며 회심의 미소를 짓던 스피얼은 뒤이어 나온 그녀의 말에 엉망으로 얼굴이 일그러졌다.

"드디어, 드디어 마을을 구할 수 있게 됐어요, 쟌. 오! 신이시여, 감사합니다. 감사합니다. 흑흑흑."

곁에 있던 쟌은 감격의 눈물을 흘리고 있는 셸의 어깨를 그저 어루만져 줄 뿐이다.

멍한 시선으로 쟌과 셸을 바라보던 스피얼은 자신도 모르게 중얼거리고 있었다.

"그, 그렇다면 설마 제로의 나머지 지도를 다 찾았단 말이냐?"

"왜? 셸이 너만큼의 능력도 없을 거라고 생각했나? 흥! 자만심으로 가득 찬 정말 시건방지기 짝이 없는 엘프 자식이군."

"이……."

분노를 터뜨리려던 스피얼은 여전히 눈물을 흘리고 있는 셸의 모습에 그만 입을 다물고 말았다.

스피얼은 마을을 떠나올 때까지만 하더라도 제로의 지도를 모두 찾을 자신이 있었다. 평소에도 우습게 여겼던 셸은 신경도 쓰지 않았고, 친구였던 휘렝가가 조금만 도와준다면 제로의 지도를 찾는 것쯤은 문제도 되지 않을 것이라 생각했었다.

하지만 자신을 도와주었어야 할 휘렝가는 마을을 벗어나는 도중 웨어타이거의 습격을 받아 목숨을 잃어버렸고, 또 셸은 그전에 헤어졌기 때문에 생사마저도 모르는 상태였다.

나름대로 갖은 고생을 다해서 겨우 여섯 장의 지도를 찾았는데 평소 경멸의 대상이었던 셸이 벌써 열세 장의 지도를 찾았을 줄은 정말 상상도 못했다.

불과 6년 만에 스무 장의 지도를 다 찾을 줄은 미처 예상하지 못한 일이었다. 게다가 동료를 한 명 잃은 상태에서 임무를 완수할 수 있으리라고는 생각하지 못했다.

마을을 구할 수 있는 제로의 지도를 거의 다 찾은 것은 다행한 일이지만 주도적인 역할을 한 사람이 자신이 아니라는 사실에 순간적으로 자괴감마저 들었다.

감상에 빠져 있는 스피얼의 모습에는 아랑곳하지 않은 채 쟌이 입을 열었다.

"나머지 한 장은 어디 있지?"

스피얼이 자신의 말을 씹었다고 생각이 들자마자 쟌의 눈초리가 당장 하늘 높은 줄 모르고 치솟았다. 막 스피얼의 어깨를 낚아채려는 순간 힘없이 스피얼의 입이 열렸다.

"그린후드 후작가의 보물인 마법검 롱기스에 제로의 지도가 숨겨져 있다. 승계 전쟁이 진행되면서 그린후드 후작이 주네티 왕자에게 주었다."

"마법검?"

"예, 롱기스는 4클래스 마법 공격에 대한 실드 마법과 불 계열의 4클래스 공격 마법인 파이어 스트라이크의 스펠이 새겨져 있다고 알려진 상당히 유명한 마법검이에요."

"그래?"

셀의 설명에도 쟌의 반응은 시큰둥하기 이를 데 없었다.

그도 그럴 것이 쟌에게는 롱기스라는 마법검은 제로의 유물을 찾을 수 있는 지도의 마지막 조각이 숨겨져 있는 물건, 그 이상도 이하도 아니었다.

"그렇다면 결국 이 빌어먹을 전쟁이 끝나기 전에 탈취해야 한다는 말인가?"

"뭐라고?"

나직하게 중얼거리는 쟌의 말에 스피얼은 황당하다는 표정을 감추지 못했다. 그의 말대로라면 주네티 진형에 침입해 주네티의 검을 훔치겠다는 말이지 않은가.

"지금 제정신으로 지껄이는 것이냐? 비록 아쉬드 왕자에 비해 열세인 것은 사실이지만 주네티 왕자 주위에 얼마나 많은 용병들이 포진하고 있는지도 모른단 말이냐? 잠입은 고사하고 성으로 접근조차 할 수 없다는 것을 모른단 말이냐?"

스피얼의 약간은 고압적인 말투에 눈살을 찌푸리던 쟌은 못마땅하다는 기색이 잔뜩 밴 음성으로 대꾸했다.

"그럼? 제로의 지도를 찾을 수 있는 다른 좋은 방법이라도 있어? 그리고 네가 할 것이 아니면 닥치고 내가 어떻게 지도를 빼앗나 지켜보고 있어."

잔뜩 비꼬는 듯한 말에 스피얼은 화를 내기보다도 대체 뭘 믿기에 쟌이 저렇게 자신만만하게 자신할 수 있는지 그것이 더 궁금했다.

"으쌰."

짧은 기합 소리와 함께 자리에서 벌떡 일어선 쟌은 생각에 골몰하고 있는 셀에게 손을 내밀었다.

"마담, 이만 나가시지요."

"예? 아, 예."

쟌의 손을 잡고 있어선 셀은 멍하니 자신들을 바라보고 있는 스피얼을 잠시 쳐다보다가 입을 열었다.

"쟌, 헤르난 전하께 말씀드려서 스피얼을 풀어줄 수는 없나요?"

"후후후, 표정을 보아하니 동족이 이런 감옥에 갇혀 있다는 것이 꽤나 마음이 불편한 모양이군."

"그래요. 스피얼이 특별히 우리에게 적대 행위를 한 것도 아니고……."

"알았어. 헤르난 전하께는 내가 이야기를 하도록 하지. 그리고 이만 나가는 것이 어때?"

"알았어요. 스피얼, 잠시만 기다려요. 곧 풀어줄 테니까."

말을 건네는 셀의 음성에는 어느 틈엔가 냉기와 쌀쌀함이 걷혀 있었다. 두 사람이 그곳을 떠난 후 한참의 시간이 지났지만 스피얼의 눈은 두 사람의 뒷모습을 언제까지나 좇고 있었다.

"진정 골렘들을 막을 방법이 없단 말인가?"

말을 꺼낸 헤르난의 얼굴은 거의 절망에 가까운 표정이었다. 아니, 그뿐만이 아니라 그 자리에 모여 있던 사람들의 표정 모두가 낙심하는 기색이 역력했다.

그때였다.

"헤르난 전하, 가이야 부단장과 마담 가이야가 와서 전하를 뵙기를 청하고 있습니다."

"안으로 들라 해라."

잠시 후 안으로 들어선 쟌과 셀은 헤르난에게 인사를 하면서 분위기가 심상치 않음을 깨닫고는 약간은 긴장한 얼굴로 입을 열었다.

"전하, 무슨 일이 있습니까?"

"아니네. 그래, 무슨 일인가? 아니, 그보다 상처는 다 나은 것인가?"

"물론입니다, 전하. 다름이 아니라…… 제가 성으로 복귀할 때 데리고 온 엘프를 풀어주셨으면 해서 왔습니다."

"혹시 그 엘프에게 골렘에 대한 정보를 묻지 않았나?"

"묻진 않았습니다만……?"

말꼬리를 흐리며 의아한 표정을 짓던 쟌은 사람들의 시선이 일제히 자신에게 쏠린 것을 발견하고는 그들이 무엇 때문에 자신을 바라보는 것인지 금세 눈치챌 수 있었다.

"골렘에 대한 대비책 때문입니까?"

쟌의 질문에 유리가 고개를 끄덕였다. 아니, 그 자리에 있던 모든 사람들은 주위를 인식하지 못한 채 고개를 끄덕이고 있었다. 그 모습에 쟌은 속으로 한숨을 내쉬면서도 가만히 고개를 저었다.

"부상을 치료하면서 곰곰이 생각해 보았는데 그 친구가 골렘에 대해 알 만한 위치도 아니었고, 또 아쉬드 왕자나 수뇌부가 골렘에 대한 정보를 일반 용병들에게 알렸을 가능성은 전혀 없습니다. 아마도 골렘에 대해서 아는 것이 전무하거나 알아도 일반적인 것 이상은 모를 겁니다."

"후우~"

왕자들의 입에서는 일제히 한숨이 흘러나왔다.

그 모습을 지켜보던 쟌은 근처에 앉아 있던 로고스를 바라보았다. 왕자들에 비하면 담담한 표정을 유지하고 있었지만 전체적으로 어두워 보였다.

"단장님은 혹시 골렘과 전투를 해본 적이 있으십니까?"

"없네. 지금껏 살아오면서 본 적도 없는데 싸워본 적이 있을 리 만무하지 않겠는가? 크기가 얼마나 되고, 전투력이 얼마나 될지 짐작도 되지 않네."

백전노장인 로고스가 이럴진대 온실의 화초처럼 자란 왕자들이 골렘에 대한 대책을 제대로 세울 수 없을 것은 뻔한 일이다.

자신도 그동안 여러 차례 고심을 해보았지만 특별한 방법이 없었다. 유일한 방법은 골렘을 조종하는 마법사들을 저격하거나 암살하는 방법뿐이었다. 하지만 마법사들을 단번에 제거하는 데 실패한다면 그 다음은 생각하나마나였다.

무거운 침묵이 회의실을 짓누르고 있을 때 부드럽고 낭랑한 음성이 일시에 답답한 분위기를 깼다.

"오웬님, 여쭈어볼 말이 있어요."

셀이 느닷없이 자신을 지목하자 오웬은 의아한 표정을 지으면서도 곧 고개를 끄덕였다.

"말씀해 보시구려, 마담 가이야."

"제가 알기로 골렘의 심장에 해당되는 마정석은 골렘을 제작할 때 파괴를 막기 위해 각기 다른 위치에 설치되어 있다고 들었어요. 맞나요?"

"글쎄요, 골렘에 대해 연구해 본 적이 없어 자신있게 대답할 수는 없지만 일반적인 상식으로 보자면 마담 가이야의 말이 맞을 것이오."

"그렇다면 일반적인 무기나 공격으로 마정석의 위치를 찾아내 골렘을 파괴하는 것은 거의 불가능한 일이겠군요."

"아마도 그럴 것이오."

"그렇다면 마법 공격으로 파괴하는 것은 어떤가요?"

오웬은 셀이 무슨 의도로 그런 질문을 하는 것인지 도저히 그녀의 속마음을 짐작할 수 없었다.

"이론적으로 말하자면 가능하오. 그러나 8클래스의 마스터가 아니면 골렘의 마정석의 위치를 파악하고 또 파괴하기란 불가능한 일이오. 휴우~ 하지만 마담도 알다시피 인간의 능력으로 7클래스의 벽을 넘어선다는 것은 불가능한 일 아니오?"

오웬의 대답에 잠시 눈빛을 반짝이던 왕자들은 이어진 그의 뒷말에 금세 실망하고 말았다. 하지만 셀은 무슨 생각에선지 질문을 계속했다.

"지난번 아쉬드 전하의 성벽을 공격한 것처럼 무거운 물체를 높은 곳에서 떨어뜨려 골렘을 공격하는 것은 어떤가요?"

"글쎄, 맞을 확률도 적을뿐더러 설사 골렘이 바위에 맞아 파괴가 되었다고 하더라도 마정석 때문에 금세 재생할 테니 아마 공격의 효과가 제대로 나타나기 힘들 것이오."

상황이 점점 비관적으로 흐르자 왕자들은 할 말을 잃고 두 사람의 대화를 그저 멍하니 듣고 있을 뿐이었다.

"후후후, 그렇다면 이 방법은 어떨까요?"

갑자기 웃음을 터뜨린 셀의 태도에 사람들이 눈을 휘둥그렇게 뜬 채 그저 그녀의 화사한 얼굴을 쳐다볼 뿐이었다.

"어, 어떻게 말이오?"

오웬의 반문에 셀은 빙그레 미소를 지은 채 입을 열었는데, 이상하게도 단 한 마디도 들리지 않았다. 아마도 메시지 마법으로 오웬에게만 들리게 한 모양이었다.

셀의 말을 듣던 오웬의 눈이 갑자기 커다랗게 변했다.

"세, 세상에! 그, 그런 방법이 있었다니……! 마담 가이야, 당신은 정말 대단한 천재요. 맞소, 그렇게 하면 틀림없이 스톤 골렘 정도는 충분히 날려 버릴 수 있을 것이오!"

갑자기 화색이 도는 오웬의 표정에 왕자들은 어리둥절한 표정을 감추지 못한 채 그의 얼굴을 빤히 쳐다보았다.

"그라시아스님, 마담 가이야와 무슨 말씀을 나누셨기에 그렇게 기뻐하시는 것인지 저희들에게도 그 이유를 가르쳐 주시면 안 되겠습니까?"

"하하하, 헤르난 전하. 마담 가이야가 말한 방법이 가능한 것인지 아닌지를 먼저 확인해 보아야겠지만, 만약 가능하다면 아쉬드 전하께서 가지고 계신 스톤 골렘을 막을 방법도 있을 것 같습니다."

"오웬님, 그뿐이 아닙니다. 만약 제가 말씀드린 방법이 현실적으로 가능하다면 공성전에도 사용할 수도 있지 않겠습니까?"

"호오~ 그런 방법도 있구려. 제국에 마법사가 없다는 것이 이렇게 상황을 반전시킬 수도 있다니……. 정말 세상은 재미있는 곳이구려. 마담 가이야, 당신은 정말 대단한 천재요."

"별말씀을."

두 사람의 모습에 회의실에 있던 사람들은 너무나 궁금한 나머지 미칠 것 같다는 생각마저 들었다. 하지만 두 사람은 그저 서로를 바라보며 웃기만 할 뿐이었다.

더 이상 참지 못한 헤르난이 막 입을 열려는 순간 오웬이 먼저 웃음 띤 얼굴로 입을 열었다.

"헤르난 전하, 마담 가이야가 제시한 방법을 확인할 수 있는 시간을 주시면 감사하겠습니다. 만약 그 방법이 확실한 것이 확인되면 그때 전하께 말씀드리겠습니다."

"그라시아스님께서 그렇게 말씀하시니 기다리겠습니다. 하지만 이것만은 꼭 묻고 싶습니다. 방금 두 분이 나눈 그 방법이 성공할 확률이 얼마나 될 것 같습니까?"

헤르난의 질문에 오웬의 얼굴에는 보는 이의 기분을 좋게 만드는 환한 미소가 걸렸다.

"이것은 제 예상이지만 아마도 상공할 확률이 8할 이상은 될 것입니다."

"8할 이상이라면……?"

"자세한 것은 며칠 후에 보고를 드리겠습니다만, 골렘에 대한 걱정은 하지 않으셔도 될 것 같습니다. 허허허."

탐스러운 수염을 쓰다듬으며 자신만만한 웃음을 터뜨리는 오웬의 모습에 왕자들은 궁금함을 느끼면서도 불안했던 마음이 어느새 편안해진 것을 깨달을 수 있었다.

"알겠습니다. 그럼 며칠 후의 보고를 기다리도록 하지요. 그리고 보니 조금 전 가이야 부단장이 질문했던 것에 대한 대답이 늦었구려. 포로로 있는 엘프에 대한 처분은 가이야 부단장에게 일임할 테니 부단장이 알아서 처리하도록 하시오. 어찌 되었거나 커다란 짐 하나를 덜게된 것 같아 정말 안심이오. 마담 가이야, 이 고마움을 뭐라 표현해야 좋을지 모르겠소이다. 모든 것은 이 전쟁이 끝난 후 갚겠소이다."

"아니에요, 전하. 아직 그 방법이 가능한 것인지도……."

"아니오, 설사 마담 가이야가 제안한 방법이 현실적으로 아무런 쓸모가 없는 것이라고 해도 나를 위해, 아니, 우리 진영에 있는 사람들을 위해 누구보다 고심한 결과가 아니겠소. 나는 그 마음이 고마운 것이오. 참으로 많은 것을 가이야 부단장 부부에게 배우는구려."

다시 한 번 사양의 말을 하려던 셸은 쟌의 제지도 있었지만, 그보다는 헤르난의 얼굴에 떠올라 있는 진심을 발견하고는 그저 고개만 끄덕였다.

그렇기는 다른 왕자들 역시 마찬가지였다.

며칠 동안 골렘에 대한 대책을 세우느라 식사는 고사하고 수면조차 제대로 취하지 못해서 초췌해 보이던 얼굴에 비로소 여유가 묻어났고,

안도의 기색이 떠올라 있었다.

몸과 마음이 편해진 탓인지 모르지만 그제야 왕자들은 자신들 주위에 있는 사람들이 얼마나 열심히, 그리고 충심으로 자신들을 보좌한 것인지 깨달을 수 있었다.

"자, 일단 오늘 회의는 이것으로 종결하겠소. 하하하, 마음이 가벼워진 탓인지는 모르지만 상당히 시장하구려. 어떻소이까? 같이 식사나 하는 것이. 오늘만큼은 아무런 생각 없이 취하고 싶구려. 참! 용병들에게도 과하지 않는 범위 내에서 술과 음식을 지급하도록 하시오."

호쾌하게 말을 꺼내던 헤르난은 고개를 세차게 한번 흔들고는 다시 말을 꺼냈다.

"아니, 이럴 것이 아니라 오늘 저녁은 아예 용병들과 함께 식사를 같이 하는 것이 어떻겠소이까? 오늘 하루만큼은 묵은 시름이나 걱정일랑다 잊어버리고 마음 편하게 다 함께 즐겨봅시다."

그런 헤르난의 제의에 가장 먼저 찬성한 사람은 역시 놀기 좋아하는 루이스였다. 동시에 다른 왕자들의 얼굴도 환하게 밝아져 있었다.

"형, 역시 형은 멋있어. 그래, 오늘만큼은 맘껏 놀아보는 거야. 임마, 뭐 하고 있어? 따라 나와."

"루, 루이스 형. 뭐, 뭐 하는 거야? 이거 놓고 말해. 놔줘, 놔달란 말이야."

루이스에게 뒷덜미가 잡혀 끌려 나가는 필립의 모습을 보면서 왕자들의 입가에 한번 떠오른 미소는 걷힐 줄 몰랐다.

"한 사람도 예외없이 참석하도록 하시오. 모두들 알겠소? 가이야 부단장도 오늘은 빠지지 말게."

"헤르난 전하, 제가 언제 빠졌다고 그런 말씀을 하십니까?"

헤르난의 말에 쟌은 퉁명스럽게 대꾸를 했다. 하지만 그의 표정은 그리 싫지 않은 기색이었다.

수뇌부에서 아무리 쉬쉬한다고 해도 누구보다 눈치가 빠른 용병들이 골렘에 대한 정보를 듣지 못했을 리 없었다.

이런 상황에서 설사 골렘을 막을 방법이 없다고 하더라도 수뇌부가 불안해한다면 용병들 역시 불안해할 것은 너무나 뻔한 일이었다. 이럴 때 수뇌부가 아무 일 없다는 듯 파티를 연다는 것은 불안해하는 용병들을 진정시키는데 탁월한 효과가 있다.

쟌이 더욱 흡족하게 생각한 이유는 이전까지는 자신밖에 모르던 헤르난이 이런 상황에서 능동적으로 분위기를 쇄신하려고 노력한다는 점이었다. 더욱이 불안해하는 용병들까지 챙기려 한다는 점이 마음에 들었던 것이다.

"자아, 자~ 어서들 나갑시다."

회의실을 나가는 왕자들의 얼굴에는 며칠 동안 골렘 때문에 고심했던 기색은 단 한 점도 찾아볼 수 없었다.

63장

동상이몽(同床異夢)

"어디, 좋은 의견이 있으면 말해 봐라."

아쉬드의 질문에 먼저 입을 연 사람은 작전을 담당하고 있는 라일리였다.

"만약 올 겨울의 추위가 작년 정도라면 아마도 성에서 꼼짝도 못하게 될 거야. 지금이 11월 초니까 월동 준비를 서둘러 마치고 봄까지 기다렸다가 날이 풀리자마자 전격적으로 총공격을 퍼부어 끝을 내는 것이 좋을 것 같은데… 다른 사람들 생각은 어때?"

마치 동의를 구하는 듯한 라일리의 말에 다른 왕자들의 고개도 일제히 끄덕여졌다.

"공격 순서는?"

"적지 않은 타격을 입었다고는 하지만 그래도 주네티 녀석의 병력이 많으니 주네티 녀석을 먼저 공격해 사로잡고, 그 다음 헤르난 형의 위치를 알아낸 후 공격하도록 하는 것이 좋을 것 같아. 헤르난 형의 본거지가 어딘지 아직까지 모르고 있으니까 말이야."

"난 찬성."

라일리의 설명에 막내인 론트가 찬성을 표시했다.

"그리고 말이야, 라일리 형의 의견에 찬성은 하는데 주네티 형을 공격할 때 스톤 골렘이 주축이 될 테니까 실력이 뛰어난 자들을 따로 추려 후방에 배치해 두는 것은 어때?"

"헤르난 녀석 때문이냐?"

"맞아, 형. 우리가 주네티 형을 공격하느라 정신없는 틈을 헤르난 형은 아마 놓치지 않을 거야. 저번 같은 기습을 다시 허용할 수는 없잖아."

론트의 말에 다른 왕자들은 고개를 끄덕이면서도 그때의 일이 떠오르는지 하나같이 어금니를 깨무는 모습이었다. 그런 왕자들의 모습에 아쉬드의 인상은 잔뜩 찌푸려졌다가 곧 원래 모습으로 돌아왔다.

'한심한 것들.'

"다른 의견은?"

"……."

"제이슨 단장, 라일리의 의견에 보충할 것이나 다른 의견은 없소?"

"아쉬드 전하, 혹시 현재 여건상 추가로 용병들을 더 고용하는 것이 가능합니까?"

"단장의 말은 현재의 병력이 부족하다는 말이오?"

"부족하다는 것보다는 론트 왕자님의 말씀대로 하자면 동시에 두 전하를 상대해야 할 가능성도 배제할 수 없지 않습니까? 그러려면 병력 보충은 필수적으로 이루어져야 할 겁니다."

"흐음~"

아쉬드가 한숨과 함께 고심하는 기색이 역력하자 카멜은 보충 설명을 했다.

"물론 현재의 병력으로도 차례대로 상대한다면 두 전하를 상대하지 못할 것은 없습니다만, 병력 손실이 상당할 겁니다. 더구나 동시에 상대한다면 아무리 우리에게 스톤 골렘이 있다고 하더라도 엄청난 피해를 입을 겁니다. 아마 승패를 가늠하기 힘들 정도로 말입니다."

"단장의 예상이 그렇다면 할아버님께 말씀을 드려보겠소. 하지만 지금 당장 병력 보충은 힘들 것이오."

"전하, 봄까지는 아직 시간이 있으니 천천히 병력을 보충해도 될 것입니다. 다른 두 전하도 이런 날씨에 섣불리 병력을 이동시키지는 않을 테니까요."

"알겠소. 제럴드, 네가 할아버님께 연락을…… 아니다. 내가 연락을 하도록 하지. 그럼, 오늘 회의는 이것으로……."

"잠깐, 할 말이 있어."

"뭐지?"

"난방은 근처의 나무로 해결은 하면 되지만 술과 음식이 부족해. 불만을 터뜨리는 용병들이 요즘 점점 늘고 있어."

"넌 우리가 지금 이곳으로 놀러 왔다고 생각하는 것이냐? 24시간 정신을 차리고 있어도 부족할 판에 술이라니."

"형, 저들은 용병이야. 일반 병사들과는 다르단 말이야. 그렇지 않아도 몇 번 전투를 치르지 않았는데도 사상자가 엄청나게 발생해 불안해하고 있는데 술까지 못 마시게 하면, 어쩌면… 탈영병이 생길지도 몰라."

라일리의 대답에 아쉬드는 기가 막힌 듯 그를 쳐다보았지만 그를 쳐다본다고 해결될 문제가 아니었다.

"흐음~ 알겠다. 어차피 조만간 식량을 조달해야 하니 그때 술도 반입하도록 하지. 그렇지만 절대 술로 인해서 문제가 생겨서는 안 된다. 만약 술 때문에 사고가 생긴다면 그 시간 이후로 승계 전쟁이 끝날 때까지 절대 술을 못 마시게 할 테니까 용병들에게 네가 분명하게 주지시키도록 해."

"알았어, 형."

라일리의 대답을 끝으로 회의는 끝이 났고, 왕자들은 하나둘 차례로 회의실을 빠져나갔다.

텅 빈 회의실에 앉아 있던 아쉬드는 의자 깊숙이 몸을 묻은 채 눈을 감았다.

'이기는 것은 문제가 아니야. 어떻게 하면 피해를 최소화할 것인가도 신경 써야 하는 거야.'

　　　　　*　　　　　*　　　　　*

"월동 준비 상황은?"

"거의 끝났어. 고기와 채소 같은 부식과 술, 그리고 용병들의 무기 가운데 일부만 들어오면 돼."

"성의 보수 작업은?"

"그것도 거의 다 끝났어. 그래도 더 추워지기 전에 끝낼 수 있어 다행이야."

헬라인의 대답에 주네티는 고개를 끄덕였다.

"추가로 고용한 용병들은?"

"이번에 고용한 용병들이 마지막이야. 그린후드 후작도 이제 더 이상은 여력이 없다고 연락이 왔어."

"얼마나 되지?"

주네티의 질문에 헬라인은 가지고 있던 서류를 살피다 대답했다.

"한 8천 명 정도 오는데… 쓸 만한 녀석들은 별로 보이지 않아. 그래도 이름이 좀 알려진 녀석들은 모두 승계 전쟁 초기에 고용했잖아. 그래서 애송이들밖에 안 남았어. 그래도 숫자가 8천 정도 되니까 급할 때는 도움이 되겠지."

"제롬, 군자금이 얼마나 남았느냐?"

"앞으로 6개월 동안의 식량과 무기를 구입하고, 약품을 구입하면 거의 남지 않을 거야. 따지고 보면 용병들의 식량으로 들어가는 금액이 너무 커서 문젠데 그렇다고 굶길 수도 없고……. 휴우~ 걱정이 끊이지 않는군."

"상인연합에서 더 이상의 군자금이 나오지 않는 거야?"

"미천한 놈들이 자신들의 주제도 모르고 배짱을 튕기고 있는 것 같아."

"배짱?"

"그래, 지금까지 투자한 돈만 해도 자신들로서는 무리를 한 거다. 그래서 더 이상 투자할 여력이 자신들에게는 없다. 그러니 지금까지 투자한 돈으로 잘 꾸려봐라. 뭐, 이런 거지."

"쓰레기 같은 놈들. 감히 제국의 왕자인 나를 상대로 장사를 하려고 해? 승계 전쟁이 끝나면 그 자식들부터 쓸어버려야겠어."

주네티의 얼굴은 빨갛게 상기되어 있었고, 치미는 분노를 참을 수 없는지 주먹마저 불끈 쥐고 있었다.

그 모습을 바라보고 있던 다른 왕자들은 일부는 동조를, 일부는 고개를 젓고 있었다.

아쉬드의 공격으로 자신이 보유한 전력 가운데 오분의 일에 해당되는 만여 명의 사상자가 발생한 것에 대해 주네티는 며칠 동안이나 분통을 터뜨렸다. 그때 이후로 주네티는 이상하다고 느낄 정도로 작은 일에도 분노를 참지 못했다.

물론 승계 전쟁 전에도 상인들을 좋게 생각하고 있었던 것은 아니지만 이렇게 노골적인 적의를 드러낼 정도로 싫어하지는 않았다. 미소를 잃지 않아 샤이닝 로즈라고 불렸던 과거의 모습과는 전혀 다른 모습이었다.

몇 번의 심호흡으로 분노를 억누른 주네티는 담담한 표정으로 앉아 있던 타마룬에게로 고개를 돌렸다.

"뮤겔 단장, 아쉬드 형이 데리고 있는 마법사에 대한 대비는 어떻게 하고 있소?"

"아는 사람을 통해 케이시나 연방에서 용병으로 일하고 있는 마법사들을 모으라고 지시했습니다. 아마 봄이 오기 전까지 우리 진영에 합류가 가능할 것 같습니다."

"봄? 왜 하필이면 봄이란 말이오?"

"이건 제 생각입니다만, 아마도 아쉬드 전하는 날씨가 풀리자마자 공세를 취할 가능성이 큽니다. 승계 전쟁이 막바지에 다다른 만큼 실력 있는 마법사들을 모으려면 그 정도의 시간은 필요합니다."

"그들을 고용할 자금만큼은 어떻게든 할아버님께서 마련한다고 하셨으니 자금에 대해서는 걱정하지 않아도 될 것이오. 그러니 돈을 아끼지 말고 진짜 실력이 뛰어난 자들만 불러 모으도록 하시오. 알겠소?"

"명심하겠습니다, 전하. 내년 봄이 되기 전까지 반드시 합류시키도록 하겠습니다."

"그럼 그 문제는 뮤겔 단장이 전적으로 책임지고 진행시키도록 하시오."

주네티의 말에 타마룬은 담담한 표정으로 고개를 끄덕였다.

*   *   *

사방에 쌓인 눈은 보기 좋았지만 때때로 불어오는 바람은 칼날 같았다. 경계를 서고 있던 두 용병은 바람이 불어올 때마다 온몸을 부르르 떨었다.

"어휴~ 추워라. 빌어먹을, 젠장! 어이, 작년보다 올해가 더 추운 것 같지 않아?"

"그러게 말이야. 그것보다… 교대 시간은 대체 얼마나 남은 거야?"

"얼마 안 남았을 거야. 젠장, 뜨거운 수프에 위스키 한잔했으면 소원이 없겠군."

"누가 아니래. 이봐, 한데 저 양반들, 우리가 보초를 서기 전부터 훈련하고 있지 않았어?"

"어디?"

고개를 길게 뺀 텁석부리용병은 동료가 가리킨 곳을 쳐다보다가 깜짝 놀란 표정을 지었다.

"정말이네. 휴우~ 아직까지 훈련하고 있다니…… 저 사람들은 지치지도 않나?"

텁석부리용병의 말에 동료 역시 고개를 끄덕이며 그들의 체력이 놀랍다는 표정을 감추지 못했다.

"뭣들 하고 있는 거냐! 철저하게 경계를 서도 시원치 않은데 경계 중에 한눈을 팔아!"

"죄, 죄송합니다."

"죄송합니다."

갑자기 들려온 굵직한 목소리에 두 용병은 상대를 확인할 사이도 없이 용서부터 빌었다. 식은땀을 흘리며 상대에게서 쏟아질 질책을 기다리던 두 용병은 시간이 지나도 아무런 말이 들려오지 않자 조심스럽게 고개를 쳐들었다.

그런 용병들 앞에는 터져 나오려는 웃음을 억지로 참고 있는 두 용병의 모습이 보였다.

"너, 너희들!"

"젠장맞을 놈들."

"하하하, 수고했어. 이제부터는 우리가 보초를 설 테니까 그만 들어가서 몸이나 녹여."

용병들은 툴툴거리며 그 자리를 떠나려 했지만 곧 동료의 말에 걸음을 멈춰야 했다.

"이봐, 그런데 뭘 그렇게 멍하니 쳐다보고 있었던 거야?"

"저기."

"뭐?"

"저기 저 사람들 우리가 보초를 서기 전부터 훈련하고 있었거든. 그런데 이 추운 날씨에 아직까지 훈련하고 있잖아. 그게 신기해서 보고 있었어."

그가 가리킨 곳을 보니 서너 명의 사내가 검을 휘두르거나 혹은 제자리에 이상한 자세로 앉아 있었다.

"가이야 부단장이잖아? 그리고 저 사람들은 기사단의 부단장 나으리들 아니야? 그런데 눈밭에서 저게 뭐 하는 짓이래?"

"난들 아냐? 귀족들은 저렇게 눈밭에 앉아 있어도 엉덩이도 안 시리나 보지 뭐. 우린 이만 갈 테니까 너희들도 근무 똑바로 서."

근무 교대를 한 용병들은 시선을 돌려 성 밖을 감시하기 시작했다.

획! 휘리리릭!

몸을 움직일 때마다 바닥에 쌓였던 눈들이 일제히 허공으로 치솟았다. 날카롭게 허공을 가르던 롱 소드는 허공을 가득 메운 눈송이를 자르려는지 움직임이 더욱 매서워졌다.

스스스—

갑자기 롱 소드에서 이는 파공성이 음산하게 변하더니 허공에 무수한 궤적을 그리며 눈송이들을 난도질했다. 공간을 지배하던 롱 소드의 움직임은 시작했던 것처럼 갑자기 그쳤다.

"후우~"

길게 숨을 내쉰 슈뢰더는 롱 소드를 검집에 집어넣고는 몸을 돌려 가부좌를 틀고 앉아 있는 쟌에게로 시선을 돌렸다.

차갑게 가라앉은 눈으로 슈뢰더의 몸놀림을 지켜보고 있던 쟌은 조금은 느릿한 음성으로 입을 열었다.

"이제 기(技)의 단계를 넘어 술(術)의 단계에 이르렀다. 하지만 아직까지 호흡이 산만하다. 호흡에 더욱 신경을 쓰도록 해라."

"명심하겠습니다, 마스터."

대답하는 슈뢰더의 얼굴에는 쟌에 대한 신뢰와 존경이 가득했다.

"질문이 있습니다, 마스터."

"뭐냐?"

"방금 말씀하신 술이라는 단계 외에 또 어떤 단계가 있습니까?"

"술 위에는 령(靈)이라는 자신의 무기와 일체가 되어 자르지 못할 것이 없는 단계가 있고, 그 령 위에는 도(道)라는 단계가 있다. 도란 모든 사물을 관조할 수 있는 단계로, 도에 이르는 길은 헤아릴 수 없이 많지만 그 경지에 도달하기란 극히 어렵다. 평생 동안 노력하며 명상 수련을 한다고 해도 도의 경지에 이르기는 어려울 것이다. 하지만 만약 그 도의 경지에 도달하게 된다면 그때는 인간의 한계를 벗어나 엄청난 능력을 가지게 되겠지."

"엄청난 능력? 그보다… 마스터께서는 방금 말씀하신 그 경지 가운데 어느 경지에……."

"겨우 령의 초입에 들어섰을 뿐이다."

쟌의 대답에 슈뢰더나 근처에서 쟌의 말에 귀를 기울이던 드보아나 기레스트들은 터져 나오는 한숨을 감출 수 없었다.

소드 마스터란 검술을 익힌 자들이 도달할 수 있는 최후의 경지라고 알던 과거와는 달리 쟌에게 가르침을 받은 지금은 끝도 보이지 않는 검의 경지에 은근히 질리고 있던 중이었다.

한숨을 내쉬던 드보아는 실망하고 있는 자신들과는 달리 묵묵히 단전호흡에 열중하고 있는 조나단과 올리비에의 모습에 조금은 질리는 것을 느꼈다.

아마도 쟌이 부상을 입고 성으로 돌아온 후부터였을 것이다. 그때부터 두 사람은 마치 처음으로 돌아간 듯 그 지긋지긋한 기초 체력 훈련과 단전호흡에 열중하기 시작한 것이다. 그런데 이상한 것은 그런 두 사람을 보고도 쟌이 아무런 말도 하지 않는다는 것이었다.

이상하기는 쟌도 마찬가지였다.

이전까지는 그래도 한 달에 서너 번 정도 체력 훈련이나 검술 수련을 했었는데 그런 것이 완전히 사라졌다. 오로지 단전호흡만 하고 있었는데 대체 하루에 어느 정도나 단전호흡을 하는 것인지 알 수 없을 정도였다.

자신들을 가르칠 때를 제외하고는 정해진 자리에서 단전호흡에 열중하고 있는 그의 모습을 항시 볼 수 있었다. 기본적인 수면이나 식사나 제대로 취하고나 있는지 걱정될 정도였다. 전에 비해 약간 핼쑥해지기는 했지만 그렇다고 표시가 날 정도로 상태가 나빠진 것도 아니었다.

오히려 분위기가 전에 비해 더욱 가라앉아 똑바로 쳐다보기가 무서울 정도였다. 사람의 이미지라는 것이 그렇게 쉽게 변할 수 있는 것이 아님에도 불구하고 쟌의 모습은 새파랗게 날이 선 검에서 갑자기 광채가 사라진 듯한 모습이었다.

쟌 앞에 서면 숨도 제대로 쉴 수 없을 만큼의 위압감이 느껴지는 것이 이제는 감히 실력 향상이나 평가를 위한 대련조차 신청하기 겁날 정도였다.

말을 마친 쟌이 막 눈을 감으려는 순간 멀리서 셀의 음성이 들렸다.

"쟌, 회의가 있대요."

쟌은 셀의 부름에 지체없이 그 자리를 떠났고, 무심코 쟌이 떠난 자리를 쳐다본 슈뢰더는 쟌이 앉았던 자리에 쌓였던 눈이 조금도 녹지 않은 것을 발견하고는 눈이 휘둥그레졌다.

"어떻게 이런 일이 일어날 수 있는 거지? 마스터는 체온마저 조절할 수 있는 경지에 도달하신 건가?"

슈뢰더의 말에 근처에 있던 드보아와 기레스트 역시 황당하다는 표정을 감추지 못하고 있었다.

"그런 일이 진정 가능하단 말인가?"

"자네도 보지 않았나? 정말 눈이 조금도 녹지 않았네."

"가끔가다 마스터가 정말 인간일까 하는 의심이 든다니까."

"약관을 겨우 넘었을 나이에 이런 능력을 가진다는 것이 정말 말이 되는 소리야?"

중얼거리는 세 사람의 음성에는 불신의 기색이 가득 배어 있었고, 그런 세 사람과는 달리 조나단과 올리비에는 계속해서 단전호흡에 열중하고 있었다.

"어서 오게."

쟌과 셀이 회의실에 도착해 보니 다른 사람들은 이미 모여 있었다.

"자리에 앉게."

두 사람이 자리에 앉는 것을 확인하고서야 헤르난은 사람들의 얼굴을 일일이 쳐다보며 입을 열었다.

"갑자기 이렇게 모이라고 한 이유는 전할 소식과 결정지을 일이 있기 때문이오. 먼저 전할 소식은 주네티 녀석이 8천 명 정도의 용병들을 추가로 고용했다는 첩보가 들어왔소. 만약 이 사실을 아쉬드 형이 알게 된다면 틀림없이 무리해서라도 용병을 고용할 것이 분명하오. 우선 이 문제부터 의견을 나눠봅시다."

"주네티 형이 또 용병을 고용했다고? 그것도 8천 명이나? 그린후드 후작가가 그렇게 부자였어?"

"형, 그건 나도 못 믿겠는데?"

루이스의 말에 부케인 역시 믿지 못하겠다는 표정을 짓자 필립마저 고개를 끄덕였다.

"그린후드 후작가에 아직 그만한 재력이 있다는 걸 믿을 수 없어요. 이건 제 생각인데… 혹시 상인연합에서 지원해 준 건 아닐까요?"

"상인연합? 하긴 상인연합에서 지원한 돈이나 그린후드 후작가에서 긁어모은 돈이나 상관없지."

"아닙니다, 전하. 그 점은 생각을 좀 해볼 문제입니다."

"무슨 문제가 있소, 크리스토퍼 단장?"

"저희가 승계 전쟁 전에 파악한 정보로는 그린후드 후작가에 그만한 재력이 없었습니다. 게다가 주네티 전하 진영에 참가한 귀족들 가운데 재정적으로 도움 줄 수 있을 만한 사람은 없었습니다. 그렇기 때문에 주네티 전하께서 상인들을 끌어들이신 것이 아닐까요?"

잠시 말을 끊은 로고스는 자신 앞에 놓여 있던 물컵을 들어 목을 축인 후 다시 말을 이었다.

"저희가 예측한 것에 따르면 주네티 전하께서 고용, 유지할 수 있는 용병들의 수는 최소 3만 5천, 최대 4만 5천이었습니다. 그 상태에서 일전 아쉬드 전하의 기습을 받아 만여 명이 피해를 입었습니다. 그렇다면 현재 주네티 전하께서 보유하고 있는 용병들은 많아봐야 3만 5천뿐이어야 했습니다. 하지만 정찰 나가 있는 용병들의 보고에 의하면 현재 주네티 전하께서는 4만 5천 이상의 병력을 보유하고 있다고 했습니다. 게다가 현 상태에서 날씨가 풀리는 봄에 만약 추가로 용병들을 고용할 수 있는 자금까지 보유하고 있다면 우리에겐 너무 불리합니다."

로고스의 말을 듣고 있던 왕자들은 좀 어두운 얼굴로 고개를 끄덕였다.

"그 상태에서 만약 상인연합이 무리를 감수하고 군자금을 지원한다면 우리는 더욱 불리할 수밖에 없어, 형."

"푸하하하!"

필립의 말에 헤르난은 갑자기 웃음을 터뜨렸다. 다른 왕자들은 영문을 몰라 어리둥절한 표정으로 그의 얼굴만 쳐다보고 있었다.

"후후후. 필립, 방금 뭐라고 했느냐? 상인연합이 무리를 감수한다고? 어떻게 그런 생각을 할 수 있느냐? 사실 상인에게 있어 왕자는 결코 무시할 수는 없는 존재지만 돈과는 절대 비교가 안 된단다. 설사 주네티가 황제의 자리에 오를 것이 확실하다고 하더라도 자신의 전 재산을 투자하지는 못하는 인간들이 바로 상인이란다. 네 말대로 그들이 무리를 감수한다는 것은 절대 있을 수 없는 일이지."

"저도 전하의 말에 동의합니다."

헤르난의 확신에 가득 찬 말에 찬성한 사람은 용병 고용을 담당하고 있는 피욘느 게르트였다.

"제가 지금껏 용병 생활을 하면서 겪은 상인들에 대한 경험을 말씀드리자면 어떤 상황에서도 자신들의 손해를 용납하지 않는 자, 바로 그런 이들이 상인들입니다. '지금까지 투자했으니 조금만 더 투자하자'라는 생각은 상인들을 너무나 모르기 때문에 나올 수 있는 말씀입니다. 그들은 어떤 경우에도 손해를 보지 않습니다."

피욘느는 설명하는 가운데 필립의 불만스러운 표정을 발견하고는 빙그레 미소를 지었다.

"필립 전하의 표정을 보니 제 말을 믿을 수 없다는 듯하신데 상인에 대해 조금이라도 알고 계신 분에게 어디 한번 물어보십시오. 그들이 과연 손해란 생각이 들어도 투자를 계속하는 존재들인지 말입니다. 그리고 그들은 이미 주네티 전하의 진영에 투자한 것 이상의 이득을 얻었을 겁니다. 제가 예상하기에… 아마 상인연합에서 더 이상의 투자는 없을 겁니다."

"제 예상도 게르트 부단장과 마찬가집니다. 그린후드 후작가나 귀족들에게서 더 이상 나올 군자금이 없다면 상인연합에서도 더 이상 투입될 군자금이 없을 겁니다. 결론적으로 주네티 전하께서는 마지막으로 병력을 보충하신 것으로 판단됩니다. 문제는 더 이상 군자금이 없다고 판단했던 주네티 전하께서 병력을 보충하셨다는 점입니다. 그렇다면 아쉬드 전하께서도 병력을 보충할 가능성 역시 커집니다."

로고스의 말에 그렇지 않아도 어두웠던 왕자들의 얼굴이 더욱 어두워졌다.

"이래저래 우리에게는 반갑지 않은 소식뿐이군. 크리스토퍼 단장의 말대로 아쉬드 형이 이 사실을 알았다면 어떻게 하든 병력을 더 보충할 것이 뻔한데…… 이 일을 어떻게 대처하면 좋겠소?"

헤르난의 말에 갑자기 회의실에 정적이 흘렀다.

갑자기 돌변한 회의실의 분위기는 사람들의 입을 억눌러 쉽게 말을 꺼내기 힘들게 만들었다. 아무도 입을 열지 않자 헤르난은 분위기를 바꾸려는 듯 연신 수염을 쓰다듬고 있던 오웬에게 질문했다.

"그라시아스님, 저번에 말하시던 스톤 골렘을 막을 방법에 대한 실험은 어떻게 되셨습니까?"

"아직 조금 더 실험을 해봐야겠지만 스톤 골렘은 충분히 막아낼 수 있을 것 같습니다. 그리고 이건 그 실험을 하는 과정에서 알게 된 것인데 공성전을 치를 때 공성병기가 없어도 충분히 성을 공략할 수도 있을 것 같습니다."

"예? 공성병기 없이 성을 공략할 수 있다니요? 그게 무슨 말씀이십니까? 대체 어떤 방법으로?"

"그 방법은 실험이 완료되면 따로 보고를 드리겠습니다."

"알겠습니다, 그라시아스님. 하지만 스톤 골렘을 막을 방법이 있다니 정말 다행이군요."

"한데 아까 전하께서 말씀하신 것 중에 결정할 일이란 무엇입니까?"

"주네티 녀석이 병력을 추가 고용한 것에 대해 어떻게 대응할 것인가 하는 문제였네. 따지고 보면 처음 꺼낸 이야기와도 연관이 있는 이야기지."

돌연한 쟌의 질문에도 헤르난은 담담한 표정으로 설명해 주었다.

"제 의견을 말씀드려도 되겠습니까?"

"말해 보게."

"내년 2월이 지나가기 전 주네티 전하를 공격할 것을 건의합니다."

갑작스런 쟌의 제의에 깜짝 놀란 사람들의 시선이 일제히 그에게로 쏠렸다. 하지만 무표정한 그의 표정은 무슨 생각으로 그런 의견을 제시한 것인지 도저히 그의 심중을 짐작할 수 없게 만들었다.

"으음~ 가이야 부단장이 그런 의견을 제시했을 때는 나름대로 이유가 있을 것이라 생각되는데…… 우리들에게 그 이유에 대해서 설명해 주겠나?"

"그것은 다른 왕자들이 서로를 공격하는 시점을 날씨가 풀리는 봄으로 잡았을 것으로 예상되기 때문입니다."

할 말을 다 했는지 쟌은 입을 다물자 다른 왕자들은 이해가 가지 않는다는 표정으로 그를 쳐다보았다.

"좀 더 자세히 설명해 주겠나?"

"적들이 원하는 시기에 공격을 해봐야 피해만 늘어날 뿐입니다. 더구나 우리는 다른 두 왕자에 비해 병력의 질에서는 앞서지만 수적인 면에서는 현저하게 떨어지니 그들이 원하는 방법으로 싸우는 것은 정말 어리석은 행동 아니겠습니까? 적들이 결코 상상하지 못한 시기에, 그리고 저들에게 병력이 추가로 충원되기 전에 전투를 시작하는 것만

이 우리에게 승산이 있다고 생각합니다."

"정말 그렇게 하는 것이 우리에게 승산이 있다고 생각하는 것인가, 가이야 부단장?"

"그렇습니다, 헤르난 전하."

"그렇다면 자네가 생각하기에 누구를 먼저 공격하는 것이 좋다고 생각하나?"

"먼저 주네티 왕자를 공격해 그를 완전히 제압해야만 합니다. 그라시아스님께서 조금 전 말씀하신 대로 공성전을 치르는 데 공성병기가 필요없다면 더욱 은밀하고 전격적으로 적을 공격할 수 있습니다. 이 점을 십분 이용한다면 저희들이 공격할 때 상당히 유리하게 활용할 수 있을 겁니다."

쟌의 말에 왕자들은 고개를 끄덕이면서도 이해가 되지 않는지 고개를 갸웃거리고 있었다.

"가이야 부단장, 공성병기 문제는 그라시아스님을 비롯한 마법사들이 책임을 진다고 하더라도 병력의 열세는 어떻게 커버할 생각이시오?"

"일단 성벽이 제거됨과 동시에 전격적인 총공격으로 적을 무력화시킵니다. 그와 함께 저를 비롯한 일부 엄선된 용병들이 주네티 왕자를 비롯한 다른 왕자들을 제압한다면 생각보단 쉽게 상황을 종료시킬 수 있을 것으로 예상합니다."

헤르난의 질문에 대답하는 쟌의 음성에는 확신이 가득 차 있었다. 하지만 다른 사람들은 일제히 고심에 빠졌다. 그런 그들의 모습에 쟌이 설명을 덧붙였다.

"약간의 설명을 덧붙이겠습니다. 그라시아스님께 들은 정보에 의하면 공성병기가 없어도 성을 공략할 수 있다고 하니 병력의 이동이 훨씬 빠를 겁니다. 게다가 우리의 공격 방법을 저들로서는 상상도 못할테니 비록 저들보다 병력의 수는 적지만 유리한 쪽은 우립니다. 또 전투가 벌어지는 시기는 추위가 극성을 부리는 내년 2월, 당연히 추위에 적응되어 있는 저희들이 훨씬 유리합니다. 이런 이유로 주네티 왕자와의 전투는 저희의 승리로 끝이 날 겁니다."

"가이야 부단장의 말대로 상황이 진행된다면야 쉽게 전투를 종결시킬 수 있겠지만, 만약 뜻하지 않은 상황이 발생한다면 아무래도 병력의 수가 모자라는 우리에게 불리하지 않겠소?"

"그렇지 않습니다. 설사 일 대 일 상황이 발생한다 하더라도 지금까지 지속적으로 훈련을 해온 우리가 훨씬 유리합니다. 그리고 저와 몇몇 용병이 기습으로 주네티 왕자를 비롯한 다른 왕자들을 제압한다면 더욱 쉽게 상황을 종료시킬 수 있을 것이라 예상합니다. 물론 그사이 단장님이 뮤겔 단장을 막아주셔야만 합니다."

쟌의 말에 로고스는 비교적 담담한 표정으로 고개를 끄덕였다.

"으음~ 주네티는 그렇게 처리하면 되겠지만 아쉬드 형은 어떻게 처리할 것인가?"

"주네티 왕자를 공격하기 전 아쉬드 왕자의 정찰조를 일부 제거해야만 합니다. 정보를 부분적으로 제한해야 하기 때문입니다."

"정보를 제한한다는 말이 무슨 뜻이죠? 모두 제거해야 하는 것이 좋지 않나요?"

필립의 질문에 다른 왕자들도 고개를 끄덕였다.

"우리가 주네티 왕자를 공격한다는 사실을 아쉬드 왕자도 알아야 하기 때문입니다. 또 주네티 왕자의 성을 성공적으로 공략한 후 우리가 거주하는 성의 위치에 대한 정보를 아쉬드 왕자에게 은근슬쩍 흘려준다면 병력에서 앞선 아쉬드 왕자는 틀림없이 우리를 공격해 올 겁니다. 그리고 저희는 반드시 성에서 아쉬드 왕자를 맞이해야 합니다."

"본성에서 맞이해야 한다? 으음~ 아마도 그라시아스님께서 알려주셨다는 그 정보 때문이겠지?"

"그렇습니다, 전하."

"아쉬드 형과는 병력 차이가 더욱 나는데 그 병력 열세는 어떻게 대처할 생각인가?"

"우선은 성에서 스톤 골렘을 처리한 후 철저한 기습과 게릴라 전술, 숲을 이용한 대대적인 화공 등으로 적을 상대한다면 충분히 제압할 수 있습니다."

"과연 그렇게 될 수 있을까?"

"일단은 선택할 수 있는 다른 방법이 없습니다. 저들에 비해 절반밖에 안 되는 병력으로 저들을 막을 수 있는 방법은 철저한 게릴라 전술과 화공밖에 없습니다. 특히 우리가 미리 함정을 파놓은 곳으로 적을 유인해 화공을 퍼붓는다면 적은 심각한 타격을 입을 수밖에 없을 겁니다."

"잠깐! 지금 화공이라고 했소?"

"그렇소."

"저들에게 마검사가 있다는 것을 잊었단 말인가?"

"하지만 우리에겐 그라시아스님을 비롯한 수많은 마법사들이 있소."

루이스의 질문을 예상했는지 쟌은 표정의 변화 없이 담담하게 대답했다.

"그러니까 날씨가 가장 추운 내년 2월에 기습적인 공격을 하는 것이 우리에게 가장 유리하다는 것이오?"

"그렇습니다. 하지만 기습하는 이유는 단순히 적의 기동력이 급격하게 떨어지는 혹한기이기 때문이 아니라, 적의 병력 추가가 이루어지기 전을 노려야 하기 때문입니다. 제아무리 병력의 질이 앞선다고 하더라도 수적인 면에서 밀린다면 제 실력을 발휘하기 힘드니까요."

쟌의 말에 한참을 고심하던 헤르난은 고개를 들어 회의실에 모인 사람들의 얼굴을 찬찬히 훑어보았다.

"난 가이야 부단장의 말에 찬성하오. 다른 사람들의 생각은 어떻소?"

"저도 가이야 부단장의 의견에 찬성합니다."

헤르난의 말에 가장 먼저 찬성의 뜻을 나타낸 사람은 로고스였다. 또 다른 왕자들이나 사람들도 고개를 끄덕이고 있었다. 그런 사람들의 반응을 예상했는지 헤르난은 자신의 생각을 말했다.

"여러분의 의견은 잘 알겠소. 공격 시점이 내년 2월이라면 아직 시간이 있으니 그동안 좀 더 세부적인 계획을 세워야만 할 것이오. 크리스토퍼 단장이 신경을 좀 써주시기 바라오."

"일단 내일부터 용병들에게 혹한기 적응 훈련을 실시하도록 하겠습니다."

"그렇게 하도록 하시오. 그동안 바빠서 함께 식사를 해본 지도 오래되었구려. 같이 식사나 합시다."

헤르난은 말을 하면서 슬쩍 고개를 돌려 로즈 검증단의 뮬러 후작을 쳐다보고는 회의실을 빠져나갔다.

뮬러 후작은 이번 로즈 검증단의 수장으로 이곳에 파견된 지 얼마 되지 않았지만 이전 로즈 검증단 사람들에게서 들은 이야기가 있어서인지 무슨 일이 있어도 회의에 참석했다.

차분하게 정보를 모으며 왕자들을 능력을 신중하게 평가하는 모습을 헤르난은 여러 차례 보았다.

잠시 후 회의실에서 사람들이 모두 빠져나가자 뮬러 후작은 로즈 검증단의 나머지 사람들과 조금 전 있었던 회의 내용에 대해 이야기를 나누기 시작했다.

"헤르난 전하나 다른 전하들에 대한 평가를 어떻게 내렸는지 여러분의 의견을 듣고 싶소."

"일단은 이전 로즈 검증단 사람들에게서 들었던 정보와 다를 것이 없었습니다. 그것보다… 설마 헤르난 전하께서 다른 전하들을 기습할 생각을 하고 계셨다니…… 정말 놀랄 일이 아닐 수 없습니다."

군부 출신인 케플링 백작의 말에 다른 사람들도 고개를 끄덕이며 동의의 뜻을 나타냈다.

"저 역시 마찬가집니다. 조금 전 대화에서도 나왔지만 용병들의 훈련 수준 역시 상당한 데다 그것이 용병들 고유의 실력이 아니라 지속적인 훈련에 의한 것이라니…… 그저 놀라울 뿐입니다."

역시 로즈 검증단의 일원으로 파견된 프리스트인 워레드의 말에 사람들은 고개를 다시 한 번 끄덕거렸다.

"병력의 수가 모자라니 어쩔 수 없는 선택이었겠지만 전하들께서 그렇게 생각을 바꾸시기는 결코 쉬운 일이 아니었을 것이오. 그렇다고 보면 전하들께서 생각을 바꾸게 만든 가이아 부단장이란 사내의 영향력을 무시할 수 없구려."

"후작님의 말씀대로 입니다. 여러 전하들께서 그의 말에 귀를 기울이시는 것만 해도 놀랄 일인데 더욱 대단한 것은 그에 대한 용병들의 태도입니다. 일부 극성스러운 용병들의 존경을 넘어 숭배에 가까운 태도로 그를 따르는 모습을 어렵지 않게 볼 수 있습니다. 그의 직책이 부단장이기 때문이라고는 보기에는 지나칠 정도로 말입니다."

"제가 살펴본 바도 마찬가지였습니다. 단순히 검술 솜씨가 특출하기 때문은 아닌 것 같은데 정확한 이유는 알 수 없었습니다. 아마도 저희가 모르는 뭔가가 있는 것 같습니다."

"황제 폐하께서도 관심을 가지고 계신 인물이오. 절대 평범한 인물일 리 없지 않겠소?"

뮬러 후작의 말에도 케플링 백작은 뭔가 석연치 않은 표정으로 고개를 저었다.

"하지만 이해가 되지 않는 구석이 한두 가지가 아닙니다. 일단은 출신부터가 너무 불확실합니다. 그가 말한 미노타 왕국이란 이름을 들어본 사람이 단 한 사람도 없다는 것이 너무 이상하지 않습니까? 그리고 젊은 나이에 비해 너무 뛰어난 무술 실력 등 석연치 않은 점이 너무 많습니다. 그런 것을 보면 혹시……."

"혹시? 혹시 뭐란 말이오?"

케플링 백작의 말에 뮬러 후작이 반문하자 잠시 주위를 살피던 백작이 곧 낮은 목소리로 자신이 생각하고 있던 것을 이야기했다.

"이건 순전히 제 생각입니다만… 쟌이란 사내 혹시 드래곤은 아닐까요?"

"드래곤?"

"드, 드, 드래곤?!"

콰당!

의심스러운 얼굴로 나직하게 중얼거리는 뮬러 후작과는 달리 워레드는 너무나 놀란 나머지 그대로 의자와 함께 바닥에 쓰러졌다.

난데없이 드래곤이라니!

다른 사람들도 경악한 얼굴로 케플링 백작의 얼굴만 쳐다보고 있었다.

"그렇게 생각하는 특별한 이유라도 있소?"

"후작님께서도 생각을 해보십시오. 쟌 가이야란 청년의 나이는 이제 겨우 20대 초반입니다. 그런데 대륙 전체에도 몇 명 되지 않는 소드 마스터란 것이 현실적으로 가능한 일입니까?"

"하지만 그 청년은 마법은 하나도 사용하지 못하지 않소?"

"후작님께서도 드래곤들이 유희를 즐긴다는 사실은 들어본 적이 있으실 겁니다. 만약 그 청년이 실은 드래곤이 인간으로 폴리모프한 것이고, 지금 유희를 즐기고 있는 중이라면 이 모든 것이 설명 가능하지 않겠습니까? 더구나 부인이라는 그 하프 엘프나 제자라는 용병의 싸움 실력도 이미 판클라치온 대회에서 증명되지 않았습니까? 쟌이란 청년이 드래곤이 아니라면 어떻게 불과 몇 개월 만에 그들을 그렇게 강하게 만들 수 있었겠습니까? 이런 여러 가지 이유로 전 그 청년이 인간이 아닌 존재라고 생각합니다. 그리고 그럴 능력이 있는 존재는 드래곤밖에 없다고 생각합니다."

"으음~"

자신도 모르는 사이에 신음을 흘린 뮬러 후작은 케플링 백작의 말이 타당성있다는 사실을 알면서도 좀처럼 그의 말을 인정할 수 없었다.

"지난 몇백 년 동안 대륙에서 드래곤의 모습을 보았다는 이야기는 들어본 적이 없었소. 물론 그렇다고 지상의 모든 드래곤이 사라졌다고 믿는 것은 아니지만, 워낙 뜻밖의 말을 들은 터라 정신을 차릴 수 없구려. 황제 폐하께선 이미 그를 근위 기사단과 몇몇 기사단의 무술 마스터로 내정하고 계신 상태요. 만약 그가 케플링 백작이 말한 대로 그렇게 위험한 존재라면 정말 큰일이 아닐 수 없소."

뮬러 후작의 얼굴이 긴장감 때문에 딱딱하게 굳어졌다.

"현재 그에 대한 정보가 거의 없는 만큼 여러분들은 남은 기간 동안 더욱 은밀하게 그를 자극하지 않는 범위 내에서 철저하게 조사해야 할 것이오. 승계 전쟁도 큰일이지만 케플링 백작의 말은 제국의 존립을 뒤흔들 수 있는 엄청난 것이오. 다시 한 번 말하지만 절대 그를 자극하지 마시오."

그 자리에 모여 있던 사람들의 얼굴은 어느새 뮬러 후작의 얼굴처럼 딱딱하게 굳어 있었다.

"보고해라."

"주네티 왕자의 수색조는 모두 제거했습니다. 그리고 아쉬드 왕자의 정찰조 가운데 현재 저희 본대가 있는 곳의 반대편에 위치한 정찰조를 제외하고는 모두 제거했습니다."

"준비는?"

"모두 완료했습니다. 공격 명령만 기다리고 있습니다."

"저들의 반응은?"

"아직 저희 본대가 이곳까지 온 것은 모르고 있을 겁니다. 또한 정찰조가 전멸했기 때문에 저희가 이곳까지 온 것을 알리면 더욱 시간이 걸릴 겁니다."

"헤르난 전하께 준비가 끝났다고 지금 즉시 보고해라."

"예."

휘이익!

날카로운 겨울바람이 두 사람 사이를 파고들었다.

"전하, 준비가 끝났다는 연락입니다."

로고스의 대답에 헤르난은 고개를 끄덕이고는 멀리 어둠에 싸여 있는 성을 바라보았다. 불어오는 바람이 유난히 차가웠기 때문인지 성마저도 잔뜩 몸을 웅크리고 있는 것처럼 보였다.

"휴우~ 드디어 시작인가? 크리스토퍼 단장, 그라시아스님께 연락을 하도록 하게."

"알겠습니다, 헤르난 전하."

로고스는 곁에 있던 마법사에게 눈짓을 했고, 지시를 받은 마법사는 즉시 통신 마법의 스펠을 캐스팅했다. 마법사 앞에 놓여 있던 커다란 수정 구슬에 곧 오웬의 모습이 떠올랐다.

"그라시아스님."

"드디어 시작인가요?"

"그렇습니다. 서쪽을 제외한 나머지 성문과 성벽을 파괴해 주시기 바랍니다."

"알겠습니다, 크리스토퍼 단장님. 우선 동쪽 성문과 성벽을 파괴할 테니 최초 공격이 있은 후 15분 후에 공격을 하시기 바랍니다."

"15분 후. 알겠습니다, 그라시아스님."

"그럼 저는 곧 준비를 하겠습니다."

수정 구슬에서 오웬의 모습이 사라지고 얼마 지나지 않아 어둠에 싸인 성벽의 일부분이 순간 이상하게 일그러지는 것을 발견했다.

번쩍!

쾅! 콰르르르~

쾅! 쾅! 쾅!

눈이 아린 섬광과 함께 귀를 찢을 듯한 엄청난 폭음이 연속적으로 들려왔다.

지휘 본부에서 그 모습을 지켜보던 로고스는 오웬과 셀이 말한 공성(攻城) 방법이 뭔지 그제야 알 수 있었다.

쉽게 생각하지를 못했을 뿐 그 방법이라는 것은 아주 간단했다. 마법이 일상화되고 군에서도 사용하고 있는 포웰 왕국이었다면 소용도 없는 방법이었겠지만 성벽에 대마법(對魔法) 방어진이 전혀 없는 트레슈나 제국이었기에 통할 수 있는 방법이었다.

미리 준비한 마법진에 커다란 바위나 나무들을 올려놓은 다음 성벽이 있는 곳으로 공간 이동시키면 상황은 종결된다. 자연의 법칙상 하나의 공간을 두 개의 물체가 공유할 수 없기 때문에 균형을 잃은 마나는 폭주를 하게 되고, 겹쳐진 두 개의 물체는 엄청난 폭발을 일으키게 되는 것이다.

셀과 오웬은 이 방법을 이용해 지금과 같이 성벽을 파괴할 생각을 한 것이다. 그리고 그런 그들의 예상이 맞다는 것을 증명이라도 하듯 철벽처럼 보이던 성벽이 마치 모래성처럼 무너지고 있었다.

찬찬히 시간을 재고 있던 로고스는 초조해 보이는 제론에게 지시를 내렸다.

"샤겔스 부단장, 게르트 부단장, 지금 즉시 공격할 준비를 하게."

"이미 준비는 끝나 있습니다."

영원히 계속될 것 같았던 폭음이 갑자기 멈추자 주위는 무서운 정적에 싸였다.

"지금이다. 전군 총공격!"

"공격하라!"

"공격하라!"

두 부단장의 음성은 음성 증폭 마법에 의해 밤하늘에 울렸고, 그 음성을 들은 용병들은 일제히 함성을 지르며 무너진 성벽을 향해 달려갔다.

가장 앞쪽에서 달려가던 용병들은 성벽 주위에 파여 있는 해자를 메우기 위해 준비했던 흙 포대가 소용없음을 곧 깨달았다. 무너진 성벽의 잔해가 해자를 가득 메우고 있는 것을 발견했기 때문이다.

주네티 측 용병들은 갑작스럽게 일어난 사태에 정신을 차리지 못한채 우왕좌왕하고 있었다. 외성의 성벽이 폭발하면서 날아든 성벽의 잔해에 중상을 입은 용병들의 수도 상당했다. 하지만 대부분의 용병들은 잠을 자고 있었기에 헤르난 측 용병들이 외성의 성벽을 넘었을 때 그들에게 발견된 용병들의 수는 얼마 되지 않았고, 또 물밀듯 밀려오는 헤르난 측 용병들에게 금세 목숨을 잃고 말았다.

헤르난 측 용병들이 즉시 외성으로 진입해 요소요소를 점령하고서야 주네티 측 용병들이 성의 여러 건물과 자신들의 숙소에서 쏟아져 나왔지만 이미 외성을 완전히 제압한 헤르난 측 용병들의 파상 공격에 속수무책으로 쓰러져 갔다.

용병들은 쉬지 않고 내성을 공격하기 위해 공성용 사다리를 이용해 성벽을 오르거나 내성으로 통하는 성문을 파괴하기에 여념이 없었다.

그 모습을 지켜보고 있던 쟌은 자신의 팔을 꼭 잡고 있는 셸에게 말을 건넸다.

"셸, 이곳에서 기다리고 있으면 안 돼?"

"제가 방해될 것 같아서 그런 건가요?"

"방해가 아니고, 혹시라도 셸이 다칠지 몰라서 하는 말이야. 또 서로 죽고 죽이는 인간들의 모습을 보여주기 싫어."

"쟌, 저에게도 절반쯤은 인간의 피가 흐르고 있다는 것을 잊었나요? 물론 쟌이 강한 사람이라는 것을 알고는 있지만 그래도 쟌 곁에 있을래요. 그리고 그동안 저도 열심히 수련했으니 제 몸 정도는 충분히 지킬 수 있어요."

"휴우~ 알았어. 그럼 내 곁에서 떨어지지 않겠다고 약속해 줘. 그렇게 할 수 있겠지?"

"알았어요, 쟌."

셸의 대답을 들으면서도 쟌은 마음이 편치 않아 보였다. 애써 그런 흔적을 지우며 뒤를 돌아봤다.

쟌의 시선이 머문 곳에서는 금방이라도 성안으로 난입하려는 40여 명의 용병이 쟌의 명령만을 기다리고 있었다.

"지금부터 우리는 주네티 왕자를 비롯한 나머지 왕자들을 체포하기 위한 작전에 돌입한다. 다행히 성벽을 무사히 통과했기 때문에 저들은 지금 내성에 고립된 것으로 짐작된다. 예상되는 위치는 두 곳, 내성 중앙에 있는 4층 높이의 건물과 좌측에 보이는 원형의 탑이다. 때문에 우리는 두 곳 모두를 수색한다. 트롤 형제."

"예, 마스터. 명령하십시오."

"너희는 지금부터 중앙의 건물을 점령한다. 마법사들이 너희들을 중앙의 건물로 이동시켜 줄 것이다. 최대한 신속하게 움직이도록. 만약 왕자들의 체포에 성공한다면 약속한 폭죽을 터뜨리도록 해라, 알겠나?"

"명심하겠습니다, 마스터."

"너희들이 얼마나 빨리 왕자들을 체포하느냐에 따라 아군의 피해를 줄일 수 있다는 것을 명심해라."

"명심하겠습니다, 마스터."

대답을 한 트롤 형제와 용병들이 이동한 곳에는 거대한 마법진이 바닥에 그려져 있었고, 잔뜩 긴장한 얼굴을 한 여러 명의 마법사가 서성거리고 있었다.

그들의 모습을 잠시 바라본 쟌은 곧 그 자리를 떠났다.

쟌이 도착한 곳에는 그동안 보지 못했던 사람들이 모여 있었다. 룰렌 가리언 공작과 파렉스 스웰턴 공작을 비롯한 40여 명의 근위 기사가 무장을 한 채 쟌을 기다리고 있었다.

"준비됐소?"

"지시만 기다리고 있소."

산적처럼 보이는 파렉스의 얼굴이 딱딱하게 굳은 것이 상당히 긴장한 듯 보였다.

"우리가 맡은 곳은 내성의 좌측에 보이는 원형의 탑이오. 이동 마법진으로 내성과 원형의 탑을 연결하는 구름다리 위로 이동해 잠입해 들어갈 것이오. 상당히 많은 적들이 있을 것으로 예상되오. 모두 조심하기 바라오."

쟌의 마지막 말에 움찔하는 근위 기사들을 발견한 룰렌이 곧 신중한 음성으로 입을 열었다.

"오늘 너희들의 활약으로 조국의 독립이 한 걸음 가까워질 수 있다. 모두들 목숨을 걸어라."

그 말에 근위 기사들의 표정이 잠시 어두워지는 듯하더니 곧 결의에 찬 모습으로 바뀌었다.

"준비가 되셨으면 이동 마법진으로 이동해 주십시오."

근처에 있던 마법사의 말에 근위 기사들은 곧 마법진으로 이동해 갔고, 마법사들이 스펠을 캐스팅하자 주위에 있던 마나들이 마법진으로 이동하기 시작했다.

"텔레포트!"

시동어와 함께 근위 기사들의 모습은 감쪽같이 사라졌다.

"그럼 우리도 출발해 볼까?"

쟌과 셸이 말과 함께 출발하자 미리 준비하고 있던 조나단과 올리비에가 곧 쟌의 뒤를 따라 성의 남쪽으로 달려갔다. 그런 그들의 모습을 슈뢰더를 비롯해 드보아나 기레스트는 조금은 걱정스러운 표정으로 바라보고 있었다.

폭음 소리에 놀라 잠에서 깬 주네티는 허겁지겁 옷을 입으며 창밖을 내다봤다.

뒤이어 섬광과 함께 성벽이 박살나는 모습을 발견한 주네티는 마치 꿈속의 일처럼 아련하게만 느껴졌다. 얼어붙은 듯 그 모습을 바라보던 주네티는 곧 정신을 차리고 침실을 빠져나갔다.

"형, 무슨 일이야?"

"무슨 소리 못 들었어?"

"형, 말 좀 해봐."

일제히 자신에게 매달려 질문을 던지는 동생들의 모습에 주네티는 갑자기 짜증이 밀려왔다. 욕이라도 한마디 해주고 싶었지만 그보다는 무슨 일이 벌어진 것인지 그것을 확인하는 게 먼저였다.

"뮤겔 단장! 뮤겔 단장은 어디 있나?"

하지만 어디에서도 대답은 들리지 않았다.

궁금함을 참지 못한 주네티가 아래층으로 향하자 다른 왕자들은 마치 어미 닭을 좇는 병아리처럼 일제히 그의 뒤를 쫓았다.

아래층은 이미 북새통으로 변한 지 오래였다.

정신없이 움직이는 한 용병의 뒷덜미를 움켜쥐고는 질문부터 했다.

"어떤 자식이 건방지게⋯⋯."

"닥쳐라! 이게 무슨 일이냐? 그리고 뮤겔 단장은 지금 어디 있느냐?"

"적이 침입했답니다. 벌써 외성의 성벽이 무너지고 곧 내성으로 들어오려고 한답니다. 단장님은 전황을 살피기 위해 탑을 빠져나가셨습니다."

"적? 대체 누가?"

망연자실하고 있는 주네티의 모습에 근처에 있던 다른 왕자들은 할 말을 잃은 듯 그의 얼굴만 쳐다보고 있었다. 멍하게 있던 주네티가 갑자기 외쳤다.

"빌어먹을! 아쉬드 형한테 당했다."

"그게 무슨 소리야, 형."

"아쉬드 형이 공격했대?"

"어떻게 된 거야?"

열여덟 번째와 열아홉 번째 왕자인 첼시와 휴는 벌써 울음이라도 터뜨릴 것 같은 표정을 짓고 있었다.

이를 부드득 갈던 주네티는 황급히 자신의 방으로 뛰어들어 가 무장을 갖추고는 아래층으로 달려갔다. 충격에서 벗어나지 못하고 있던 다른 왕자들은 그때까지도 잠옷을 입은 채 정신없이 돌아다니는 용병들을 멍하니 쳐다보고 있었다.

막상 현관에 도착해 보니 사방이 대낮처럼 밝혀져 있었고, 용병들은 내성의 성벽 주위에 모여서 치열한 혈전을 치르고 있었다. 무질서하게만 보였던 광경을 신경 써서 살펴보니 나름대로 조장들이 조원들에게 연신 지시를 내리며 적과 싸우고 있었다.

그런 주네티가 타마룬을 발견한 것은 얼마 지나지 않아서였다. 부관들에게 계속 명령을 내리던 타마룬은 주네티가 자신에게 달려오는 모습을 발견하고는 나직하게 한숨을 내쉬었다.

"뮤겔 단장, 이게 대체 어떻게 된 일이오?"

"…전하의 기습에 어이없이 당했습니다."

"지금 누구라 했소?"

자신의 귀가 잘못된 것인지, 아니면 주위가 너무 시끄러워서 잘못 들은 것인지 주네티는 순간적으로 당황하지 않을 수 없었다.

"헤르난 전하라고 했습니다."

"그러니까, 지금 헤르난 형이 우리 성을 기습했단 말이오?"

"그렇습니다, 전하."

대답하는 타마룬의 얼굴에는 이미 어둠이 드리워져 있었다.

"어떻게 이런 일이! 난 도저히 믿을 수 없소. 우리보다 병력의 수가 열세인 헤르난 형이 미치지 않고서야 어떻게 우리를 공격할 수 있단 말이오?"

"병력의 수가 앞서는 것은 사실이지만 지금 기습을 받아 열세인 것은 우리입니다. 이미 외성의 성벽은 완전히 파괴되었고 내성도 곧 함락되기 직전입니다. 우선은 피하시는 것이 좋을 것 같습니다."

"뭐라고 했소? 지금 나보고 도망을 가라고 한 것이오?"

"네, 전하. 그나마 시간이 지나면 피신할 수도 없습니다. 지금은 냉철하게 판단하고 행동하실 시간입니다."

나직하기는 했지만 비교적 담담한 어조로 말하는 타마룬의 태도에 주네티는 어떻게 이런 상황에서도 태연할 수 있는 것인지 순간 분노가 치밀었지만 애써 억눌러야만 했다.

"어디로 피신을 한단 말이오?"

"어디든 상관없습니다. 일단은 이 성에서 빠져나가는 것이 중요합니다. 서쪽 성문으로는 아직 적의 공세가 미치지 못했다고 하니 일단 서쪽으로 피신하십시오, 전하. 다른 전하들은 부하들을 시켜 곧 그쪽으로 모시고 가겠습니다."

"하지만……."

"만약 전하께서 저들에게 포로로 잡히신다면 전하는 물론 다른 전하들의 목숨도 장담할 수 없습니다. 설사 목숨은 구할 수 있다 하더라도 승계 전쟁에서 패배하시게 되는 것입니다. 설마 그게 무얼 뜻하는지 잊어버리신 것은 아니겠지요?"

타마룬의 말에 주네티는 순간 온몸의 피가 싸늘하게 식는 걸 느꼈다.

너무나 흥분한 나머지 잊고 있었던 사실이었다. 더구나 자신이 승계 전쟁의 패배자가 될 것이라고는 한순간도 생각하지 않았기에 패배에 대한 공포는 더욱 클 수밖에 없었다.

주네티가 얼어버린 듯 그 자리에서 꼼짝도 못하고 있을 때에도 성벽에서는 치열한 전투가 지속되고 있었다. 적의 공격에 대비한 준비가 되어 있던 외성의 성벽이 아닌 탓에 내성의 성벽은 금방이라도 허물어질 듯 위태롭기만 했다.

더욱이 내성의 성벽 위로 올라온 일부 용병들이 자신의 용병들과 싸우는 모습을 살펴보니 자신의 용병들보다 확실히 실력적인 면에서 앞서고 있었다.

지금 이런 전황이 계속해서 진행된다면 패전은 불을 보듯 뻔한 일이었다.

누구보다 냉철해야 할 사람은 용병단장인 바로 자신이었다. 만약 자신마저 흥분한다면 그 순간이 바로 끝이라는 걸 누구보다 잘 알고 있는 타마룬이었기에 우선 심호흡을 해서 흥분한 마음부터 진정시켰다.

"전하, 잠시 이곳에서 기다려 주십시오. 다른 전하들을 모시고 오겠습니다. 호른! 베냐!"

용병들에게 정신없이 지시를 내리던 호른과 베냐는 타마룬의 호출에 재빨리 달려왔다.

"전하들을 모시고 후퇴할 것이다. 베냐는 지금 즉시 위층에 계시는 전하들을 모시고 오도록 해라. 난 잠시 전황을 살피고 올 테니 그동안 호른은 전하를 호위할 용병들을 차출하도록 해라."

"인원은……?"

"일단 200명 정도를 추려라."

"알겠습니다, 단장님."

말을 마친 타마룬은 내성의 성벽 위로 단숨에 올라갔다.

헤르난 측 용병들은 공성용 사다리를 이용해 수도 없이 기어오르고 있었다. 게다가 점령당한 성벽 위에서는 갖가지 무기들이 날카로운 파공성을 울리며 인간의 생명을 노리고 있었다.

추위에 굳어 공격과 방어가 조화를 이루지 못하는 자신들과는 달리 헤르난 측 용병들은 몸서리치는 이 추위에 전혀 아랑곳하지 않은 채 무기를 휘두르며 조금씩 전진하고 있었다.

"죽어!"

획!

"컥!"

뒤에서 자신을 향해 무기를 휘두르는 용병을 타마룬은 몸도 돌리지 않은 채 그저 팔만 뒤로 휘둘러 단숨에 목을 날려 버렸다.

역시 자신의 예상이 맞았다.

비록 조금씩이지만 헤르난 측 용병들의 공세에 밀리고 있었던 것이다. 이대로 시간을 보내면 포위를 당해 도주로마저 차단될 것이 분명해 보였다.

그가 다시 성벽을 내려갔을 때 주네티 주위에는 이미 다른 왕자들도 두터운 털옷을 걸친 채 이동할 준비를 하고 있었고, 완전 무장한 200여 명의 용병들의 모습도 보였다. 그들 가운데에는 정령검사의 모습도 보였다.

"그대들은 지금 즉시 전하들을 모시고 성을 빠져나가 안전한 곳으로 가라. 호른, 베냐, 너희들을 믿겠다. 루겔, 너는 나와 함께 적들을 막아 전하들께서 성을 빠져나간 사실을 모르도록 해야 한다. 준비가 되었으면 지금 즉시 성을 빠져나가도록 해라."

말을 마친 타마룬은 주네티의 말을 들을 사이도 없이 루겔과 함께 성벽으로 향했다.

얼떨떨한 표정을 감추지 못하고 있는 왕자들의 모습에 호른과 베냐가 다급한 표정으로 재촉했다.

"전하, 지금 이렇게 지체할 시간이 없습니다. 단장님께서 목숨을 걸고 시간을 버는 동안 이곳을 빠져나가셔야만 합니다. 단장님의 희생을 덧없게 만들지 않도록 속히 저희들을 따라오시기 바랍니다."

어금니를 깨물던 주네티는 즉시 몸을 돌려 호른과 베냐의 뒤를 따라 걸음을 옮겼다.

"호른! 말은 준비하지 않았느냐?"

"첼시 전하, 경황 중이라 미처 말을 준비하지 못했습니다. 이곳을 빠져나간 후 구해 드릴 테니 지금은 우선 저의 뒤를 따라오시기 바랍니다."

철딱서니없는 첼시의 말에 호른은 짜증이 치밀어 오름과 동시에 한심하다는 생각을 버릴 수 없었다. 그렇기는 베냐 역시 마찬가지였는지 아예 고개를 돌려 모른 척하고 있었다.

내성을 크게 돌아 달려가는 길은 결코 짧지 않은 거리였다.

단 한 번도 그렇게 먼 거리를 자신의 다리로 걸어본 적이 없는 왕자들은 금방 지쳐 버리고 말았다. 헐떡거리며 거칠게 숨을 몰아쉬는 왕자들의 모습에 용병들은 경멸의 빛과 함께 한심하다는 표정을 감추지 못하고 있었다.

평소 자신들 같은 용병을 손톱 밑의 때만큼도 여기지 않던 왕자들이었다. 그런데 겨우 500미터에 불과한 거리를 뛰었을 뿐인데 이렇게 형편없이 지쳐 버릴 줄은 상상도 못했다.

그래도 검술 훈련을 한 주네티와 헬라인은 조금 나은 형편이었지만 제롬, 케밀런, 유렌, 첼시, 휴는 그대로 진흙탕에 주저앉아 숨을 몰아쉬고 있었다.

"전하, 이렇게 있을 시간이 없습니다. 그리고 진흙탕에 그냥 주저앉으시면 옷이 젖어 급격히 체온이 떨어집니다. 이런 상황에서 체온마저 떨어진다면 적의 공격보다 먼저 동사(凍死)하게 될 겁니다. 그러니 어서 일어나십시오. 너, 너, 너, 즉시 전하들을 부축해 드리도록 해라."

호른의 지목을 받은 용병들은 못마땅한 표정을 애써 감추고는 자신들에게 할당된 왕자들을 부축했다. 진흙탕에 처박고 싶은 마음이 굴뚝같았지만 애써 억누르고 있었다.

왕자들이 모두 일어선 것을 확인한 호른은 다시 서쪽 성문을 향해 달리기 시작했고, 왕자들을 부축한 용병들과 그들을 호위하는 용병들은 빠른 속도로 그 뒤를 따르기 시작했다.

전투에 참가하기 위해 그 자리를 떠난 것인지, 아니면 도주를 한 것인지 호른과 왕자들이 성문에 도착했을 땐 그곳을 지키는 용병들의 모습은 전혀 찾아볼 수 없었다.

"빨리 성문을 열어라."

베냐의 지시에 몇몇 용병이 성문을 열기 위해 성문으로 다가갔다.

"으샤! 이제 오셨나? 기다리다 지루해 죽을 뻔했네."

쿵! 쿵!

육중한 소리를 내며 지면에 내려선 것은 보통 사람의 키를 훌쩍 넘는 키에 우람한 체격을 가진 트롤 형제였다. 그리고 그들 주위로 약 40여 명의 용병이 무기를 든 채 서 있었다.

"헉! 너희는…… 트롤 형제?"

베냐는 갑자기 누군가가 자신들의 앞을 가로막자 자신도 모르게 경악성을 토했다가 뜻밖에 상대가 자신들도 아는 용병이자 놀란 가슴을 겨우 진정시킬 수 있었다. 무엇보다 그들은 자신의 상대가 아니라는 생각 때문에 더욱 마음을 놓을 수 있었다. 하지만 지금 자신들에겐 시간이 없었다.

'속전속결.'

호른 역시 같은 생각이었는지 살벌한 눈빛을 흘리고 있었다. 베냐의 눈짓에 왕자들을 호위하고 있던 용병들도 각자의 무기를 들고 앞으로 나섰다. 이들 역시 눈앞의 용병들을 처치하지 않으면 결코 자신들에게 살 길이 없다는 것을 직감한 듯 보였다.

상대에게서 전해지는 살벌한 기운에 케로스와 샤를은 잠시 움찔하지 않을 수 없었다.

비록 호른이나 베냐와 알고 지낸 사이는 아니었지만 그들의 명성은 충분히 듣고 있었다. 예전 같았으면 결코 이들의 앞을 가로막을 생각조차 하지 못했을 것이다. 하지만 지금은 예전과는 달랐다.

쟌의 지도를 받으며 새로운 무술도 익혔고, 또 스스로 강해졌다는 것을 그들도 깨달았기 때문에 조금만 조심한다면 이들과도 충분히 겨뤄볼 수 있을 것 같다는 자신감마저 들었다. 물론 그 이면에는 잠시만 이곳을 지키면 곧 쟌이 올 것이라는 확신이 있었다.

가볍게 굳어진 목 근육을 푼 케로스는 동생에게 눈짓을 보냈고, 그 눈짓이 무엇을 뜻하는 것인지 깨달은 샤를은 즉시 품에서 기다란 막대 같은 것을 꺼내서는 힘차게 아랫부분을 쳤다.

피웅~ 펑!

날카로운 소리를 내며 작은 불덩이 하나가 빠르게 하늘 높이 올라가서는 오색 영롱한 불꽃으로 밤하늘을 수놓았다. 살벌한 전쟁터와는 전혀 어울리지 않는 화려한 불꽃이었다.

갑작스런 상황에 그저 멍하니 샤를을 바라보고 있던 베냐와 호른의 얼굴에는 낭패감이 진하게 어렸다. 설마 이렇게 신속하게 연락할 줄은 상상도 못했기에 미처 손을 쓸 사이도 없었다. 그래서 마음이 더욱 조급해졌다.

"흐흐흐, 당신들의 명성은 예전부터 귀가 따갑게 들었소. 어디, 소문처럼 그렇게 대단한지 한번 붙어봅시다."

"그렇지 않아도 기다리느라고 몸이 근질근질했었는데 얼마나 대단한 솜씨인지 어디 구경이나 해봅시다."

말과 함께 케로스는 어마어마한 크기의 그레이트 엑스를, 샤를은 일반 글레이브와는 비교도 할 수 없는 엄청나게 커다란 글레이브를 움켜쥐고는 두 사람을 노려보았다.

대치 상황을 이룬 두 무리의 용병들은 서로의 허점을 살피기에 여념이 없었다.

용병들의 호위를 받으며 뒤로 물러선 왕자들은 잔뜩 긴장한 시선으로 서로 대치하고 있는 용병들을 바라보고 있었다. 평소 그렇게 하찮게만 여겼던 용병들의 손에 자신들의 목숨과 앞날이 달린 것이었다.

잔뜩 겁먹은 채 불안한 시선으로 용병들을 바라보고 있는 다른 왕자들과는 달리 주네티는 자신의 검을 뽑아 든 채 트롤 형제와 용병들을 노려보고 있었다.

주네티는 현재 자신이 들고 있는 검이 마법검이라는 사실을 알고 있다. 또한 그 검에 마나를 집어넣은 후 시동어를 외치면 마법이 실현된다는 것도 알고 있다. 하지만 현재 자신의 실력으로는 겨우 서너 번 마법을 사용하면 끝이라는 것이 문제였다.

언제 무슨 일을 당할지 모르는 상황에서 함부로 마법을 남발할 수 없기에 일단은 용병들의 싸움을 지켜보고만 있었지만 초조하기는 주네티 역시 마찬가지였다. 조금 전 샤를이 터뜨린 폭죽 신호가 뜻하는 것이 뭔지 모를 정도로 멍청하지는 않았다. 하지만 현재 그가 할 수 있는 것은 아무것도 없었다.

케로스와 대치하고 있던 호른은 자신이 알고 있던 트롤 형제와는 너무나 다른 모습에 혹시 자신이 다른 사람과 착각하고 있는 것은 아닐까 하는 생각을 하고 있었다.

그도 그럴 것이, 자신이 알고 있는 트롤 형제는 커다란 덩치에 제법 힘을 가지고 있어 쓸데없이 커다란 무기를 사용한다는 것을 제외하면 그저 삼류에 불과한 용병들이었다. 하지만 지금 자신 앞에 그레이트 엑스를 들고 있는 케로스에게서 삼류의 허접함이나 허술함은 전혀 느낄 수 없었다.

아직 자신의 상대는 아니라고 판단되지만 이렇게 급한 상황에서 언제까지 케로스만 상대할 수도 없는 일이었기에 곤란을 느끼는 것이다.

슬쩍 곁눈질로 베냐 쪽을 살피니 그 역시 상황이 만만치 않은지 좀처럼 공격을 시작하지 못하고 있었다. 설사 상처를 입는다 해도 한시라도 빨리 케로스를 제거해야만 했다.

"모두 공격해라!"

"와~ 와~"

호른의 명령에 그의 뒤쪽에 서 있던 용병들은 일제히 함성을 지르면서 적을 향해 무기를 휘두르며 달려갔다.

200대 40의 싸움.

금방이라도 피를 뿌리고 몰살당할 것 같았던 헤르난 측 용병들은 재빨리 둥글게 모여 등을 맞댄 채 침착하게 상대의 공격을 막아내고 있었다. 하지만 그들을 공격하던 주네티 측 용병들 가운데에는 정령검사들도 포함되어 있었다.

그들이 정령을 이용한 공격을 퍼붓자 어쩔 수 없이 부상을 각오한 채 방어에 치중할 수밖에 없었다. 그럴 수밖에 없는 것이 자신이 적의 공격을 피하면 등 뒤의 동료가 목숨을 잃을 수밖에 없기 때문이다.

그런 상황이다 보니 헤르난 측 용병들의 피해는 누적될 수밖에 없었고, 상황은 점점 어려워질 수밖에 없었다.

"방어 대형을 풀고 혼전으로 전환해라!"

누군가의 외침이 들리자마자 용병들은 갑자기 자신들을 공격하던 용병들 사이로 파고들었다. 그러자 정령검사들은 아군이 입을 피해를 우려해 함부로 정령 공격을 할 수 없게 되었다. 헤르난 측 용병들은 그 틈을 노려 조금씩 상대를 제압해 가기 시작했다.

부상을 입은 용병들은 대충 상황을 봐서 무기를 버리고 그 자리에 주저앉아 방관자의 입장을 취하고 있었는데, 누구도 그런 용병들을 공격하는 사람이 없었다. 그도 그럴 것이 그들을 전사자(?)로 취급하는 것이 용병들의 오랜 관례였기 때문이다. 또 포로의 목숨을 빼앗지 않는 것 역시 관례였다.

승계 전쟁이 처음 시작된 트레슈나 제국의 건국 당시에는 서로 마지막 한 사람이 남을 때까지 피비린내나는 혈전을 치러야만 했다. 하지만 그로인해 용병들을 피해가 극심해 승계 전쟁이 끝난 후 용병들의 모습을 제국 내에서 찾아볼 수 없게 되자 궁여지책으로 만들어낸 자구책이 바로 이것이었다.

물론, 만약 부상을 입지 않았으면서 부상자 흉내를 낸다면 비겁한 놈이란 딱지가 평생을 쫓아다니게 됨은 말할 필요도 없는 일이었다.

챙! 챙! 챙!

귓전을 찢을 듯한 소리와 함께 그레이트 엑스와 롱 소드가 순간적으로 10여 번 이상 부딪쳤다. 무기가 부딪칠 때마다 손목에 전해지는 충격이 보통이 아니었고, 마지막에 부딪쳤을 때 호른은 거의 5미터 이상 뒤로 물러선 후였다.

자신이 충격을 견디지 못하고 못하고 뒤로 물러섰다는 사실도 놀랄 일이지만 자신이 느낀 케로스의 실력은 절대 삼류가 아니었다. 자신의 예상과는 달리 상대의 실력이 보통을 넘었고, 쉽게 종료될 상황이 아니란 생각이 들자 더욱 조바심이 생겼다.

정령 공격이 아니면 상황을 반전시킬 수 없다고 생각한 호른은 케로스의 공격을 막으면서 자신과 맹약을 맺은 물의 중급 정령 운다인을 소환하려고 했다.

상대가 갑자기 수비로 돌아서서는 자신의 공격을 막기만 하자 케로스는 상대가 뭔가를 준비하고 있다고 판단했고, 그것이 다름 아닌 정령 공격이라고 직감했다.

쟌이 가르쳐 준 산보를 밟으며 호른에게 접근한 케로스는 무식하게 커다란 그레이트 엑스를 내려쳤다.

막 정령을 소환하려던 호른은 케로스의 무지막지한 공격을 막느라 도저히 정령을 소환할 기회를 잡을 수가 없었다.

"빌어먹을…… 큭!"

롱 소드를 들어 케로스의 공격을 막던 호른은 무기를 통해 전해진 엄청난 힘을 이기지 못하고 뒤로 몇 미터나 물러서야 했다. 호른이 정령을 소환할 시간을 주지 않으려고 케로스는 계속 접근하며 그레이트 엑스를 휘둘렀다.

챙! 챙! 챙!

발악을 하는 듯 그레이트 엑스를 휘두르는 케로스의 모습은 미친 것이 아닐까 의심이 될 정도로 무시무시했다. 도저히 정령을 소환하느라 정신을 분산할 시간이 없었다. 더구나 한 번 수세에 몰리다 보니 좀처럼 공세로 돌아설 수가 없었다.

그렇기는 베냐 역시 마찬가지였다.

거대한 글레이브를 마치 회초리처럼 가볍게 휘두르는 샤를의 모습이 무시무시하게 느껴지지 않을 리 만무했다. 롱 소드로 막아내던 베냐는 상대의 무지막지한 힘에 치를 떨었다. 그 역시 정령 소환으로 상황을 역전시키려고 했지만 계속되는 샤를의 공격에 정령 소환은커녕 수비하기에 여념이 없었다.

팽팽한 접전과 일진일퇴를 거듭하던 그들의 싸움에 변화가 생긴 것은 그들을 향해 접근하는 정체 불명의 무리가 나타나면서부터였다.

그들을 발견한 헤르난 측 용병들이 급격하게 활력을 찾은 반면 주네티 측 용병들은 갑작스런 상대의 변화에 조금씩 뒤로 밀리고 있었다.

호른은 미친 듯이 날뛰던 케로스가 뭔가를 발견하고 잠시 멈칫하는 사이 재빨리 물의 중급 정령 운다인을 소환했고, 막 운다인에게 케로스를 공격하라고 명령을 내리려 할 때였다.

검은 그림자 하나가 자신과 케로스 사이를 파고들었고, 호른은 검은 그림자의 손바닥이 자신의 하프 플레이트에 닿는 것을 느꼈다. 하지만 겨우 손바닥 공격 정도에 자신이 어떻게 되리라는 생각은 꿈에도 해보지 않았다.

픽!

철로 만들어진 하프 플레이트에서는 결코 들을 수 없는 소리가 들림과 동시에 호른은 자신의 몸이 허공을 날아가고 있음을 느꼈다. 혼란스러운 느낌이 미처 사라지기 전 호른은 10여 미터나 날아가 지면에 부딪쳤고, 그 충격에 인상을 쓰기도 전 속에서 치밀어 오른 선혈을 쏟아내야만 했다. 그리고 소환되었던 운다인은 자신의 소환주를 무심히 쳐다보다가 스르르 사라져 버렸다.

"컥!"

몇 번인가 토혈을 한 호른은 자신이 쏟아낸 선혈에 얼굴을 처박고

기절하고 말았다.

사람이 10여 미터를 날아가 피를 토하곤 기절하는 모습은 흔히 볼 수 있는 장면이 아니었다. 더구나 그 사람이 정령검사로 명성을 날리던 호른이라면 더 더욱 말할 필요가 없는 일이었다. 당연히 싸움은 멎을 수밖에 없었다.

"와~ 마스터께서 오셨다!"

"와~!"

갑작스런 용병들의 함성에 주네티와 그의 용병들이 놀란 얼굴을 하고 있을 때 다시 한 번 둔탁한 소리가 들렸고, 이번에는 베냐가 역시 10여 미터를 날아가 지면에 처박히고 있었다.

놀란 표정을 감추지 못하고 있던 주네티는 밉살스럽게 생긴 얼굴을 한 청년 하나가 자신에게 다가오는 것을 발견했다. 또 그와 함께 이런 전장과는 전혀 어울리지 않는 황홀할 정도로 아름다운 미녀가 다가오는 모습 역시 발견할 수 있었다.

물론 주네티는 그 두 사람이 누군지 알고 있었다. 이미 판클라치온 대회에서 그들 두 사람을 본 적이 있었기 때문이다.

"당신이 주네티 왕자인가?"

"무례한 놈! 감히 한낱 용병 주제에 제국의 왕자인……."

"나참, 여기도 심각한 왕자병에 걸린 인간이 또 있네. 이봐, 당신. 당신을 비롯해 저 왕자들은 지금부터 내 포로란 사실을 잊지 않았으면 좋겠어."

입매가 비틀어진 것이 꼭 자신을 비웃는 것처럼 보여 주네티는 도저히 참을 수 없었다.

"뭣들 하고 있는 거냐! 당장 저놈을 죽이란 말이다!! 죽여! 죽여! 당장 죽여 버려!!"

주네티는 미친 사람처럼 고함을 질러댔지만 누구 하나 움직이는 사람이 없었다. 그 모습에 주네티는 더 미친 듯이 날뛰었지만 그래도 움직이는 사람은 없었다.

그가 조금만 더 이성적이었다면 자신들을 포위하고 있는 용병들의 수가 어느덧 5백이 넘었다는 사실을 깨달을 수 있었을 것이다. 하지만 왕자인 자신이 도주를 해야 하는 현실과 감히 용병 주제에 자신을 비웃는 쟌의 태도 때문에 스스로 미치지 않는 것이 이상할 정도였다.

"파이어 애로우!"

"파이어 볼!"

"파이어 스트라이크!"

"파이어 스피어!"

미친 듯 휘두르는 주네티의 검끝에서 불꽃이 번쩍이는 것을 보자마자 쟌은 셀의 손을 잡고 그 자리를 벗어나려고 했다. 하지만 셀의 한마디 때문에 그럴 필요가 없었다.

"실드!"

겨우 4클래스에 불과한 마법 공격이 6클래스의 실드를 깰 수 있을 리 만무했다.

자신의 마법 공격에 상대가 부상을 입을 거란 생각은 하지도 않았던 주네티였다. 그렇지만 최소한 피하는 모습은 보일 것이라 생각했는데 마치 전신(戰神) 알바도네인 양 처음 그 자리에서 미동도 하지 않는 쟌의 모습에 주네티는 갑자기 전신에서 힘이 쭉 빠지는 것을 느끼며 그 자리에 주저앉아 버리고 말았다.

털썩.

"셀, 혹시 엉뚱한 짓을 할지도 모르니 왕자들을 재워주겠어?"

"슬립!"

털썩~ 털썩~

셀의 시동어에 불안한 시선으로 쟌을 바라보고 있던 왕자들은 일제히 잠에 빠져들며 쓰러졌다.

지면에 뒹굴고 있던 주네티의 마법검을 발끝으로 차올려 손잡이를 낚아챈 쟌은 찬찬히 검을 살펴봤다. 그가 보기엔 검의 표면에 알아보기 힘든 글자가 쓰여진 것을 제외하면 일반적인 롱 소드와 다를 것이 없었다.

"이게 마법검 롱기스인가?"

"그런 것 같아요."

"이봐, 묻잖아."

셀의 대답을 들었지만 확인을 하기 위해 근처에서 조금은 놀란 눈으로 자신을 바라보고 있던 스피얼에게 물었다.

"내 말 안 들려?"

"마, 맞다. 그 검이 바로 마법검 롱기스다."

"셀, 이곳 상황은 대충 정리된 것 같으니 이 검에 지도가 확실히 있나 확인해 봐."

"알겠어요. 정말 고마워요, 쟌."

마법검 롱기스를 받아드는 셀의 얼굴에는 감격스러워하는 기색이 역력했다. 그렇기는 조금 떨어진 곳에 있던 스피얼도 마찬가지였다.

무려 7년간의 고생이 드디어 결실을 맺은 것이었다. 아니, 그보다 더 기쁜 것은 드디어 자신들이 살던 마을을 구할 수 있게 되었다는 사실이다.

두 엘프가 멀어져 가는 모습을 지켜보던 쟌은 그때까지 자신만 쳐다보고 있던 주네티 측 용병들의 모습에 인상을 썼다.

"뭐야? 항복 안 해? 전원 전투 준비!"

쟌의 호통 소리에 무기를 거두어들였던 헤르난 측 용병들은 일제히 무기를 뽑아 적을 향해 겨누었다.

쨍그랑!

갑자기 변한 상황에 놀란 용병 하나가 자신의 무기를 떨어뜨리자 다른 용병들은 일제히 무기를 버리고는 두 손을 번쩍 쳐들었다.

"짜식들이 까불고 있어."

그런 쟌의 말투에 뒤쪽에 서 있던 조나단과 올리비에는 그저 한숨만 내쉴 뿐 아무 말도 할 수 없었다. 가끔가다 쟌이 보이는 이런 뒷골목 수준의 말투는 과연 그가 마스터 수준의 실력을 가진 사람인지 의심스럽게 만들기 충분했다.

트롤 형제와 용병들은 무기를 버리고 항복한 주네티 측 용병들을 한쪽으로 이동시켜 미리 준비한 가죽끈을 이용해 그들을 포박하고 있었다.

"너희들은 뭐 하고 있어? 저기 있는 보물(?)들을 챙겨야 할 것 아니야."

"예? 보물이… 어디 있습니까?"

"멍청한 녀석들, 이 쓰잘데기없는 전쟁을 끝내줄 물건들이니 보물이 당연하잖아."

"아~ 예, 알겠습니다."

쟌의 지시에 조나단과 올리비에가 잠에 빠진 왕자들을 성벽에 기대어 놓고 있을 때 그들을 향해 무서운 속도로 달려오는 인물이 있었다. 당당한 체격을 가진 그의 전신과 무기에서는 방금까지 한 생명체의 몸을 데워주었을 선혈이 계속해서 흘러내리고 있었다.

조나단과 올리비에는 누군가 자신을 향해 달려오는 것을 발견하기는 했지만 상상을 초월하는 속도나 무시무시한 상대의 기세에 짓눌려 그 자리에서 꼼짝도 할 수 없었다.

상대가 휘두른 롱 소드가 자신의 목을 향해 날아드는 것을 발견했지만 몸이 굳어 도저히 움직일 수 없었다. 조나단은 자신도 모르게 그만 눈을 질끈 감고 말았다.

챙!

갑자기 들린 금속성에 자신도 모르게 눈을 뜬 조나단은 자신의 앞을 가로막고 있는 사람을 곧 발견할 수 있었다. 다름 아닌 쟌이었다.

"뭘 멍청하게 보고 있어?"

정신을 차린 조나단은 올리비에와 함께 황급히 뒤로 물러섰고, 두 사람이 물러서는 것을 확인한 쟌은 재빨리 고개를 돌려 그제야 상대를 확인했다.

건장한 체격의 중년 사내, 하지만 전신에서 느껴지는 기세나 검을 통해 전해지는 충격으로 보아 이 중년 사내가 타마룬 뮤겔이 틀림없다고 생각했다.

한편 타마룬은 기절한 듯 보이는 주네티를 옮기고 있던 두 용병에게 퍼부어진 자신의 공격이 성공할 것을 믿어 의심치 않았다.

한데 막 자신의 공격이 성공할 찰나 느닷없이 나타난 사람이 자신의 공격을 막아내자 타마룬은 깜짝 놀라지 않을 수 없었다.

조금 전까지 무지막지하게 밀려드는 헤르난 측 용병들을 막아내던 타마룬은 문득 왜 저들이 서쪽 방향만 공격을 하지 않을까 하는 생각이 들었다. 그리고 함정이란 판단이 들자마자 그 자리를 벗어나려 했지만 로고스에게 발이 묶여 금세 그 자리를 떠날 수 없었다.

자신이 물의 최상급 정령 엘레스트라를 소환하자마자 기다렸다는 듯이 로고스 역시 불의 최상급 정령 셀레아나를 소환했다. 역시 세상에 알려진 대로 로고스는 최상급 정령을 소환할 수 있는 능력을 숨기고 있었던 것이다. 그다지 친분은 없었지만 상대의 검술 실력 역시 자신과 비슷한 경지라는 것을 알고 있기에 타마룬은 더욱 속이 탔다.

마치 끝장을 보려는 듯 무지막지한 맹공을 퍼붓자 로고스는 어쩔 수 없이 뒤로 물러서야 했고, 그 틈을 타 타마룬은 지체없이 그 자리를 떠나온 것이다. 로고스와 승부를 내는 것보다 자신에게는 왕자들을 보호해 탈출하는 것이 더욱 중요했기에 치미는 수치심을 억누르며 왕자들의 뒤를 쫓은 것이었는데, 벌써 상황이 종료되었다는 것을 깨닫게 되자 치미는 분노를 참지 못해 왕자들을 옮기고 있던 자들에게 공격을 퍼부은 것이었다. 그런데 설마 자신의 공격을 막아서고 나서는 사람이 있을 줄은 상상도 못했다. 그것도 나이 어린 청년이!

"그대는? 쟌 가이야라 했던가?"

"그렇소. 대충 상황이 끝난 것 같은데 이제 그만 포기하는 것이 어떻소?"

쟌의 말을 듣는 동안에도 사방에서 자신들이 있는 곳을 향해 달려오는 소리가 들렸다.

갑자기 허망하다는 생각이 들었다. 물론 상대도 많은 훈련과 준비를 했겠지만 아쉬드에게만 신경 쓰고 있었기에 헤르난의 기습에 의해 갑작스럽게 무너진 지금 상황이 너무 억울하게만 느껴졌다. 슬쩍 시선을 돌려 왕자들의 상태를 확인하니 단지 잠에 빠졌을 뿐 별다른 이상은 발견할 수 없었지만 쟌을 물리치고 주네티와 함께 이 자리를 벗어나기는 불가능한 일이라는 것을 곧 깨달을 수 있었다.

검을 맞대고 있는 쟌은 시시각각 변하는 타마룬의 표정을 보며 지금 그가 무슨 생각을 하고 있을지 짐작했다.

"귀하가 제국의 3대 용병왕으로 불리는 것을 모르는 것은 아니지만, 지금 상황에서 주네티 왕자를 구해 탈출하는 것은 불가능하오. 귀하가 버티고 있는 지금 이 순간에도 귀하 측 용병들의 피해가 계속 발생하고 있소. 이미 끝난 상황인데 그래도 계속 버티겠소? 명령을 내려야 할 왕자는 저렇게 우리 손에 있는데?"

쟌의 말에 타마룬은 순간적으로 억울하다는 생각이 들었고, 그의 몸에서 뿜어져 나온 투기가 강렬해진 순간 그의 등 뒤로 물의 최상급 정령 엘레스트라가 모습을 드러냈다. 그 모습에 주위에 있던 용병들은 신속하게 뒤로 물러섰지만 포위망은 풀지 않았다.

막 쟌을 밀어붙이려 하던 타마룬의 눈에 쟌의 등 뒤로 바람의 최상급 정령인 실레스틴이 모습을 드러낸 채 엘레스트라를 노려보고 있는 모습이 보였다.

"바람의 최상급 정령? 실레스틴이 어떻게?!"

쟌 역시 마나의 파동을 느꼈지만 자신에게 친숙한 느낌에 그것이 무엇인지 금세 깨달을 수 있었다.

"내 아내가 정령과 친해서 말이오. 이제 퇴로는 없어진 것 같은데… 어떻게 생각하오?"

쟌의 말을 들으며 그의 뒤쪽을 쳐다보니 지금 상황과는 맞지 않게 황홀하다는 느낌이 들 정도로 아름다운 여인 하나가 잔뜩 긴장한 모습으로 자신을 노려보고 있었다.

"자네 아내라고 했나? 저렇게 아름다운 여인을 아내로 맞이할 수 있다니 자넨 대단한 행운아군."

"귀하 말대로요. 아마 세상에서 나보다 더 재수 좋은 인간은 없을 것이오."

"휴우~ 그런 자네를 상대로 더 이상 싸움을 거는 것은 무의미하겠지?"

마지막 말이 끝났을 때 타마룬은 나직한 한숨과 함께 뒤로 물러나 검을 회수하고 있었다. 상대에게서 전해지는 쓸쓸함과 안타까움을 잠시 느끼던 쟌도 곧 검을 회수했다.

"당신의 빠른 결정이 많은 용병들의 목숨을 구할 수 있을 것이오."

"와! 이겼다!"

"드디어 이겼다!"

쟌의 말이 끝남과 동시에 긴장한 얼굴로 상황을 주시하던 용병들은 일제히 함성을 터뜨렸다. 그리고 그제야 안도한 표정으로 셀이 쟌 곁으로 다가왔다.

"어디 다친 곳은 없나요?"

"물론 없어. 그보다 지도는?"

"드디어… 찾았어요."

쟌의 질문에 셀은 감격스러움을 참을 수 없었는지 조금은 울먹이며 대답했다.

"그동안 수고 많았어, 셀."

"아니에요. 쟌의 도움이 없었다면 절대로 불가능했을 거예요. 고마워요, 쟌. 정말 고마워요."

"내가 뭐 한 것이 있다고 그래."

쟌이 어색한 표정으로 대꾸할 때 헤르난을 비롯한 왕자들과 로고스와 일단의 용병들과 함께 다가왔다.

"가이야 부단장, 괜찮은가?"

"그렇습니다, 헤르난 전하."

"다행이군. 그런데 저 아이들은 왜 저렇게……?"

"도주를 방지하고자 잠시 재워두었을 뿐입니다. 셀, 저들을 깨워주겠어?"

"잠시만 기다리세요. 웨이크 업!"

짧은 시동어를 셀이 외치자 성벽에 기대 정신없이 잠들어 있던 왕자들이 하나둘 깨어났다.

눈앞에 보이는 풍경이 익숙하지 않은 듯 몇 번이나 눈을 끔뻑이며 고개를 흔들던 왕자들은 자신들을 뚫어져라 쳐다보고 있는 사람들의 모습을 발견하고는 화들짝 놀라 자리에서 벌떡 일어났다.

"이제 정신이 드냐, 주네티."

누군가 자신의 이름을 함부로 부르자 주네티는 잔뜩 인상을 쓰며 소리가 들린 곳으로 고개를 돌렸다.

"건방지게, 누가 감히……? 헤르난 형?"

"그래, 나다."

짧은 상대의 대답, 그리고 자신들을 둘러싸고 있는 있는 낯선 사람들의 모습에 그의 안색은 순식간에 어두워졌다.

"내가 진 건가?"

"그래, 내가 이겼다."

"어떻게 이런 일이……."

주네티의 혼잣말에 헤르난의 얼굴에 걸렸던 승리의 미소가 조금은 엷어졌다.

"너도 많은 노력을 했겠지만 나 역시 상당히 노력했다. 그리고……."

잠시 말꼬리를 흐린 헤르난은 주위에서 자신을 바라보고 있던 용병들을 둘러보고는 곧 말을 이었다.

"내 주위에 있는 많은 친구들이 나를 도와주었기 때문에 너를 이길 수 있었다."

뜻하지 않은 말에 많은 사람들이 어리둥절한 표정을 지었지만 몇몇 용병은 헤르난의 말뜻을 알아듣고는 감격스러운 빛을 감추지 못했다. 그런 용병들의 반응은 곧 일파만파로 퍼졌고, 곧 엄청난 함성이 밤하늘에 울려 퍼졌다.

"헤르난 전하 만세!"

"만세!"

"저희들은 헤르난 전하를 영원히 친구로 맞이할 겁니다!"

"용병들의 친구 만세!"

폭발적인 용병들의 반응에 주네티를 비롯한 그를 지지했던 왕자들의 표정은 멍청하게 변하지 않을 수 없었다.

"용병들의 친구라고?"

"그런 사탕발림에 불과한 말을 믿다니?"

"저 자식들, 그 말을 믿다니… 대체 얼마나 멍청한 거야?"

그런 왕자들의 반응에 타마룬은 고개를 가만히 저었다.

'그 말이 사실이든 아니든, 그런 말을 한 왕족이 지금껏 단 한 사람이라도 있었소? 여인은 사랑하는 사람을 위해 화장을 하지만 사내는 자신을 알아주는 사람에게 목숨을 바친다는 사실을 왜 모르는 건지……. 휴우~ 주네티 왕자를 선택한 내 안목이 낮음을 탓해야지 누구를 탓하겠는가?

65장
아쉬드의 고심

"아쉬드 형, 이상한 보고가 올라왔어."

며칠간 계속된 눈보라로 자신의 방과 회의실만 오가던 아쉬드는 얼굴을 일그러뜨리고 있는 라일리의 말에 고개를 갸웃거렸다.

"이상한 보고라니?"

아쉬드의 반문에 회의실에서 술을 마시고 있던 다른 왕자들도 일제히 라일리와 함께 들어온 카멜의 무표정한 얼굴을 쳐다보았다.

"주네티 녀석의 성을 감시하던 감시조에서 마법 통신으로 들어온 보곤데…… 그 녀석 성이 함락됐대."

"함락?"

"누가?"

"어떻게?"

라일리의 반문에 그의 말을 듣고 있던 왕자들에게서 일제히 질문이 터져 나왔다.

"자세히 설명해 봐라."

"오늘 새벽 주네티의 성 서쪽에서 성을 감시하던 감시조가 연락을 해왔는데 다른 세 방향에서 성을 감시하고 있던 감시조와 연락이 안 된다는 거였어. 해서 직접 확인해 보라고 지시를 내렸는데 갑자기 큰 폭발음이 들렸다는 거야. 조심스럽게 상황을 파악해 보고하라고 지시를 내렸는데 그 보고라는 것이 도저히 믿을 수 없는 내용이라……."

말꼬리를 흐리는 라일리의 설명에 왕자들은 더욱 궁금증을 느끼지 않을 수 없었다. 답답함을 견디지 못한 게일이 무표정한 얼굴로 서 있던 카멜에게 질문했다.

"제이슨 단장, 단장이 좀 더 자세하게 설명해 보시오."

"방금 라일리 전하께서 말씀하신 그대롭니다. 새벽을 기해 헤르난 전하가 주네티 전하의 성을 공격했고, 한 시간도 안 돼서 전투가 완전히 끝났답니다."

"한 시간도 안 돼서 전투가 끝났다고? 그게 말이 된다고 생각하는 거요? 주네티 녀석이 보유한 용병의 수가 얼만데?"

"기습이었다고는 하지만 헤르난 전하께서 고용한 용병들은 너무나 간단히 성으로 난입했다고 합니다. 게다가 혹한에 대한 적응 훈련을 철저히 했는지 헤르난 전하의 용병들이 평상시처럼 움직이는 반면 주네티 전하의 용병들은 몸이 굳어 제대로 저항도 못했다고 합니다. 때문에 전투는 헤르난 전하 쪽 용병들에게 일방적으로 유리하게 전개되었답니다."

"그럴 수가!"

"헤르난 형이 그런 모험을 하다니…… 이야기를 듣고도 도저히 믿을 수 없군."

"그러게 말이야. 하지만 그보다 주네티 녀석 대체 얼마나 멍청하게 대처했기에 병력에서 월등히 앞서면서도 전투에서 패할 수 있다는 거지?"

"그러게나 말이야. 이건 헤르난 형이 기습을 해서 이겼다기보다 주네티 녀석이 멍청하게 대처해서 진 걸 거야."

왕자들은 카멜의 보고에 하나같이 주네티의 무능함을 성토했다.

아무리 기습이었고, 또 헤르난 측 용병들이 추위에 잘 적응해 있었다고 해도 병력에서 월등히 앞섰을 주네티 측 용병들이 불과 한 시간도 안 돼 무너졌다는 것은 쉽게 이해할 수 없는 일이 아닐 수 없었다. 게다가 주네티 측 용병들 중에는 아쉬드나 카멜도 잔뜩 신경 쓰게 만들었던 정령검사들도 상당수 포함되지 않았던가? 그런데 헤르난은 대체 어떻게 불과 한 시간도 안 되는 시간 동안 상대를 무력화시킬 수 있었는지 영문을 알 수 없었다.

"그래서, 현재 헤르난 녀석이 주네티 녀석의 성을 차지하고 있다는 거냐?"

"그게 말이야……."

"헤르난 전하께서는 주네티 전하를 비롯한 용병들을 포로로 잡은 후 즉시 성을 떠났다고 합니다."

"그럼 헤르난 녀석이 직접 그 전투에 참가했단 말인가?"

"그렇습니다. 헤르난 전하는 물론 헤르난 전하를 지지하는 다른 전하의 모습도 분명하게 확인했다는 보고입니다.”

“헤르난 녀석이 직접 전투에 참가했다고?”

아쉬드는 주네티의 성이 헤르난에게 의해 함락되었다는 사실보다 오히려 직접 전투에 참가했다는 것이 더 이해가 되지 않는 모양이었다.

일반적으로 작전 수립이나 군자금 조달 같은 것을 왕자들이 전담하고 전투는 그들에게 임명된 용병단장이 담당하는 것이 지금까지 승계 전쟁의 일반적인 양상이었다. 다시 말해 왕자들은 안전한 곳에서 명령만 내리고 용병단장이 직접 용병들을 이끌고 전투를 담당하는 그런 형태였던 것이었다.

얼마 전 아쉬드가 주네티의 성을 공격했을 때 전투에 참가하기는 했지만 그것은 참가라기보다는 참관이었다는 것이 더 정확한 표현이었다. 물론 헤르난이 직접 검을 들고 싸웠을 리 없을 거라는 것을 모르는 건 아니지만 이런 날씨에 그가 그 현장에 있었다는 것이 아쉬드에게는 의외가 아닐 수 없었다.

용병들도 꼼짝하기 힘든 이렇게 추운 날씨에 평생 황궁에서만 지내왔던 헤르난이 야전에 참가했다는 것은 정말 상식 밖의 일이 아닐 수 없었다.

“제이슨 단장, 헤르난 녀석이 보유한 병력이 얼마나 되오?”

“약 2만에서 2만 5천으로 집계하고 있습니다.”

“그럼 주네티 녀석은?”

“5만 정도로 알고 있습니다.”

“그럼 단장에게 묻겠소. 2만에서 2만 5천의 병력으로 성을 수비하고 있는 5만의 병력을 기습해 성을 함락시키고 승리할 수 있는 확률은 얼마나 되오?"

"일반적인 방법으로는 절대 불가능합니다."

생각할 필요도 없다는 듯 카멜의 대답은 너무도 빨리 튀어나왔다.

"그럼 일반적인 방법이 아니라면?"

"가장 일방적인 공성전은 마법사들이 성을 향해 광범위 마법을 쓰고, 공성병기를 사용해 성벽을 무너뜨린 다음 병사들을 진격시켜 전투를 벌이는 겁니다. 전형적인 방법이긴 하지만 이런 공성 방법을 택하려면 성을 지키는 병력보다 최소 세 배에서 다섯 배 정도는 많은 병력으로 공격해야 한다는 부담이 있습니다. 하지만 조금 전 말씀드린 대로 헤르난 전하에게는 그만한 병력이 없습니다. 그런 이유로 헤르난 전하께서는 다른 공성 방법을 사용하신 것 같은데 현재로서는 그 방법이 무엇인지 전혀 짐작이 되지 않습니다."

"단장의 말대로라면 헤르난 녀석에게 특별한 공성 방법이 있다는 것인데, 그럼 우리도 그렇게 당할 수 있다는 것이오?"

제럴드의 질문에 다른 왕자들도 눈빛을 빛내며 카멜의 무표정한 얼굴을 쳐다보았다.

"이건 제 생각이지만 헤르난 전하께 아무리 특별한 공성 방법이 있다고 하더라도 저희에게는 통하지 않을 겁니다. 병력적인 면에서도 그렇지만 저희에게는 열 기의 스톤 골렘이 있지 않습니까? 스톤 골렘의 힘은 설사 소드 마스터라고 해도 막을 수 없습니다. 게다가 지치지도 않습니다. 만약 전투에 스톤 골렘을 투입한다면 설사 중장갑 기사단이라고 해도 충분히 무력화시킬 수 있습니다. 물론 일반 용병들은 상대가 안 됩니다. 만약 헤르난 전하가 주네티 전하를 꺾었다는 생각 때문에 우리 성을 공격한다면 바로 그 순간 헤르난 전하는 아쉬드 전하께 무릎을 꿇어야만 할 겁니다."

비록 무표정한 얼굴이긴 하지만 카멜의 담담한 말에 왕자들의 얼굴에는 희미하게나마 안도하는 기색이 어렸다.

"감시조가 보내온 보고가 한 가지 더 있어, 형."

"뭐냐?"

"헤르난 형의 뒤를 감시조가 쫓고 있대."

"그래?"

라일리의 말에 아쉬드는 왠지 석연치 않다는 표정을 지었다.

"왜 그래, 형?"

"조금 전 말할 때 우리가 보낸 감시조 가운데 성의 서쪽에서 감시하던 감시조를 제외한 다른 감시조는 전멸했다고 했잖아. 그런데 어째서 서쪽에 있던 감시조만 멀쩡할 수 있었던 거지? 이상한 생각이 들지 않아?"

"뭐가 이상하다는 건지 이해가 안 돼. 우리가 보낸 용병들 중에서 서쪽을 감시하던 용병들의 실력이 가장 뛰어났고, 다른 쪽을 감시하던 용병들과 연락이 두절된 것을 확인하자마자 자신들이 감시하던 자리를 떠났기 때문이야. 게다가 서쪽에서 감시하던 감시조가 모두 무사했던 게 아니야. 서쪽에서 감시하던 감시조도 공격을 받았고, 겨우 두 개의 감시조를 빼고는 모두 몰살당했어."

라일리의 대답을 들으면서도 아쉬드는 왠지 찜찜한 기분을 떨쳐 버릴 수 없었다.

"미행하는 것이 쉽지는 않을 텐데……."

"방금도 말했다시피 미행하는 자들은 파견했던 용병들 가운데 가장 뛰어난 실력을 가지고 있고, 또 극도로 조심하고 있으니 들키지는 않을 거야."

"이유야 어떻게 되었든 간에 이번만큼은 반드시 헤르난 녀석의 본거지를 밝혀내야만 해."

"물론 그거야 당연한 일이지만 설사 저들의 본거지를 알아냈다고 하더라도 또 옮겨 버리면 소용이 없잖아."

제럴드의 말에 아쉬드는 단호한 얼굴로 고개를 저었다.

"아니다. 이번은 다르다. 감시조가 헤르난 녀석의 본거지를 확인하는 순간 저들을 친다."

단호한 아쉬드의 말에 왕자들은 놀란 얼굴로 일제히 그의 얼굴을 쳐다봤다. 하지만 아쉬드의 표정에는 변화가 없었다.

"이런 추위에 병력을 이동시킨다는 것은 그야말로 미친 짓이라는 것을 몰라?"

"나도 리코의 말에 찬성해. 이런 날씨에 어떻게 병력을 이동시킨다는 거야? 게다가 단번에 성을 함락시키지 못한다면 야영을 해야 할 텐데…… 설마 우리까지 야영을 해야 하는 것은 아니겠지?"

"이런 날씨에 야영을 한다고? 그건 절대 못해! 형, 어차피 전력을 비교해도 우리가 월등히 앞서는데 뭐 하러 그런 미친 짓을 하려는 거야? 일단은 헤르난 형의 위치나 파악하고 날씨가 풀리기를 기다리는 것이 어때?"

왕자들이 일제히 반대하고 나섰지만 아쉬드는 들은 척도 하지 않았다.

"제이슨 단장, 지금 즉시 출동 준비를 하도록 하시오."

"이런 혹한기에 병력들을 이동시키려면 준비해야 할 것도 많지만, 문제는 전투력이 현저하게 떨어진다는 겁니다."

"상관없소. 지금의 전력만 해도 저들의 두 배가 넘소. 게다가 우리에겐 스톤 골렘이 있지 않소?"

"다시 한 번 생각해 보심이 좋을 것 같습니다, 전하."

카멜마저 반대했지만 아쉬드는 전혀 받아들이지 않았다.

"바보 같은 놈들, 내가 왜 이러는 건지 아직 모르겠느냐? 단순히 주네티 녀석이 헤르난 녀석에게 패한 것으로 끝날 문제가 아니란 말이다. 이 모든 것이 로즈 검증단에서 파견된 사람들에게 기록될 것이고, 결국 그 보고서를 볼 사람이 누구냐?"

아쉬드의 말에 회의실에서 그들을 지켜보고 있던 로즈 검증단 인물은 어색한 표정으로 아쉬드의 눈길을 피했다.

"과연 황제 폐하께서 어떻게 생각하실까? 아무것도 못하고 금방 끝날 줄 알았던 헤르난 녀석은 시간이 지날수록 점점 강해지고, 단숨에 상황을 종결시킬 줄 알았던 나는 아무것도 못한 채 그대로 승계 전쟁을 마치게 된다면 다음번 황제가 될 사람은 과연 누구이겠느냐? 과연 황제 폐하께서 나를 제국의 후계자로 인정하실 거라고 생각한단 말이냐?"

아쉬드의 말에 제럴드를 비롯한 왕자들의 표정이 일순간에 일그러졌다. 왕자들은 설마 아쉬드가 그런 일까지 생각하고 있을 줄은 몰랐기에 놀란 것도 사실이지만 왜 자신은 그런 생각을 하지 못한 것인지 스스로를 자책하는 기색이 역력했다.

"형 말이 무슨 말인지는 알겠어. 그래도 이런 날씨에 전투를 벌인다는 것은 너무 무모한 것 아니야?"

"그래서 헤르난 녀석에게는 가능한 일이고 나에겐 불가능한 일이라는 거냐?"

"아니, 그런 건 아니고……."

"시끄럽다! 무슨 일이 있어도 이번에 헤르난 녀석을 꺾고 이 지긋지긋한 승계 전쟁을 끝낼 것이다. 우리의 전력은 녀석이 가진 전력의 두 배가 훨씬 넘는다. 더구나 스톤 골렘이 앞서 저 녀석들을 공격한다면 승리는 반드시 우리 것이 될 것이다. 이래도 망설이겠느냐?"

마치 불을 내뿜는 듯한 아쉬드의 말에 다른 왕자들은 왠지 마음 한 구석에 불안한 생각이 이는 것을 느끼면서도 고개를 끄덕이지 않을 수 없었다.

*   *   *

"헤르난 전하, 이 일은 지금 즉시 중단해야 합니다."

"왜 중단해야 한다는 말이오?"

헤르난은 강력하게 자신에게 거부의 뜻을 표시하는 켈리거에게 오히려 되물었다.

로즈 검증단에서 파견하는 검증단원 가운데 마지막으로 파견된 켈리거는 지금 헤르난이 행하고 있는 행동을 도저히 인정할 수 없었다.

"실제 전쟁이 벌어질 때도 전하께서 지금 하시는 행동은 도저히 용납될 수 없는 반인륜적 행동입니다. 하물며 전시도 아닌 지금과 같은 상황에서 이와 같은 행동이 용납될 리 없습니다. 그러니 즉각 중단해 주실 것을 로즈 검증단의 단장 자격으로 요구하는 바입니다."

켈리거의 말에 헤르난은 어이없다는 표정을 지었다.

"뭐가 반인륜적 행동이라는 거요?"

"지금 성의 지하에서 용병들을 세뇌시키는 짓이 그렇다면 정당한 행동이라는 겁니까?"

"세뇌? 지금 세뇌라고 했소? 푸하하하!"

"푸하하하!"

"킥킥킥."

"후후후."

헤르난의 얼굴에 어이없음을 넘어 황당하다는 표정이 지어지는 순간 회의실에서 갑자기 폭소와 함께 갖가지 웃음소리가 터져 나왔다.

당연히 켈리거가 불쾌하지 않을 리 만무했다.

"헤르난 전하, 왜 웃으시는 겁니까? 설마 기사인 절 모욕하시려는 겁니까?"

이미 딱딱하게 굳어진 켈리거의 얼굴을 발견했지만 헤르난이나 다른 사람들은 좀처럼 웃음을 멈출 수 없었다. 억지로 웃음을 억누른 헤르난은 몇 번의 심호흡을 하고서야 겨우 입을 열 수 있었다.

"타리아노 단장, 단장이 그 누구보다 공명정대하고 훌륭한 기사라는 사실은 내가 잘 알고 있소. 그리고 조금 전 우리가 웃은 것은 단장을 무시하거나 비웃기 위해서가 아니라 단장의 말이 너무 뜻밖이었기 때문이오. 우선 결론부터 말하자면 세뇌라는 것은 단장의 오해요."

"오해? 전하께서는 지금 소신(小臣)을 희롱하시는 것이옵니까?"

"후후후, 내가 그럴 리 있겠소. 내 자세히 설명해 줄 테니 우선 자리에 앉도록 하시오."

헤르난의 말에 켈리거와 다른 로즈 검증단 단원들은 잔뜩 불편한 얼굴로 자리에 앉았다.

"그라시아스님을 모시고 오도록 해라."

헤르난의 지시에 잠시 후 오웬이 조금은 어리둥절한 표정을 지으며 회의실로 들어왔고, 그 뒤를 잔이 따라오고 있었다.

"그라시아스님, 어서 오십시오."

"부르심을 받고 왔습니다, 헤르난 전하."

"지금 우리가 하고 있는 일에 대해 우리와는 조금 다르게 생각하고 있는 사람이 있어서 설명을 부탁드리기 위해 이렇게 그라시아스님을 모셨습니다."

평정을 되찾고 있던 오웬은 헤르난의 말이 이해가 되지 않는지 고개를 갸웃거리며 턱수염을 쓰다듬었다.

"설명이라니? 무슨 설명을 말씀하시는 것인지?"

"흥! 이 성의 지하에서 당신들이 행하고 있는 사악한 짓을 발뺌이라도 할 것인가?"

켈리거의 노성을 듣고서야 이해가 되는지 그제야 오웬은 고개를 끄덕였다.

"후후후, 사악한 짓이라…… 그것이 그렇게 사악한 짓인지는 오늘 처음 알았군. 허허허."

"그럼 인간을 세뇌시키는 짓이 사악한 짓이 아니라면 뭐가 사악한 짓이란 말인가?"

온몸을 부들부들 떨며 내뱉는 켈리거의 말에도 오웬은 그저 웃음을 흘릴 뿐이었다. 켈리거가 금방이라도 검을 뽑아 들 것처럼 검의 손잡이로 손이 내려가자 헤르난이 사태를 수습하기 위해 서둘러 입을 열었다.

"그라시아스님, 이쪽은 제국의 근위 기사단장인 타리아노 단장입니다."

"호오~ 어쩐지 전신에서 풍기는 분위기가 심상치 않다고 했더니 근위 기사단장이셨군. 만나서 반갑소이다. 난 오웬 그라시아스라는 늙은이요."

"마법사인가?"

"보시다시피."

"조금 전 내가 한 질문부터 대답을 해보라."

"무슨 대답? 아~ 내가 이 성 지하에서 하고 있다는 사악한 짓을 말하는 것이겠구려. 그런데 언제부터 최면이 사악한 짓 취급을 받았는지 모르겠구려."

"최면? 최면이나 세뇌나 다를 것이 뭐가 있다는 거지? 사악하기는……."

"쯧쯧쯧, 최면과 세뇌는 전혀 다르오. 물론 사람의 정신을 조종한다는 의미에서는 똑같을지 모르지만 대상이 되는 사람의 상태는 전혀 다르오. 최면에 걸린 사람은 언제든 원상태로 되돌아갈 수 있지만 마법에 의한 세뇌는 전혀 다르오. 먼저 적당한 약물과 마법으로 대상의 기억을 완전히 지운 다음 새로운 정보를 기억시키기 때문에 원래의 상태로 돌아가는 것은 불가능하오. 지금 우리가 하고 있는 것은……."

"다음부터는 내가 대답하겠소. 단장도 알다시피 아쉬드 형에 비해 우리는 특히, 병력의 양적인 면에서 절반에도 미치지 못하고 있소. 더구나 우리에게 더 이상의 용병들을 고용할 군자금도, 또한 여유도 없소. 이런 상황에서 우리가 택할 수 있는 가장 좋은 방법이 뭐겠소? 포로로 잡은 용병들을 우리 편으로 활용하는 것이오. 그래서 우리는……."

"그래도 포로들에게 최면을 거는 것은 비인간적인 행동입니다. 이런 행동은 황실의 체면을 손상시키는 파렴치한 짓이란 것을 왜 모르십니까?"

켈리거의 말에 헤르난의 얼굴이 삽시간에 딱딱하게 굳어졌다. 조금 전까지 얼굴을 가득 메우고 있던 웃음이 완전히 사라지자 마치 다른 사람을 대하는 듯 섬뜩함마저 느끼게 만드는 헤르난의 변화에 회의실에 모여 있던 사람은 자신도 모르게 몸을 떨었다.

"타리아노 단장, 그럼 단장은 내가 어떻게 행동해야 한다고 생각하오?"

"당연히 포로에게 실시하는 최면을 당장 멈추고 정정당당한 방법으로 아쉬드 전하와 결전을 치르셔야 됩니다."

"<u>호호호, 크하하하, 큭큭큭!</u>"

켈리거의 대답에 끝나자마자 평소 헤르난에게서는 절대 들을 수 없는 괴이한 웃음소리가 흘러나왔다.

"정정당당하게라……. 큭큭큭, 저들에게는 마물(魔物)이라 불리는 스톤 골렘에 몇만 명의 용병이 있는데 나는 포로를 잠시 활용하는 것도 안 된다? 재미있군, 확실히 재미있어. 크리스토퍼 단장."

"하명하십시오, 전하."

"우리가 포로라고 잡아온 용병들의 수가 얼마나 되는가?"

"1만 5천 정도입니다."

"주네티를 비롯한 왕자들도 포함한 숫자인가?"

"그렇지는 않습니다."

"방금 들었다시피 타리아노 단장의 말이 포로를 이용하는 것은 정당한 방법이 아니라는군. 그렇다면 나에게 포로라는 것은 단지 식량을 축내는 밥버러지밖에 안 된다는 말이 되니 모조리 죽일 수밖에 없겠군."

소름이 오싹 끼칠 정도로 싸늘한 말을 뱉어낸 헤르난은 미동도 없이 자세를 유지한 채 사람들의 얼굴을 하나하나 쳐다보았다. 그리고 이번 엔 믿을 수 없을 만큼 아주 담담함 어조로 말을 이었다.

"크리스토퍼 단장, 주네티를 비롯한 왕자들을 끌어내 모조리 참수하시오. 또한 포로로 잡아온 용병들 역시 모조리 참수할 것을 명하시오. 장창에 시체를 꿰어 접근하는 적들이 잘 볼 수 있도록 전시하시오. 그리고 그라시아스님."

"말씀하십시오, 전하."

"적에게 막대한 타격을 입힐 수 있는 마법이 있습니까?"

"물론 있습니다, 전하."

"사악하고, 파렴치하고, 비인간적인 놈인데다 이미 황실의 체면을 손상시켰으니 이제 무슨 짓은 못하겠소. 아군조차 치를 떨 만한 그런 마법은 뭐가 있소?"

너무나 태연한 얼굴로 입을 여는 헤르난의 모습은 평상시의 모습과 다를 것이 없었는데 사람들은 오히려 그 모습에서 이질적인 뭔가를 느꼈다.

"으음~ 우선 에니메이티드 데드라는 마법이 있습니다. 이름에서도 알 수 있다시피 마법의 효력이 지속되는 동안 시체를 움직일 수 있게 만드는 것입니다. 흠흠, 방금 전하께서 포로로 잡은 용병들을 모두 죽인다고 하셨는데, 1만 5천 정도라면 저희에게 아주 훌륭한 전력이 될 것입니다."

"죽은 시체가 움직인다는 말이오? 그럼 좀비란 말이오?"

"그렇습니다. 다만 초자연적인 힘에 의해 움직이는 것이 아닌 마법사에 의해 조종된다는 것이 조금 다를 뿐 결과는 마찬가지입니다. 자신이 죽인 시체가 다시 자신에게 달려드는 모습은 경험해 보지 못한 자들에게는 그야말로 공포, 그 자체일 것입니다."

턱수염을 쓰다듬으며 태연하게 설명하는 오웬의 모습에 사람들은 진저리를 치며 마법사들이 어떤 존재인가 다시 한 번 생각하지 않을 수 없었다.

"좀 더 강렬하고 충격적인 그런 마법은 없소?"

"왜 없겠습니까? 미티어 스웜, 혹은 마테오라 불리는 운석 소환 마법이 있습니다. 하늘에서 쏟아지는 불덩어리, 운석이 지상에 쏟아질 때 모든 생명체는 공포에 질려 울부짖지만 살아날 가능성은 전혀 없습니다. 일정 지역을 초토화시켜 버리는 데 마테오를 따라갈 마법이 없습니다."

"호~ 그렇다면 좀비들로 하여금 아쉬드 형을 공격하게 만든 후 불타는 유성을 아쉬드 형의 성에 작렬시킨다면 아주 장관이겠구려. 좋소,

당장 시행하도록 하시오."

"알겠습니다, 전하."

휙! 챙!

오웬의 대답이 끝나자마자 날카로운 파공성과 금속성이 회의실 안을 울렸다.

자리에서 일어서려는 오웬을 향해 허공을 가르며 날아드는 롱 소드가 있었고, 다시 그 롱 소드를 가로막은 한 자루의 검이 있었다.

바로 자신 앞에서 벌어진 일임에도 불구하고 오웬은 마치 아무것도 보지 못한 사람처럼 태연한 얼굴로 회의실을 빠져나갔다. 그때까지도 사람들은 얼어붙은 듯 자신의 자리에서 꼼짝하지 못하고 있었다.

"감히 황위 계승자 앞에서 검을 뽑다니⋯⋯! 아쉬드 왕자의 지시를 받고 헤르난 전하를 시해라도 하려고 온 것인가?"

자신의 공격이 가로막힌 것만 해도 분통이 터질 일인데 제국의 근위 기사단장인 자신을 한낱 어쎄신 취급을 하다니⋯⋯.

분노를 참지 못한 켈리거가 막 입을 열려는 순간 쟌이 먼저 입을 열었다.

"게다가 로즈 검증단의 본연의 임무에서 벗어나 자신의 생각을 주장하는 월권 행위로도 부족해 감히 전하 앞에서 검을 뽑아? 정말 아쉬드 왕자의 사주를 받고 온 것이 아닌지 조사를 해봐야겠군."

"무, 무슨 소리를⋯⋯!"

"호오~ 말까지 더듬는 것을 보니 더 의심스러운데?"

두 사람이 힘 겨루기를 하는 사이 헤르난의 앞을 가로막고 있던 로고스가 조금은 굳은 얼굴로 입을 열었다.

"타리아노 단장님, 죄송스럽지만 지금 즉시 무기를 거두어주시기를 강력하게 요구하는 바입니다."

챙!

로고스마저 자신의 무기를 뽑아 들자 켈리거는 더욱 당황하지 않을 수 없었다.

"크리스토퍼 단장, 지, 지금 무슨 소리를 하는 건가? 내, 내가 그럴 리 만무하지……."

"죄송합니다, 타리아노 단장님. 단장님의 무죄는 저희들이 조사를 해보면 곧 밝혀지게 될 겁니다. 그때까지는 저의 지시와 통제에 따라주시면 감사하겠습니다. 단장님도 잘 알고 계시겠지만 시간을 끌면 끌수록 단장님에게만 더 불리해지실 뿐입니다."

자신에게 쏟아지는 사람들의 시선에 점점 더 힘이 실리는 것을 느낀 켈리거는 시간이 지나면 지날수록 자신에게 불리할 뿐이라는 것을 깨닫고는 힘없이 검을 내려야만 했다.

이 모든 것이 쟌의 말장난 때문에 시작된 일이라고 생각한 켈리거였기 때문에 쟌을 노려보는 시선에는 단숨에 상대를 갈기갈기 찢어 죽일 것 같은 살기뿐이었다. 하지만 더 이상 견디지 못하고 검을 회수해 검집에 집어넣었다.

"기사로서의 명예를 지키실 것이라 믿고 무장을 해제시키지는 않겠습니다. 저를 따라와 주십시오. 로즈 검증단의 다른 분들도 저를 따라와 주셨으면 합니다. 가이야 부단장, 게르트 부단장, 샤겔스 부단장, 나를 도와주겠나?"

"알겠습니다, 단장님."

일단의 사람들이 빠져나가고 왕자들만 남은 회의실은 잠시 동안이지만 어색한 분위기가 흘렀다.

"형, 질문이 있는데."

"뭐냐?"

헤르난의 음성은 평소와 다름없어 그가 지금 화가 난 것인지 아닌지 전혀 구별을 할 수 없었다.

"정말 주네티 형이나 다른 형들을 죽일 거야? 그리고 용병들도?"

"그걸 왜 묻는 거냐?"

여전히 변화없는 헤르난의 음성에 평소와는 달리 약간은 주눅이 든 모습으로 루이스가 입을 열었다.

"아까 타리아노 단장의 말에 화가 난 것은 알겠는데 그렇다고 포로들을 모두 죽인다는 것은 너무한 것 같아서 말이야."

"다른 사람들도 같은 생각이냐?"

"응, 나도 그건 너무 심하다고 생각해."

"나도."

"필립, 너는 어떻게 생각하느냐?"

"난 무조건 형의 결정의 따르겠어."

필립의 대답이 뜻밖이었는지 왕자들의 시선이 일제히 그에게로 쏠렸다.

"무슨 소리를 하는 거야? 포로들을 모조리 죽여 버리겠다고 형이 말한 것을 못 들었어?"

"넌 생각이 있는 녀석이냐?"

형들의 나무람에도 필립은 아랑곳하지 않았다. 오히려 미소까지 지은 채 헤르난을 바라보고 있었다.

"무조건 내 결정을 따르겠다?"

"그래, 형. 만약 형이 포로를 모조리 죽일 거였다면 전에도 그렇게 했겠지. 하지만 형은 오히려 부상당한 용병들을 치료까지 해주었잖아. 그런 형이 다른 형들이나 용병들을 죽일 리 있겠어? 다만 조금 전에는 타리아노 단장이 하지 말아야 할 소리를 해서 화가 나 그런 말을 했을 거라고 난 생각해."

조금은 단정적으로 말하는 필립의 태도에 그를 쳐다보고 있던 왕자들은 마치 확인이라도 하려는 듯 헤르난을 바라봤다.

한동안 담담한 표정을 유지하던 헤르난이 갑자기 가벼운 미소를 지었다.

"후후후. 그래, 사실 필립의 말대로 타리아노 단장의 말에 갑자기 화가 치민 것은 사실이고, 또 하지만 순간적으로 그라시아스님이 말씀하신 방법을 사용할까 하는 생각을 했던 것도 사실이다. 어떻게 할지는 좀 더 두고 보도록 하자."

로고스가 켈리거를 데리고 사라지는 모습을 잠시 지켜보던 쟌은 천천히 걸음을 옮기고 있던 오웬을 향해 뛰어갔다.

"오웬님, 잠시만 기다려 주세요."

"으응? 무슨 일인가?"

"다름이 아니라 묻고 싶은 것이 있습니다."

"뭔가?"

"아까 헤르난 전하에게 말했던 유성이 쏟아지는 마법이 정말 세상에 존재하는 겁니까?"

쟌의 질문에 오웬은 천천히 수염을 쓰다듬었다.

"왜 그걸 묻는지 그 이유를 먼저 말해 주겠나?"

"만약 세상에 그런 마법이 존재한다면 타라카스 왕국이나 샤프란 왕국이 제국의 지배를 받지 않아도 될 것 같은데 현실은 그렇지 않으니 궁금해서 그렇습니다."

"허허허, 세상에 그런 마법은 분명히 존재한다네."

오웬이 너무나 간단히 자신의 말을 수긍하자 쟌은 이상한 생각이 들었다. 그리고 그런 쟌의 생각을 뒷받침이라도 하듯 설명이 이어졌다.

"존재하기는 하지만 인간의 능력으로는 실현시키기는 불가능한 마법이라네. 드래곤이라도 된다면 모르지만 인간의 능력으로 마테오를 펼치려면 아마 마나의 폭주로 인해 목숨을 잃게 될 게야. 마테오가 실현될 리도 만무하고 말이야."

"그렇다면 그…… 뭐더라? 좀비를 만드는 마법인가? 왜 시체를 이용해서 적을 공격하게 만든다는……."

"에니메이티드 데드를 말하는 것인가 보군."

"맞습니다. 그 마법 말입니다, 그것이 현실적으로 가능한 마법입니까?"

"허허허, 마법에 관심이 많은가 보군. 당연히 실현 가능하니 그런 이름이 붙은 것 아니겠는가? 자네의 표정을 보아하니 내 말을 믿을 수 없다는 표정 같은데 에니메이티드 데드는 분명히 실존하는 마법이네. 단, 나는 그 마법을 모르네."

"예?"

뜻하지 않은 오웬의 대답에 쟌은 어리둥절한 표정을 짓지 않을 수 없었다.

"내 말이 잘 이해가 되지 않는 모양인데, 에니메이티드 데드는 7클래스의 마법이라네. 내가 6클래스 마스터라 7클래스 급의 마법을 펼치기에는 많은 무리가 따르지. 더구나 에니메이티드 데드는 오직 네크로맨서들만이 펼칠 수 있는 마법이라네. 내가 설사 에니메이티드 데드의 스펠을 알고 있다고 하더라도 네크로맨서들만큼 위력을 보일 수는 없다네."

"그럼 조금 전 헤르난 전하께 말씀하신 것은 뭡니까?"

"허허허, 자네도 타리아노 단장이 헤르난 전하께 무례하게 행동하는 것을 보지 않았나? 전하께서 상당히 화가 나신 것 같아 잠깐 분위기를 맞춰 드린 것뿐이라네."

"결국 현실적으로 가능한 마법은 하나도 없다는 것이군. 제 말이 맞습니까?"

"뭐, 따지자면 자네 말도 틀린 것은 아니지만 그렇다고 전혀 불가능하다고만 생각하지는 말게. 누가 뭐라 해도 불가능을 가능케 만드는 것이 마법이니까."

"알겠습니다. 참, 그리고 셀에게 너무 무리하지 말라고 전해주십시오."

"알았네."

오웬과 헤어진 쟌은 연병장으로 향했다. 날씨가 워낙 추웠기에 대부분의 용병들은 자신의 숙소에서 쉬고 있었지만 훈련에 열중하고 있는 용병들의 수도 적지 않았다.

"마스터, 오셨습니까?"

"마스터, 안녕하십니까?"

용병들의 인사에 쟌은 그저 고개만 끄덕일 뿐이었다. 자신만의 훈련 장소에 도착한 쟌은 먼저 가부좌를 틀고 앉아 눈을 감았다.

스톤 골렘과의 대결이 있은 후 쟌은 자신이 그동안 단전에 쌓아두었던 내공의 활용 방법을 심각하게 고심하고 있었다. 지금까지는 상대에게 강력하고 빠른 직접적인 타격을 주는 것에만 주력했는데, 과연 그것이 자신이 처한 상황에서 가장 효과적이 공격 방법일까 하는 것에 대한 자신 나름대로의 고찰이었다.

스스로의 무술에 대해 어느 정도 경지에 도달했기 때문에 문제가 되는 것은 단지 위의 경지에 대한 깨달음이 더 중요하다고 생각했었다. 하지만 지금 와서 생각해 보니 깨달음도 중요하지만 새로운 경지에 도달해도 몸이 따라주지 못한다면 소용없을 것이란 생각을 지울 수 없었다.

해서 일단은 몸 상태를 최상으로 만들어야 한다는 결정을 내리게 된 것이었다. 더구나 아쉬드와의 결전이 얼마 남지 않은 상태니 그 중요성은 말할 필요도 없었다.

천천히 호흡에 집중하면서 코뿐만 아니라 전신을 통해 몸속으로 들어오는 마나를 통제하기 시작했다. 일부의 마나가 단전에 쌓이는 동안 나머지 마나는 천천히 전신으로 퍼뜨려 잔뜩 웅크리고 있는 세포 하나 하나를 일깨우기 시작했다.

조금 떨어진 곳에서 쟌을 바라보고 있던 슈뢰더는 미동도 하지 않고 가부좌를 유지하고 있는 쟌의 모습에 감탄을 금할 수 없었다. 자신도 물론 예전에 비해 그 시간이 늘어나기는 했지만 아직도 가부좌를 틀고 앉으려면 고생스럽기는 마찬가지였다.

슈뢰더가 쟌에게 존경심을 품는 부분은 바로 지금과 같은 경우다.

숨을 쉬면 폐까지 얼어붙을 것 같은 이렇게 추운 날씨에 눈보라까지 몰아치는 상황이라면 보통 사람은 숨 쉬기조차 어려울 것이다. 그럼에도 불구하고 쟌은 미동도 없이 오로지 호흡에만 집중하고 있는 것이다.

더욱 놀라운 일은 쟌의 머리나 몸 위에 쌓이는 눈이 조금도 녹지 않는다는 점이다. 손등이나 머리에 쌓인 눈이 전혀 녹지 않는다면 누가 그를 살아 있는 사람이라고 여기겠는가? 하지만 쟌은 분명 숨을 쉬고 있어서 그런 이상한 현상을 목격한 슈뢰더나 다른 사람들은 그때마다 놀란 가슴을 진정시켜야 했다.

잠깐 사이에 쟌의 몸에는 눈이 수북하게 쌓였지만 쟌은 여전히 미동도 하지 않은 채 단전호흡에만 열중하고 있었다.

훈련하던 용병들마저 막사 안으로 들어가 버리자 그렇지 않아도 휑하던 연병장은 더욱 넓고 춥게만 여겨졌다.

"발라키 백작, 금방 그칠 눈이 아닌 것 같소. 오늘 훈련은 이만하고 들어갑시다."

"내 생각에도 그러는 것이 좋겠소."

자신들의 말에도 슈뢰더가 들은 척하지 않자 두 사람은 그가 바라보던 방향을 쳐다봤다. 혹시나 하는 생각에 바라보던 두 사람은 쟌의 모습을 곧 발견하고는 고개를 저었다.

매일 보는 쟌의 얼굴이 새삼스러울 리 만무했다. 그럼에도 불구하고 슈뢰더는 지겹지도 않는지 쟌이 근처에 있을 땐 그에게서 눈을 떼지 않고 쳐다보곤 했다. 지금도 마찬가지였다.

평소와 다를 것이 전혀 없는데도 슈뢰더는 쟌의 모습에서 눈을 떼지 못하고 있었다.

"뭘 그리 유심히 보고 있는 거요?"

"자네들은 마스터의 모습을 보고도 이상한 생각이 안 든단 말인가?"

"뭐가 이상하다는 거요? 난 아무것도 이상한 점을 발견하지 못하겠는데."

"그건 나도 마찬가지요. 이상한 점이라는 것이 대체 뭐요?"

"자네들은 마스터의 몸에 쌓인 저 눈이 보이지도 않는단 말인가?"

"눈이야 보이지만 뭐가 이상하다는 건지……."

"그럼 마스터의 몸에 쌓인 저 눈이 왜 안 녹는 것인지 그 이유를 한 번도 생각해 본 적이 없단 말인가?"

슈뢰더가 답답하다는 표정을 짓자 두 사람도 그제야 이상하다는 생각이 들기 시작했다.

차가운 바닥에 오랜 시간 동안 앉아 있는 것이나 소름이 돋을 만큼 추운 바람을 견딜 수 있는 것은 쟌의 인내심이 대단하기 때문이라 하더라도 어떻게 인간이 몸에 쌓인 눈을 녹지 않게 만들 수 있단 말인가?

물론 설명은 간단하다. 쟌의 체온이 주위와 완전히 동화될 정도로 낮기 때문에 눈이 녹지 않은 것이다. 하지만 인간이 도마뱀도 아닌데 어떻게 체온을 마음대로 조절할 수 있단 말인가?

드보아와 기레스트는 평소 자신들이 무심히 보아 넘겼던 모습에 얼마나 큰 놀라움이 숨겨져 있었던 것인지 그제야 깨달을 수 있었다. 슈뢰더가 발견한 것을 자신들은 왜 발견하지 못한 것인지 스스로를 자책하면서도 쟌은 어떻게 자신의 체온을 마음대로 조절하는 것이 가능한지 두 사람은 전혀 이해할 수 없었다.

"눈이 더 내릴 것 같은데 마스터께 말씀을 드리지 않아도 될는지 모르겠군."

"마스터가 어떤 분인데 그런 사실을 모르겠소. 더구나 마스터의 명상 수련을 방해했다가 어떤 불호령이 떨어질지 모르니 우선은 그냥 두는 것이 좋을 거요."

"나도 그렇게 생각하오. 차라리 사모님께 말씀을 드린다면 그분께서 알아서 하실 테니 그 방법이 낫지 않겠소?"

"그게 좋을 것 같군."

드보아의 말에 찬성을 하면서도 슈뢰더는 쟌에게서 눈을 떼지 않았다.

"난 언제나 마스터와 같은 경지에 오를 수도 있을까? 진짜 마스터께서 말씀하신 그런 경지가 있기는 있는 걸까?"

66장

전면전

"지금부터 회의를 시작하겠다. 먼저, 유리 네가 지금 상황에 대해 설명해 보거라."

헤르난의 말에 유리가 자리에서 일어나 한쪽 벽면을 장식하고 있는 지도 앞으로 다가갔다. 그리고는 지도의 한곳을 가리키며 입을 열었다.

"현재 우리의 위치는 이곳입니다. 그리고 아쉬드 형이 있는 성에서부터 우리가 있는 성까지는 꼬박 3일이 걸리는 거리야. 우리의 계획대로 주네티의 성을 감시하던 아쉬드 형의 용병 가운데 일부를 살려두었으니 어떻게든 아쉬드 형의 반응이 있을 것으로 예상돼."

잠시 말을 멈춘 유리는 자신의 말을 듣고 있던 필립을 바라보았다.

"나와 필립이 그 점에 대해 생각을 해보았는데…… 틀림없이 아쉬드 형은 우리를 공격하기 위해 전 병력을 몰고 이 성으로 올 거라고 생각해."

"아쉬드 형이?"

"진짜 이렇게 추운 날씨에 여기까지 올까?"

부케인과 루이스의 얼굴에는 의심이 가득했다. 다른 사람들도 그런 생각이 들기는 마찬가지였다.

"평소 우리가 알던 아쉬드 형의 성격대로라면 틀림없이 우리를 공격하러 올 거야. 아마 아쉬드 형은 우리가 주네티를 꺾었다는 사실을 도저히 믿을 수 없을 거야. 오히려 우리에게 자신이 할 일을 빼앗겼다는 생각마저 하고 있을걸. 비록 날씨가 춥다고는 하지만 아쉬드 형에게 날씨 따위는 문제가 안 돼. 더구나 병력까지 앞선 지금 상황에서 스톤 골렘까지 보유한 아쉬드 형이 망설일 이유가 전혀 없잖아."

"하긴 아쉬드 형의 성격대로라면 가만히 있는 게 더 이상할는지도 모르지."

헤르난이 유리의 말에 찬성하는 듯 고개를 끄덕이자 부케인과 루이스는 평소의 아쉬드를 떠올렸다. 자신들이 생각해 봐도 아쉬드가 자신들의 위치를 알게 된다면 가만히 있을 리 없을 것이란 생각이 들었다.

"제가 생각해 봐도 전력에서 월등히 앞서는 아쉬드 전하께서 그냥 지켜보고만 계시리라고는 생각되지 않습니다. 더욱이 유리 전하께서 아까 말씀하신 것처럼 우리들의 위치를 확인하는 즉시 전 병력을 몰아들이칠 것이 확실하다고 생각합니다."

평소 자신의 생각을 말한 적이 없던 로고스마저 유리의 의견에 찬성을 표시하자 헤르난은 고개를 끄덕였다.

"그렇다면 이 성에서 전투를 벌여야 하다고 생각하시오?"

"그건 내가 대답할게. 이곳보다는 '돌의 성'에서 전투를 벌이는 것이 우리에게 더 유리할 것이라 생각해, 형."

필립의 말에 사람들은 일제히 고개를 갸웃거렸다.

"그렇게 생각한 이유라도 있느냐?"

"돌의 성 주위는 여러분들도 잘 알다시피 온통 돌뿐이에요. 물론 상대가 그 돌을 이용해 성을 공격할 수도 있겠지만 제 생각으로는 그리 걱정할 필요는 없다고 생각합니다. 더구나 그라시아스님의 대(對)골렘 방어전을 준비하려면 역시 돌이 많은 돌의 성이 가장 적합하다고 생각해요."

"그럼 넌 그라시아스님이 무슨 방법으로 스톤 골렘을 막아낸다고 장담하셨는지 그 이유를 안단 말이냐?"

"그래, 형. 하지만 내게 무슨 방법인지 묻지는 마. 나나 유리 형의 예상이 맞다면 틀림없이 며칠 지나지 않아 아쉬드 형이 전 병력을 이끌고 돌의 성으로 오게 될 것이고, 그때 마물이라고까지 불렸던 스톤 골렘이 얼마나 허약한 물건인지 똑똑히 보게 될 거야. 문제는 골렘이 아니라 아쉬드 형이 끌고 올 용병들인데…… 일단 시작은 지극히 상식적인 전투로 진행될 거야. 하지만 계속 그렇게 진행되지는 않을 거야. 왜냐하면 성 주위에서 물을 구할 수 있는 곳은 성안뿐이니까. 더욱이 이렇게 추운 날씨에 몸을 녹여줄 땔감을 구할 수 없다면 용병들을 뒤로 물리지 않을 수 없을 거야. 우리의 반격은 그때부터 시작한다는 것이 아쉬드 형의 공격에 대한 우리의 대응 전략이야."

필립의 말에 회의실에 모인 사람들은 나름대로 상황을 머리 속에 그려봤다.

일단 스톤 골렘을 막을 방법이 있다니 문제는 필립이 말한 용병들이었는데, 성안에서 항전을 한다면 금세 성이 함락되거나 하지는 않을 것 같았다. 더구나 자신들에게는 마법사들이 있어 원거리 공격이 가능하니 적에게 대항해 몇 번의 공격을 막아내는 것은 그리 어려운 일은 아닐 것이라 생각되었다.

"방금 반격이라고 했는데, 어떻게 공격을 한다는 거냐?"

"기본적인 전술은 기습과 함정을 이용한 포위 섬멸, 그리고 지속적인 게릴라전을 펼치는 거야. 우리가 다른 곳으로 이동하기 전 공격을 하려고 상당히 무리를 할 거다. 물론 그런 이유엔 자신들이 병력적인 면에서 훨씬 앞선다는 생각을 하기 때문일 거야. 따라서 아쉬드 형의 용병들을 이 성 주위에서 벗어나지 못하게 만드는 것이 관건이야."

필립의 마지막 말에 사람들은 일제히 고개를 갸웃거리지 않을 수 없었다.

"아쉬드 형의 용병들이 땔감과 식수 부족으로 물러난다고 조금 전에 말했으면서 이번엔 우리가 성을 비우고, 반대로 성을 차지할지도 모르는 상대와 싸워야 한다고?"

"루이스, 네가 궁금하게 생각하는 것도 이해가 되지만 우리가 그런 작전을 세운 것에는 우리에게 마법사가 있기 때문이라는 게 가장 큰 이유이다."

유리의 설명에도 루이스의 얼굴에 떠오른 의아함은 사라지지 않았다.

"아무리 우리에게 마법사가 있다고 해도 우리가 안전하게 성에서 퇴각할 수 있을지도 의문인데다가, 반대로 아쉬드 형이 성을 차지한다면 저들에게도 마법을 쓸 줄 아는 제이슨 단장이 있는데 물을 구하지 못할 리 없잖아. 더구나 땔감이 없다고 하더라도 마법으로 난방을 대신할 수 있을 것이라고 생각하지 않아?"

루이스의 의문에 설명해 준 사람은 바로 오웬이었다.

"허허허, 마법에 대해서 잘 모르시는 분은 그렇게 생각할 수도 있습니다. 하지만 마법사라고 하더라도 없는 것을 만드는 것은 절대 쉬운 일이 아니랍니다. 간단히 말해 마법사가 파이어 볼을 만드는 것만 해도 마법사의 의지가 가장 큰 비중을 차지하겠지만, 마법사가 주위에 퍼져 있는 마나 가운데 파이어 볼을 발현하는 데 필요한 기운을 집중시키는 것이 무엇보다 중요합니다. 물론 수계 마법이나 빙계 마법(氷係魔法) 역시 마찬가집니다. 흠흠~ 제 설명이 조금 길었나 보군요. 다시 말해 아무리 클래스가 높은 마법사라고 해도 주위에 존재하지 않는 물을 갑자기 만들 수는 없는 일이랍니다."

"하지만 우리는 물을 구하지 않았소?"

"그건 우리에게 가이야 부인이 있었기 때문입니다."

오웬의 대답에 사람들은 아리송한 표정을 감추지 못했다.

"가이야 부인 때문이라면……?"

"허허허. 루이스 전하, 잊으셨나 보군요. 그녀는 인간이 아닌 하프 엘프랍니다. 세상에 산재되어 있는 네 가지 성질의 기운을 이용하는 것은 마법사나 정령술이나 마찬가지지만 보다 근원적인 힘을 사용하는 방법은 바로 정령술이랍니다. 따라서 정령술을 사용할 줄 아는 가이야 부인이야말로 저희 마법사들이 결코 따라갈 수 없는 독특하고 경이로운 분이랍니다. 다시 한 번 결론을 말씀드리자면 정령의 힘이 아닌 마법의 힘으로는 결코 성이나 성 주변에서 식수로 쓸 물을 구할 수 없습니다. 결국 아쉬드 왕자님과 용병들은 성에서 나올 수밖에 없을 겁니다."

오웬의 설명에 왕자들은 고개를 끄덕이는 모습을 보면서 루이스는 심통을 부리듯 다시 입을 열었다.

"아쉬드 형이 식수나 땔감을 구하지 못해 고생한다는 점은 이제 알겠어. 그렇지만 아쉬드 형의 용병들이 성을 완전히 포위한 상태에서 어떻게 안전하게 후퇴를 한다는 것이지? 또 그것 말고도 우리가 성을 빠져나가 야전에서 게릴라전을 벌인다고 했는데, 땔감이나 식수를 우리는 어떻게 구한다는 거지?"

"루이스 형, 그건 내가 설명해 줄게. 유리 형과 나는 이미 작년에 돌의 성 주위에 식수를 구할 수 있는 곳을 가이야 부인의 도움을 받아 몇 군데 발견해 비밀리에 감추어두었어. 그리고 땔감은 그라시아스님의 도움을 받아 식량을 조리하거나 난방을 할 수 있도록 몇 가지 마법 도구를 만들어두었어. 따라서 루이스 형의 말대로 설사 우리가 야전에서 게릴라전을 치른다고 하더라도 추위나 기아 때문에 고통받을 일은 결코 없을 거야. 그렇지만 우리의 뒤를 쫓는 아쉬드 형의 용병들은 절대 추위와 기아에서 벗어날 수 없을 거야. 그리고 그동안 우리가 준비하고 노력했던 모든 것이 우리에게는 승리를, 아쉬드 형에게는 절망을 안

거줄 것이라고 생각해."

단정적으로 말을 마치는 필립의 태도에 그의 말을 듣고 있던 사람들은 앞으로 상황의 전개가 그의 말처럼 될 것 같다는 느낌이 들었다.

"덧붙여 설명하자면, 이미 돌의 성 지하에는 두 개의 지하 갱도를 만들어놓았어. 아쉬드 형의 용병들이 성문을 파괴하는 동안 우리는 안전하게 지하 갱도를 통해 이동할 수 있어. 물론 추격에 대비해 몇 군데 함정도 만들어놓았어. 설사 저들이 함정을 발견한다고 해도 지하 갱도를 파괴할 수 있는 장치를 만들어두었으니 충분히 추격을 막을 수 있어."

필립의 말에 고개를 끄덕이던 헤르난은 오웬을 쳐다봤다.

"그라시아스님, 주네티 녀석이 데리고 있던 용병들의 회유 작업은 얼마나 진행되었습니까?"

"9할 이상 끝났습니다, 헤르난 전하."

오웬의 대답에 회의실의 한쪽 벽에 서서 그 말을 듣고 있던 켈리거의 얼굴은 미미하게 일그러졌지만 굳이 입을 열지는 않았다. 자신에게 주어진 임무는 그저 헤르난과 왕자들의 행동이나 작전 수행 능력, 용병들을 장악하는 능력, 변화에 따른 능동적인 대처 능력 등을 살피는 것임을 깨닫고 있었기 때문이다.

확실히 일전에 자신의 행동은 월권 행위라 제재를 받는다 하더라도 아무런 할 말이 없었다. 그런 사실을 깨달으면서 자신이 헤르난이나 그를 따르는 왕자들에 대해서 아무것도 아는 것이 없음을 시인해야만 했다.

왕자들 가운데에서 가장 무능하다고 알려진 루이스만 하더라도 회의 때마다 놓치기 쉬운 점을 빠뜨리지 않고 지적했고, 개개인이 가지고 있는 능력을 최대한 발휘할 수 있도록 작전 계획을 세우는 유리의 능력만 해도 여간 범상한 것이 아니었다. 또 유리를 보조하면서 모든 것에 만반의 준비를 게을리 하지 않는 필립의 능력 역시 그 또래 나이에서는 결코 찾아보기 힘든 것이었다.

아마 자신이 느끼고 있는 이런 점은 먼저 파견된 다른 로즈 검증단 사람들도 이미 느꼈을 것이다. 또 그들 대부분이 이들 다섯 왕자의 지금까지는 몰랐던 능력에 감탄을 금치 못했을 것임은 충분히 짐작할 수 있었다.

트레슈나 제국의 황제 퀘헤리건의 후계자가 아쉬드가 아닌 헤르난이 된다는 것은 그를 택하지 않은 제국의 귀족들에게는 그야말로 재앙이 아닐 수 없다.

과연 그가 만약 제국의 황제가 된다면 자신을 선택하지 않은 귀족들을 과연 어떻게 대할 것인가? 자신의 아버지 퀘헤리건처럼 황제의 권위로 무자비한 탄압을 할 것인가? 아니면 그들을 용서하며 포용할 것인가?

불안한 느낌이 들어 고개를 흔들던 켈리거는 자신도 모르게 흘러나오는 한숨을 감출 수 없었다.

그를 더욱더 불안하게 만드는 것은 바로 회의 내용이었다.

대화 내용으로는 아쉬드의 공격을 어떻게 막아낼 것인가 고심하는 것처럼 보였지만 사실은 이미 1년 전부터 착실하게, 또 완벽하게 준비를 한 것 아닌가?

이런 상황에서 만약 흥분한 아쉬드가 섣불리 공격을 했다가는 헤르난에게 당할 것이 불을 보듯 뻔한 일이었다.

승계 전쟁이 2년의 시간에 걸쳐 진행되는 것은 단순히 누가 이기고 지는 결과만을 보는 것이 아니라 대국적인 상황을 이끌어 나가는 사람이 누구인가, 또 승리를 거두기 위해 얼마나 노력하고 세밀한 계획을 세우고 진행시키는가 등등 여러 가지 황제로서의 자질을 확인하는 기간이었던 것이다. 하지만 지금까지 진행되어 온 승계 전쟁에서 그런 사항이 지켜진 적은 별로 없었다.

후계자의 외가가 가진 황금의 양이 얼마냐에 따라 결정이 되는 아주 단순한 상황의 반복이었던 것이다.

현재의 황제인 쾌헤리건만 하더라도 그의 외가인 루스펠 공작가의 막대한 황금을 군자금으로 엄청난 수의 용병을 고용해 단시간에 승부를 종결지었던 것이다. 그 과정에서 포로를 용납하지 않는 냉혹한 그의 성품 때문에 수난을 당한 용병들이 하나둘이 아니었다.

그런데 지금까지의 관행(?)을 깨고, 자신의 능력만으로―우수한 참모들을 발굴한 것도 헤르난의 능력이므로―결과가 뻔하게 보였던 승계 전쟁의 구도를 이렇게까지 뒤집어놓은 인물이 마침내 등장한 것이다.

제국의 입장에서 본다면 능력과 실력을 겸비한 인물이 황제가 되는 것이니 환영할 만한 일지만, 그로 인해 파급될 영향에 대해서는 제국의 한 사람으로서 걱정되지 않을 수 없었다.

슬쩍 곁눈질로 옆을 보니 바카니에 교단에서 파견된 하이 프리스트인 로엘이 잔뜩 심각한 얼굴로 헤르난과 왕자들을 살피고 있었다.

학문과 지식의 신인 바타니에를 모시는 교단의 하이 프리스트로서 이번 승계 전쟁에 참가하지는 않았지만 내심 교단의 영향력을 키울 수 있는 기회를 찾고자 했을 것이다.

아쉬드가 승리를 거둔다면 지금 종교계의 구도가 그대로 이어지는 것이지만, 만약 헤르난이 최후의 승자가 된다면 그를 지지한 발탄 교단을 제외한 바카니에 교단이나 다른 교단들은 영향력이나 교세에 심각한 타격을 입을지도 모르는 일이기에 저렇듯 심각한 얼굴로 왕자들을 쳐다보고 있을 것이다.

그의 걱정을 알기에, 켈리거는 어쩌면 동병상련의 감정마저 느끼는지도 몰랐다. 그의 상념은 헤르난의 담담한 어투의 말에 끊어졌다.

"그렇다면 크리스토퍼 단장이 용병들에게 회의 내용을 전달하고 내일 돌의 성으로 이동할 것을 알리도록 하시오."

"알겠습니다, 전하."

"그럼 오늘 회의는 이것으로 끝내도록 하겠소. 그리고 너희들도 단단히 준비하도록 해라."

"알았어, 형."

"걱정도 팔자라니까."

"걱정하지 마, 형."

왕자들은 제각기 대답을 하더니 회의실을 빠져나갔다.

그 모습을 지켜보던 켈리거는 왕자들의 마지막 대답이 무얼 의미하는 것인지 몰라 고개를 갸우뚱하지 않을 수 없었다. 하지만 그것보다 왜 회의의 내용을 용병들에게 전달하라고 지시한 것인지 헤르난의 의도가 더욱 궁금했다.

모두가 떠난 자리에 남아 있던 사람은 필립과 켈리거뿐이었다. 회의 내용을 기록하는지 필립은 종이에 뭔가를 꼼꼼하게 적고 있었다.

켈리거는 몇 번을 망설이다 필립을 불렀다.

"필립 전하."

"예? 무슨 일인가요, 타리아노 단장님."

"묻고 싶은 것이 있어서 기다렸습니다."

"말씀하시지요."

"다름이 아니라 조금 전 헤르난 전하께서 회의 내용을 용병들에게 알려주라고 지시를 하셨는데…… 무엇 때문에 그런 지시를 내리신 것인지 그 이유를 알 수 있겠습니까?"

켈리거의 질문에 필립은 빙그레 미소를 지었다.

아마 켈리거도 몇 달 전 자신들처럼 회의 내용을 용병들에게 알리는 행동이 궁금했던 모양이었다.

수뇌부는 일방적으로 명령을 내리고 용병들은 그 명령을 무조건 따르는 것이 일반적인 관행이었다. 그런 관행의 밑바닥에는 수뇌부인 자신은 귀족이고, 그런 자신에게 명령을 받는 용병이나 병사는 평민이기에 무조건 자신의 명령에 따르는 것은 너무나도 당연한 일이었다. 그런데 그렇게 하찮게 여기는 평민들에게 왜 회의 내용을 알려준다는 것인지 켈리거는 도무지 이해를 할 수 없었다.

"하하하, 타리아노 단장께서는 이해가 되지 않나 보군요."

"그렇습니다, 필립 전하."

"결론부터 말하자면 작전의 원활한 수행을 위해섭니다."

필립의 설명을 듣고도 켈리거는 이해가 되지 않는지 멍한 표정을 짓고 있었다.

"이해가 되지 않습니까? 작전을 세우는 것은 저희 수뇌부이지만 실제로 작전을 수행하는 사람들은 용병이나 병사들이 아닙니까? 만약 그들이 작전의 내용을 제대로 파악하지 못한다면 작전이 실패할 것은 너무 뻔한 일이기에 작전의 성공률을 높이기 위해 회의의 내용을 가르쳐주게 된 겁니다."

"하지만 필립 전하, 한낱 용병들에게 회의의 내용을 말해 줘봐야 그들이 뭘 알겠습니까? 그리고 그들이 회의의 내용을 전해 들었다고 하더라도 과연 작전의 성공률을 높일 수 있을지 솔직히 의문이군요."

"타리아노 단장님, 3대 용병왕이 비록 용병계에서는 막대한 영향력을 행사하는 인물들이긴 하지만 그들 역시 평민에 불과합니다. 비록 승계 전쟁이라고 미화시키기는 했지만 용병들에 의해 계획이 세워지고, 전쟁이 치러진다는 사실을 모르는 사람은 없습니다. 그럼에도 불구하고 그들이 단지 평민이라는 신분 때문에 하찮게 여겨야만 할까요? 귀족이든 평민이든 실력이 있는 자는 우대를 받아야한다는 것이 헤르난 형과 저의 생각입니다."

필립의 차분하면서 논리 정연한 말에 켈리거는 순간 말문이 막히는 것을 느껴야만 했다.

그의 말은 당연히 옳은 말이다. 하지만 세상이 반드시 그렇게 돌아가는 것만은 아니지 않은가? 옳은 자가 항상 승리를 거둔다면 모르지만 때로는 비겁한 자가, 또 때로는 남을 속이는 자가 승리를 거두는 곳이 바로 세상이다.

과연 헤르난이나 필립의 생각이 언제까지 계속될지는 모르는 일이다. 켈리거는 필립의 말에서 신선함을 느끼기는 했지만 언젠가는 퇴색하고 말 것이라고 생각했다.

"전하의 생각은 잘 알겠지만 용병들에게 그렇게까지 해야 할지 저는 아직도 의문입니다."

켈리거의 말에 필립은 그저 빙그레 미소를 지을 뿐이었다.

필립의 웃는 모습 어디에서도 그가 이제 열여덟 살에 불과한 청년이라는 느낌은 전혀 들지 않았다. 하지만 그가 짓고 있는 담담한 미소가 마치 '너는 아직 이렇게 간단히 이치도 모르느냐'는 질책처럼 느껴져 조금은 불쾌한 기분이 들었다.

"필립 전하, 그럼 전 이만 물러가겠습니다."

"그렇게 하십시오."

켈리거가 회의실을 빠져나가는 모습을 지켜보던 필립은 다시 뭔가를 적기 시작했다.

"황궁에서 17년 동안 배웠던 것보다 이곳에서 생활한 겨우 1년 동안에 더욱 많은 것을 배웠답니다. 그것도 우리가 그렇게 하찮게 여겼던 용병들에게 말입니다."

*　　　　*　　　　*

휘이익!

얼음처럼 차가운 바람 한줄기가 얼굴을 스치고 지나가자 그렇지 않아도 몸을 잔뜩 웅크리고 있던 론트는 기어코 재채기를 하고야 말았다.

"에취! 에취!"

연거푸 재채기를 한 론트는 방한복을 여미면서 불만을 터뜨렸다.

"제기랄, 완전히 감기가 들어버렸잖아. 으이그, 추워라."

"형, 론트가 감기에 걸린 모양인데 하다못해 마차 안에서 몸이라도 녹이게 해줘."

론트가 재채기하는 모습을 안쓰럽게 보고 있던 게일이 참다못해 입을 열었다. 그러나 아쉬드는 들은 척도 하지 않은 채 끝도 보이지 않는 광야를 향해 길게 줄지어 이동하는 용병들의 대열을 쳐다보고 있었다.

성을 떠난 지도 벌써 이틀이 지났다.

이런 혹한기의 출정에 당연히 용병들의 반대는 격렬했다. 하지만 헤르난의 본거지를 알아낸 지금이야말로 승계 전쟁을 일찍 종결시킬 수 있는 절호의 기회라는 아쉬드의 말에 결국 용병들도 승복할 수밖에 없었다. 게다가 압도적인 전력을 믿기에 자신들의 승리를 믿어 의심치 않았다. 하지만 실내에 있어도 몸이 움츠러들 정도의 추위에는 견딜 재간이 없었다.

이틀 동안 발생한 동상 환자가 벌써 천 명을 넘어서고 있었다. 더구나 무겁기 이를 데 없는 공성병기 때문에 진군하는 데 막대한 차질이 생기고 있었다.

여러 가지 문제가 자신의 발목을 붙잡았지만 아쉬드는 단 한 번도 자신이 승계 전쟁에서 승리를 거둘 것을 의심치 않았다. 다만 승계 전쟁이 끝날 때까지 자신이 헤르난을 제압하지 못하고 지금처럼 끌려 다녔을 때 과연 로즈 검증단의 평가나 황제의 평가가 어떻게 나올 것인지 그것만을 걱정할 뿐이었다.

그렇지만 막강한 전력을 보유하고도 별다른 성과를 올리지 못한 자신보다는 보잘것없는 병력으로 주네티를 제압한 헤르난에게 좀 더 많은 점수가 갈 것이란 생각이 들었다. 바로 그 점이 아쉬드를 조급하게 만들었다.

겨울인 탓인지 벌써 해가 지고 있었다.

"아쉬드 전하, 날이 저물었습니다. 오늘은 이곳에서 야영을 해야만 할 것 같습니다. 어떻게 하시겠습니까?"

"정찰조는 확실하게 정찰을 하고 있는 거요?"

"물론입니다, 전하. 하지만 적을 발견했다는 보고는 아직 없습니다."

"전방에 적이 없다면 좀 더 이동한 후에 야영을 하는 것은 어떻소?"

"물론 그럴 수도 있습니다만 날씨가 워낙 춥기 때문에 용병들의 피로가 상당합니다. 제 생각으로는 오늘은 이만 이동을 멈추고 야영을 하는 것이 좋을 것 같습니다."

"그렇다면 할 수 없지. 야영 준비를 하도록 지시하시오."

카멜의 말에 아쉬드는 입맛을 다시는 수밖에 없었다.

병력을 몇 무리로 나눠 야영 준비를 시작하자 넓은 벌판은 금세 음식 냄새로 뒤덮였다.

막사 안에서 식사를 하던 이리스는 삶아놓은 채소처럼 축 늘어져 있는 론트의 모습에 안타까운 마음이 들었다. 조금 전 프리스트가 와서 신성력으로 치료를 해주었지만 상처 입은 것이 아니기에 회복은 더딜 수밖에 없었다.

밑의 동생인 펜샤스는 헤르난에게 포로로 잡혔고, 론트는 감기에 걸려 저렇게 골골하고 있으니 그의 마음이 편할 리 없었다. 자신도 몸이 으슬으슬한 것이 아마도 감기가 오려는 것 같았다. 게다가 다른 형들도 자신과 마찬가지인지 제대로 식사도 못하는 모습이 곧 감기 몸살에 걸릴 것처럼 보였다.

식사가 끝나자 왕자들은 누가 먼저라고 할 것도 없이 불 옆에 마련된 간이 침대에 누워 잠을 청했다. 하지만 막사 틈 사이로 스며드는 외풍 때문에 쉽게 잠에 빠져들 수 없었다.

방한복을 여민 이리스는 몇 장의 털가죽으로 만들어진 이불을 머리 위까지 끌어 올리며 잠을 자려고 노력했지만 결코 쉽게 잠들 순 없었다. 그의 뇌리엔 여러 가지 잡념이 파고들었다.

겨우 열한 번째 왕자에 불과한 자신이 왜 이런 허허벌판에서 잠을 청해야 하는 것인지 갑자기 회의감이 들었다. 동시에 자신을 이렇게 야전에서 잠자게 만든 헤르난에 대한 두려움이 갑자기 치밀었다.

평소에도 의미를 알 수 없는 미소를 짓던 헤르난에게 희미하게 두려움을 가지고 있었는데, 막상 이렇게 야전에서 잠을 자게 되니 두려움이 부쩍 증폭되는 것을 감출 수 없었다.

단 한 번도 헤르난의 능력을 의심해 보지는 않았지만 그렇다고 자신이 지지한 아쉬드를 감당할 수 있으리라고는 생각하지 않았다. 하지만 시간이 지나면 지날수록, 감춰져 있던 헤르난의 능력이 하나씩 드러날수록 그의 형제들은 상대의 경이적인 능력에 두려움을 느끼지 않을 수 없었다.

그 두려움은 주네티의 성이 함락되었을 때 극에 달했다.

처음 그 이야기를 들었을 때 어느 누구도 그 말을 믿은 사람이 없었다. 몇 번이나 확인을 거듭할 정도로 그들에게는 충격이었다. 동시에 자신들은 왜 그동안 헤르난이 어떤 능력을 가지고 있는지, 왜 알려고 하지 않았는지 크게 후회했다.

이제 와서 그를 선택할 수는 없는 일이니 자신들이 선택한 아쉬드에게 충성을 맹세하고 그를 따를 수밖에 없었다. 하지만 시간이 지날수록 불안감은 사라지지 않고 더욱 커졌다.

긴 한숨 소리가 들리는 것을 보면 다른 형제들도 잠을 이루지 못하고 고민에 쌓여 있는 모양이었다. 이리스 역시 긴 한숨을 내쉬고는 억지로 잠을 청했다.

"아쉬드 전하, 일어나셨는지요?"

카멜의 말에 자리에서 일어나려던 아쉬드는 온몸의 근육이 굳어 곳곳이 결리는 것을 억지로 참으며 몸을 일으켰다.

"무슨 일이오, 제이슨 단장."

"두 시간 전에 들어온 새로운 보고가 있습니다."

"새로운 보고?"

새로운 보고란 말에 아쉬드는 눈살을 찌푸리며 카멜의 얼굴을 쳐다보았다.

대체 얼마나 중요한 정보인지는 모르지만 자신의 잠이 방해를 받았다는 사실에 먼저 눈살이 찌푸려졌다.

"말해 보시오."

"새벽 야음을 틈타 헤르난 전하가 용병들을 이끌고 성을 빠져나갔다고 합니다."

"뭐라고?"

은근히 밀려오는 두통에 관자놀이를 문지르던 아쉬드는 잔뜩 굳은 얼굴로 카멜의 얼굴을 노려보았지만 카멜의 무표정한 얼굴은 조금의 변화도 없었다.

"지금 헤르난 녀석이 성을 빠져나갔다고 했소?"

"그렇습니다. 성을 감시하던 정찰조 셋이 새벽에 보고를 보내왔는데, 그 내용이 모두 일치하는 것으로 봐서 확실한 정보 같습니다."

"빌어먹을 놈, 쉴 새 없이 사방으로 쥐새끼처럼 도망을 다니는구나. 하지만 내 손아귀에서 절대 빠져나갈 수 없을 것이다! 목적지가 어딘지 알아냈소?"

"현재는 이동 중이라 정확하게 알 수는 없지만 아마도 인근에 있는 두 개의 성 가운데 하나일 것으로 짐작됩니다. 두 성의 위치가 서로 정반대이니 오후쯤이면 어느 성인지 알아낼 수 있을 겁니다."

"연락을 보내 정확한 위치를 알아내도록 하시오. 그리고 별다른 일은 없소?"

당연히 아무 일 없다는 답변을 기대했던 아쉬드는 뜻밖에도 카멜이 아무런 말도 하지 않자 또다시 눈살을 찌푸리지 않을 수 없었다.

"대답을 해보시오. 무슨 일이라도 생긴 거요?"

"10여 명의 용병이 어제저녁 날이 추워 술을 마시고 잔 모양입니다."

"그게 어쨌다는 말이오?"

"오늘 아침 모두 동사한 상태로 발견되었습니다."

"멍청한 놈들, 이런 날씨에 술을 처먹고 자다니! 죽고 싶어서 환장을 했군."

"용병들의 동요가 생각보다 심합니다."

"자신의 몸 하나 간수하지 못하는 놈들이 무슨 용병이라고…… 신경 쓸 필요 없소. 오늘부터 당장 용병들에게 지급하던 술을 모두 금지시키도록 하시오."

"만약 그런 지시를 내리면 용병들의 불만이 이만저만이 아닐 겁니다. 이런 날씨에 방한용으로 지급되던 술마저 금지시킨다면 탈영할지도 모르는 일입니다."

"고작 술 몇 모금 마시지 못한다고 탈영한다는 말이오? 단장은 그게 말이 된다고 생각하시오?"

"하지만 이 전쟁은 저들의 전쟁이 아니지 않습니까? 용병들은 하나같이 부상을 당하지 않은 상태에서 승계 전쟁이 끝나기만을 간절히 바라고 있을 겁니다. 저들은 아쉬드 전하께 충성을 맹세한 기사들이 아니라 전하께서 주시기로 한 황금에 목숨을 잠시 맡긴 사람들에 불과합니다. 자신의 목숨이 더 중요하다고 느낀다면 언제든 전하의 곁을 떠날 사람들이라는 것을 잊지 말아주십시오."

무표정한 얼굴로 말하는 카멜의 모습에 아쉬드는 그동안 잊고 있었던 카멜에 대한 불쾌감이 다시금 고개를 치켜드는 것을 느껴야만 했다. 아침부터 불쾌한 기분을 느낀 탓인지 아쉬드의 얼굴은 딱딱하게 굳어졌다.

"그 문제는 단장이 알아서 처리하시오. 하지만 술로 인해 문제를 일으킨 용병들은 결코 용서하지 않겠다는 말을 똑똑하게 전달하도록 하시오."

"그렇게 전하도록 하겠습니다, 전하."

카멜이 막사를 빠져나가고도 아쉬드는 한참 동안 치미는 분노를 억눌러야만 했고, 그와 동시에 잊고 있었던 두통도 함께 밀려드는 것을 느끼지 않을 수 없었다.

"쥐새끼 같은 놈, 성이 함락되는 날 네놈의 목을 잘라 반드시 성문 위에 매달아주마."

자신이 대체 언제부터 헤르난에게 이렇게 강렬한 적대감을 가지게 되었는지 아무리 생각해 봐도 알 수 없었다. 아마 평소부터 쌓여 있었던 감정의 찌꺼기들이 이번 승계 전쟁을 치르는 동안 드러난 모양인데 설마 이렇게까지 헤르난을 미워하고 있었는지는 자신도 깨닫지 못하고 있었다.

"어찌 되었든 이제 얼마 남지 않았다. 후후후, 내가 황제가 된다면 이 시멘루아나 대륙에 유일무이한 제국을 건설할 것이다. 수천, 수만 년 동안 이어질 그런 거대한 제국 말이다. 크하하하!"

아쉬드의 웃음에는 그의 야망이 진득진득하게 묻어 있었다.

*　　　*　　　*

돌의 성을 향해 출발한 지도 이틀째가 되었다.

다행히도 우려했던 날씨는 괜찮았지만 잘 씻지 않은 용병 가운데 일부 용병들에게서 동상 환자가 발생했다. 물론 신속한 조치로 동상은 치료했지만 이 상태가 지속된다면 더 많은 동상 환자가 발생할 것은 불을 보듯 뻔한 일이었다.

전투를 벌이다 발생한 환자라면 모르지만 전투 한 번 치러보지 못한 채 동상 때문에 전력 손실이 발생한다면 그것보다 더 허망한 일은 없을 것이다.

결국 헤르난은 취사 도구나 난방용으로 사용하던 마법 열원(熱源) 발생기를 이용해 용병들의 씻기는 수밖에 없었다. 덕분에 매일 저녁 손발을 씻느라 용병들이 요란법석을 떠는 모습을 흔하게 볼 수 있었다.

다행히도 그 방법이 통했는지 동상 발생 환자는 급격하게 줄어들어 걱정거리 하나를 덜 수 있었다.

하지만 문제는 그것뿐이 아니었다. 100여 명의 마법사가 있었지만 그들의 능력에도 한계는 분명히 존재했다.

식사 때마다 4만 명이 넘는 용병들의 취사 도구와 난방 도구에 마나를 불어넣기엔 그들의 수가 너무 적었다. 한 번씩 마나를 불어넣고 나면 녹초가 되기 일쑤였다. 돌의 성까지 반나절밖에 남지 않았다는 것이 천만다행이었다. 만약 그렇지 않았다면 마법사들은 모두 탈진해 버리고 말았을 것이다.

모두 카타리나에게서 빌려온(?) 병력들이기 때문에 설사 자신이 승계 전쟁에서 패한다고 하더라도 그들만큼은 무사히 돌려보낼 책임이 자신에게 있다고 생각한 헤르난이기에 오웬을 비롯한 마법사들의 안위에 대해 신경 쓰지 않을 수 없었다.

정말 요즘은 하루가 어떻게 지나가는지 전혀 느끼지 못하고 있었다. 눈을 떠 간단히 아침 식사를 한 후 용병들의 상태를 점검하고, 다른 형제들과 로고스, 세 명의 부단장과 앞으로 있을 일을 점검하면 금세 점심때가 된다. 식사를 마친 후 자신들을 미행하는 아쉬드의 정찰조가 잘 따라오나 점검(?)을 해야 하고, 얼마 전부터 익히기 시작한 검술 훈련을 마치면 어느새 저녁이 된다.

저녁 식사 후 다시 한 번 용병들의 상태를 점검한 후 경계 병력을 직접 배치한 후에야 비로소 잠자리에 들 수 있었다. 설사 그렇다고 해도 바로 잠이 든 적은 한 번도 없었다. 머리 속이 워낙 복잡했기 때문이었다.

물론 이 일련의 일들을 헤르난이 직접 할 필요는 없었다. 지시를 내린 후 그것을 이행한 보고만 들으면 될 일이었지만, 언제부턴가 직접 모든 업무를 맡기 시작해 지금은 모든 일이 헤르난을 통하지 않으면 되지 않게끔 되었다.

너무 무리한다는 동생들의 말에도 헤르난은 자신이 하기로 결심한 일을 외면한 적이 없었다. 승계 전쟁 시작 당시와 지금이 같은 사람이라고는 도저히 여길 수 없을 정도로 많은 부분에서 헤르난은 변했다. 그리고 그 변화라는 것이 대체적으로 긍정적이라는 것이 주변 사람들의 반응이었다.

사흘에 불과한 이동이었지만, 위낙 신경을 쓴 탓인지 지끈거리는 두통을 억지로 참던 헤르난의 눈에 아스라이 먼 곳에 우뚝 선 성의 모습이 보였다.

"휴우~ 드디어 도착한 것인가? 이곳은 예전에도 와봤지만 정말 황량한 곳이야."

"전하, 그동안 고생 많으셨습니다."

곁에 있던 로고스의 치사(致詞)에 헤르난은 그저 엷은 미소를 보일 뿐이었다.

"선발대를 보내 성에 이상이 없는지 확인하도록 지시하시오. 그동안 나머지 용병들은 휴식을 취하면서 경계를 하도록 하고."

"알겠습니다, 전하."

대답을 하면서도 로고스는 마치 오랫동안 용병대장 생활을 한 사람처럼 능숙하게 지시를 내리는 헤르난의 모습을 보며 참 많이도 변했다는 느낌을 받았다.

잠시 후 선발대가 성에 이상이 없음을 알렸고, 용병들은 서둘러 성으로 들어갔다.

"경계를 철저히 서도록 지시를 내리고, 나머지 병력들은 충분히 휴식을 취하도록 하시오. 유리와 필립의 예상이 틀리지 않다면 2, 3일 후에 운명을 건 한판을 벌여야 할지도 모르니까 말이오."

"염려 마십시오, 전하."

"너희들도 많이 피곤했을 테니 푹 쉬도록 하거라."

"형, 수고 많았어. 형도 푹 쉬어."

"고생 많았어, 형."

동생들과 인사를 나눈 헤르난은 자신의 방으로 갔다. 그동안 비워두었던 탓인지 방 안의 공기는 싸늘했고, 침대의 시트는 지저분하고 눅눅하기 이를 데 없었지만 헤르난은 그런 것을 느낄 사이도 없이 침대 위에 쓰러져 잠에 빠져들었다.

잠시 후 병력 배치가 끝난 것을 보고하기 위해 내실로 들어섰던 로고스는 정신없이 자고 있는 헤르난의 모습을 발견하고는 그가 걸치고 있던 하드 레더를 벗겨주고는 시트를 덮어주었다.

가만히 헤르난의 자는 모습을 쳐다보던 로고스는 조용히 벽난로에 불을 붙인 다음 방을 빠져나갔다.

"셀, 피곤하지 않아?"

"아니, 괜찮아요. 저보다 쟌은 피곤하지 않나요? 요즘 잠을 통 이루지 못하는 것 같던데."

"나? 난 괜찮아. 요즘 단전호흡을 다시 연구하느라 그랬을 뿐 잠이나 식사는 꼬박꼬박하고 있다는 걸 셀도 곁에서 봤으니 잘 알고 있잖아."

쟌은 대수롭지 않다는 듯 대답했지만 셀은 신경이 쓰이는지 그의 얼굴에서 눈을 떼지 못했다.

"정말 괜찮다니까. 내가 왜 셀에게 그런 것을 숨기겠어. 그러니까 걱정하지 마. 그보다 지도에 대한 해독은 완전히 끝난 거야?"

"완전히 끝난 것은 아니지만 대략적인 위치는 알 수 있을 것 같아요."

"그 뭐야 스피얼인가 하는 녀석은 잘 도와줘?"

"비교적 협조적이에요. 다만……."

"다만? 왜, 그 자식이 무슨 엉뚱한 짓이라도 한 거야?"

"아니에요. 그게 아니라 지금 당장 제로의 보물을 찾으러 가자고 해서……."

말꼬리를 흐리는 셀의 모습에 쟌은 가만히 그녀를 어깨를 감싸 자신의 품으로 끌어들였다. 그리고는 어깨를 가만히 어루만져 주었다.

"미안하지만, 3개월만 더 참아주겠어? 이곳에서의 일이 대충 마무리 되는 대로 제로의 보물을 찾으러 가자고. 물론 지금 떠나도 상관은 없지만 그래도 이 전쟁에 두 왕국의 미래가 달려 있잖아. 그냥 떠나기엔 내 양심이 허락하질 않아서 말이야."

"7년도 넘게 참았는데 겨우 3개월을 못 참겠어요? 그런데 이곳에서의 일이 모두 끝나면 폴렌 시에서처럼 또 소리도 없이 조용히 떠날 생각이세요?"

뜻하지 않은 질문에 쟌의 눈은 커질 수밖에 없었고 어색한 미소를 지을 뿐이었다. 하지만 정작 질문을 던진 셸은 빙그레 미소를 짓고 있었다.

"뭐, 생색낼 필요 없잖아. 셸이 몰라서 그렇지 사람들 앞에 나선다는 것이 얼마나 멋쩍고 어색한데. 그냥 슬그머니 사라지는 게 최고야."

"호호호, 당연히 그렇게 할 것이라고 생각했어요. 역시 생각대로군요."

"셸도 참, 사람 할 말 없게 만드는군."

피식 웃음을 웃던 쟌은 다시 셸을 자신의 가슴으로 끌어들였다. 그리고는 나직하게 중얼거렸다.

"이젠 정말 얼마 남지 않았어. 몇 달 후면 드디어 고향으로 돌아갈 수 있을 거야. 사부님도 만나뵐 수 있고 친구들도 만날 수 있어. 조금만 더 지나면……."

그리움을 담고 있는 쟌의 음성에 셸은 가슴이 아파 아무런 말도 할 수 없었다.

"그래요. 틀림없이 헤어졌던 분들을 다시 만날 수 있을 거예요. 그리고 저도 만나고 싶어요. 특히 쟌을 가르치셨다는 스승이신 반허란 분을 꼭 만나고 싶어요."

"그래, 곧 만나뵐 수 있을 거야. 하지만 벌써 5년이 지났는데 별고없으실지……."

쟌의 음성은 진한 그리움을 담고 있었다.

67장

마지막 전투 1

　용병들을 따라 말을 몰던 아쉬드는 앞서 이동하던 용병들이 걸음을 멈춘 채 삼삼오오 모여서 웅성거리는 모습을 발견하고는 눈살을 찌푸렸다.

　"무슨 일이오?"

　"앞에서 누군가가 길을 가로막고 있습니다, 전하."

　"길을 막아?"

　카멜의 대답에 아쉬드는 하도 어이가 없어 하품이 나올 지경이었다. 이런 허허벌판에서 길을 가로막는다는 표현이 과연 가능한 것인지 의문이 아닐 수 없었다.

　"대체 얼마만한 병력이 앞을 가로막고 있는 것이기에 병력 전체가 멈췄단 말이오?"

"그것이…… 단 한 명이라는 보고입니다."

"제이슨 단장, 지금 날 놀리는 것이오?"

"무슨 말씀이신지……?"

"단장의 보고대로라면 7만 명의 용병이 겨우 한 사람 때문에 진군을 멈췄단 것을 나보고 믿으란 말이오?"

짜증 섞인 아쉬드의 말에 카멜은 예의 그 가면 같은 무표정한 얼굴로 서 있을 뿐이었다.

"그래, 그 용병과는 얼마나 떨어져 있는 거요?"

"1킬로미터 정도 떨어져 있답니다."

"당장 용병들을 보내 그놈을 당장 죽여 버리시오. 알겠소? 당장 죽여 버리란 말이오!"

"알겠습니다, 전하. 케산, 루미넨, 당장 기동타격대를 보내 길을 막고 있는 녀석을 죽이고 길을 열어라. 혹시 매복이 있을지 모르니 경계에 만전을 기하도록."

"명심하겠습니다, 단장님."

40여 명의 용병이 전면으로 달려가는 모습이 곧 보였다.

한편, 한 무리의 용병들이 자신을 향해 달려오는 것을 보았음에도 그 용병은 한껏 여유를 부리며 천천히 등 뒤에서 활을 꺼내 용병들을 향해 화살을 겨누었다. 그리고는 활시위를 놓았다.

쐐애액!

날카로운 파공성을 울리며 날아들던 화살은 뜻밖에도 하늘을 향해 쏘아졌고, 당연히 자신들을 향해 활을 쏠 것이라고 생각했던 용병들은 뜻하지 않은 상대의 행동에 발걸음을 멈추고 상황의 변화를 지켜보고 있었다.

하늘 높이 치솟았던 화살이 지면에 떨어지는 순간 용병들은 자신의 눈을 자극하는 섬광에 고개를 돌리지 않을 수 없었다.

번쩍! 화르르르—

동공을 자극하는 섬광과 함께 들리는 괴이한 소리에 자신도 모르게 고개를 돌렸던 용병들의 안색은 순식간에 창백하게 변하고 말았다.

그들의 앞에 펼쳐진 것은 그야말로 불의 장벽, 그 자체였다. 10여 미터 높이로 치솟은 불길은 금방이라도 자신들을 삼켜 버릴 듯 넘실거렸기에 용병들은 밀려드는 열기에 황급히 뒤로 물러서지 않을 도리가 없었다.

뒤로 물러선 용병들은 그제야 자신들의 앞길을 가로막은 거대한 불길이 끝도 없이 펼쳐져 전방을 완전히 봉쇄한 것을 깨닫고는 혀를 내둘러야만 했다.

그런 불의 장벽은 멀리 떨어져 있던 아쉬드와 다른 용병들 역시 발견할 수 있었다.

"헤르난, 이 쥐새끼 같은 놈이 무슨 꿍꿍이로 이런 짓을 한 거지?"

생각하면 할수록 치미는 분노를 억누르기 힘들었다.

자신의 예상을 뛰어넘는 헤르난의 행동에 짜증을 넘어 분노가 치밀었지만 어쩔 방법이 없었다.

몰아치는 찬바람만 해도 짜증날 일인데 병력의 이동을 막는 불의 장벽까지 만나게 되니 아쉬드로서는 정말 미칠 지경이었다. 카멜의 지시로 불의 장벽을 조사하러 갔던 용병들이 돌아와 보고한 내용을 들은 아쉬드는 자신도 모르게 주먹을 불끈 쥔 채 이를 갈았다.

불의 장벽의 길이만 해도 5킬로미터에 이르고 폭도 20여 미터에 달한다는 것이었다. 더욱 아쉬드를 열받게 만든 것은 불의 장벽 뒤에는 무질서하게 헤아릴 수 없이 많은 구덩이가 파여 있다는 것이었다. 보나마나 공성병기의 이동을 막으려는 얄팍한 수작이 뻔했다.

상대의 의도가 무엇인지 뻔히 알고 있는 상황에서 불의 장벽을 우회해 병력을 이동시킬 수는 없는 일이었다. 비록 정찰조의 보고로는 적의 매복을 발견할 수 없다고 했지만 또 무슨 꼼수를 부렸을지 모르니 일단은 불이 꺼지기를 기다리는 것이 가장 좋은 방법이라 생각되었다.

불어오는 매서운 삭풍을 허허벌판에서 온몸으로 맞으며 하릴없이 기다리는 것은 상당한 고역이기는 했지만 현재로서는 별다른 도리가 없었다.

"제이슨 단장."

"예, 전하."

"마법의 이용해 저 불을 끌 수는 없겠소?"

"일부 지역이라면 가능하겠지만 저렇게 넓은 지역이라면 별 소용이 없을 겁니다. 워낙 넓은 지역이라 불을 끈다고 하더라도 곧 다시 불이 붙어버릴 겁니다. 현재로서는 불이 꺼지기를 기다리는 것이 좋을 것 같습니다."

카멜의 생각도 자신과 같다는 것을 안 아쉬드는 어쩔 수 없이 현 위치에서 대기하라는 지시를 내렸다. 한동안 계속될 것 같았던 불길은 한 시간도 안 되어 사그라지기 시작해 얼마 후 곧 꺼져 버렸다. 하지만 지면은 아직 고열을 뿜어내고 있었다.

지면이 식기를 기다리던 아쉬드는 한참의 시간이 지나도 지면이 식지 않자 더 이상 기다리지 못하고 근처에 쌓여 있던 눈을 이용해 지면을 식히라고 지시를 내렸다.

용병들의 수가 워낙 많아 지면은 곧 식었지만 곧 새로운 문제가 그들의 발목을 잡았다. 일단 지면이 식은 것까지는 좋았지만 이번엔 녹아내린 눈 때문에 지면이 진흙탕으로 변해 버린 것이다.

용병들이 진흙탕을 통과하는 데는 이상없었지만 그들이 운반하던 공성병기가 문제를 일으킨 것이다. 자체 무게가 워낙 무거워 진흙탕에 바퀴가 빠진 순간 깊숙이 파묻혀 버려 꼼짝도 하지 않았던 것이다.

수십 명의 용병과 말들이 밧줄로 끌어당겨 보았지만 미동도 하지 않는 공성병기의 모습에 아쉬드는 다시 한 번 분통을 터뜨려야만 했다.

카멜이 일부 용병들에게 지시를 내려 파여 있던 구덩이를 메우게 함과 동시에 나머지 용병들을 동원해 공성병기를 진흙탕에서 끌어내도록 했다. 하지만 늦은 밤이 되어서야 겨우 공성병기를 꺼내는 데 성공했다. 용병들이 녹초가 되었음은 말할 필요도 없었기에 어쩔 수 없이 그곳에서 야영 준비를 했다.

추운 날씨에 행군, 삭풍 속에서 대기, 뜻하지 않은 진흙탕과의 씨름 등등은 왕자들이나 용병들을 정신없이 잠에 빠지게 만들기 충분했다.

그렇게 모든 사람들이 깊은 잠에 빠져 있을 때였다.

어둠 속에서 은밀하게 움직이는 검은 그림자들이 있었다. 달빛도 없는 밤, 검은 복장을 하고 있었기 때문인지는 모르지만 그들의 모습은 어둠이, 그들의 발자국 소리는 불어오는 삭풍에 묻혀 전혀 들리지 않았다. 하지만 목표가 야영 중이던 아쉬드 측 진영이 아니었는지 그들은 진영에서 약 200미터쯤 떨어진 곳에서 발걸음을 멈췄다. 그리고는 등에 메고 있던 뭔가를 꺼내 조립하기 시작했다.

그들이 조립한 물건은 다름 아닌 활이었는데, 그들의 행동은 그것으로 끝난 것이 아니었다. 다시 길고 납작한 상자를 꺼냈는데 그 속에서 꺼낸 것은 일반적인 화살촉 대신 아기의 주먹만한 쇳조각이 매달린 화살이었다.

조심스럽게 화살을 시위에 건 검은 그림자들은 제각기 다른 방향으로 활을 겨누고는 사격 명령을 기다렸다.

"쏴라!"

휙! 휙! 휙! 휙!

순간 100여 발의 화살이 밤하늘이 가로지르며 아쉬드 진영 곳곳으로 날아갔다. 그리고 섬광이 곳곳에서 피어올랐다.

번쩍!

쾅! 쾅! 콰르르르~

폭음과 함께 곳곳에서 화염(火焰)이 피어올랐다. 그리고 사방에서 단말마의 비명 소리가 들려왔다.

"계속 쏴라!"

누군가의 명령에 검은 그림자들은 자신들이 준비해 온 파이어 버스트 스펠이 인첸트되어 있는 화살을 꺼내 시위에 걸고는 지체없이 화살을 날렸다. 사방에서 들려오는 폭발음을 들을 사이도 없이 검은 그림자들은 계속해서 화살을 날려댔다. 하지만 가지고 온 화살의 양이 얼마 되지 않는지 화살을 연신 날리던 검은 그림자들의 손은 곧 멈춰졌다.

"사격이 끝났으면 신속하게 제2집결지에 집결해라."

누군가의 지시에 검은 그림자들은 나타날 때처럼 흔적도 없이 어둠 속으로 사라졌다. 들리는 것은 오직 고통에 찬 신음 소리뿐이었다.

쾅!

"이게 대체 어떻게 된 일이오?"

치미는 분노를 참지 못한 아쉬드는 옆에 놓여 있던 간이 탁자를 걸어찼다. 잠자코 그 모습을 지켜보는 제이슨의 표정은 여전히 무표정했지만 머리 속은 복잡하기 이를 데 없었다.

'대체 그 폭발은 뭐지? 마나의 유동이 그리 심하지 않은 것을 보면 마법에 의한 공격은 아닌 것 같은데…… 그렇지만 일반 화살로 그런 폭발이 일어난다는 것은 있을 수도 없는 일이지 않은가? 더 더욱 이상한 것은 조금 전의 공격으로 발생한 사상자의 수가 너무나 미미하다는 것이었다. 로고스 크리스토퍼, 네가 노리는 것이 대체 뭐냐?

"아마 헤르난 전하께 고용된 용병들의 기습인 듯싶습니다. 하지만 사상자의 수가 미미하니 신경 쓰지 않으셔도 됩니다, 전하."

"사상자의 수가 미미하다고?"

기습의 의미가 뭔가?

미처 방비하지 못한 적에게 막대한 타격을 입히기 위해 행하는 공격의 한 가지 수단이 아닌가? 그럼에도 불구하고 사상자의 수가 미미하다니…….

아쉬드는 뭔가 석연치 않다는 생각이 들긴 했지만 정확하게 그것이 무엇인지 표현하기 힘들었다. 아무런 효과도 없는 기습 공격을 한 의도는 과연 무엇이란 말인가?

설마 헤르난이 자신을 약 올리기 위해서? 이건 말도 안 되는 소리다. 그럼 대체 이 기습의 의미가 무엇인지 아무리 생각해도 이해가 되지 않았다.

"일단 주위의 경계를 더욱 철저하게 하라고 지시를 내리기는 했지만 적들이 치고 빠지는 작전을 쓴다면 현재로서는 별다른 방법이 없는 것이 사실입니다."

"으음~"

짜증이 나긴 했지만 자신으로서도 현 상황을 타개할 묘책이 없었기에 아쉬드로서는 그저 짜증 섞인 음성을 내뱉는 것이 고작이었다.

"단장이 알아서 경계를 강화시키도록 하시오."

"알겠습니다, 전하."

대답과 함께 카멜이 막사를 빠져나갔지만 한번 굳어진 아쉬드의 얼굴은 펴질 줄을 몰랐다.

"망할 자식, 감히 내 뒤통수를 쳐? 이자에 이자를 보태서 피눈물을 흘리며 후회하게 만들어주마!"

아쉬드가 이를 갈 때 그의 막사를 빠져나온 카멜은 폭발이 일어났던 곳으로 발걸음을 옮기며 생각에 빠져 있었다.

이건 자신이 예상하고 있던 로고스의 공격 형태가 아니었다. 물론 직접 만나본 적은 승계 전쟁이 시작하기 전 퀘헤리건의 부름을 받고 황궁에서 만나본 것이 처음이었지만 약간은 고지식해 보인다는 인상을 그에게서 느꼈을 뿐이었다.

그럼에도 불구하고 어제 오후에 발생했던 불의 장벽이나 구덩이, 또 지금의 기습 공격이 왠지 그와는 어울리지 않는다는 느낌을 버릴 수 없었다. 그렇다면 다른 누군가가 이런 작전을 세웠다는 말이 되는데, 그 사람이 누구인지 전혀 짐작이 되지 않았다.

헤르난 왕자? 아니면 다른 왕자? 그렇지 않다면 세 명의 부단장?

적어도 자신이 파악하고 있는 사람들 가운데 이런 공격을 할 사람은 아무도 없었다. 더구나 기습의 의미를 무색케 만드는 이런 기습을 할 만한 사람은 확실히 없었다.

미미하게 폭발의 흔적이 보이는 곳에 도착한 카멜은 다시 한 번 세밀하게 주위를 살피기 시작했다. 하지만 이렇게 폭발 흔적이 희미하다면 그 폭발력이라는 것도 보나마나 미미할 것이 확실했다.

살상력도 없는 기습 공격을 한 이유……

순간 카멜은 난감한 기분이 들었다. 그러면서 이 기습 공격의 의미를 알지 못하면 자신과 아쉬드 왕자가 이 전쟁에서 패할지도 모른다는 불길한 예감이 갑작스럽게 들었다.

"조사는 끝났는가?"

"그렇습니다. 다행히도 사망한 용병은 없었지만 80여 명의 용병이 크고 작은 상처를 입어 치료를 받고 있습니다. 경계를 하는 인원들을 두 배로 늘려 주위를 감시하게 했고, 수색조를 다시 운용해 주변을 샅샅이 수색하고 있습니다. 아마 더 이상의 기습은 없을 겁니다, 단장님."

"혹시 적의 잔당이 아직까지 주위에 있을지 모른다. 경계에 만전을 기하도록."

"명심하겠습니다."

루미넨의 대답을 들으면서도 카멜은 가슴 한구석에 드리워진 불안감이 사라지지 않는 것을 깨달았다.

그렇게 카멜이 고심을 하는 사이에도 시간은 계속해 지나가고 있었다.

아쉬드와 그의 용병들이 돌의 성에 도착한 것은 그로부터 5일이 지나서였다. 그때까지 아쉬드와 그의 용병들이 겪어야 했던 고통은 이루 말할 수도 없었다.

어떨 때는 식량을 모아두었던 곳으로 불화살이 날아들어 사람들을 기겁하게 만들었고, 또 어떨 때는 자는 도중에 불화살이 날아들기도 했다. 식사를 하던 중에 갑자기 날아온 자갈에 황급하게 피하기도 했고, 첨병 역할을 하던 수색조가 갑자기 몰살을 당하기도 했다.

무엇보다도 아쉬드와 용병들의 신경을 자극한 것은 야간에 날아드는 화살이었다. 어떨 때는 불화살이, 또 어떨 때는 폭발하는 화살이 날아들어 도저히 잠을 이룰 수 없었다. 극도로 신경이 날카로워진 용병들은 사소한 일에도 무기를 뽑아 들기 일쑤였다.

아쉬드와 카멜은 그런 용병들을 달래기 위해 신경을 있는 대로 쓰느라 정말 미치기 일보 직전이었다. 물론 이런 상황을 초래하게 만든 헤르난에 대한 적개심이야 말할 필요도 없었지만 상황을 막을 별다른 방법이 없었다.

아스라이 먼 지평선 끝에 우뚝 서 있는 성의 모습이 보였다.

첨탑의 모양도 지금은 찾아볼 수 없는 오래된 양식이었고, 성벽의 축성 형태도 지금과는 달랐다. 하지만 성의 기본적인 방어 수단인 해

자나 성벽의 단단함은 절대 무시할 만한 수준이 아니었다.

물론 아쉬드도 성을 보았고 용병들도 성을 보았지만 자신들이 그 성을 함락시키지 못할 이유는 없다고 생각했다. 무엇보다 자신들에게는 스톤 골렘이 있지 않은가? 때문에 이곳까지 오는 것이 힘들었지 성을 함락시키지 못할 이유는 없다고 생각하고 있었다.

"전하, 공격 시기는 언제로 생각하고 계십니까?"

"용병들의 사기는 어떻소?"

"계속된 저들의 기습에 극도로 신경이 곤두서 있는 상태입니다. 만약 지금 전투를 벌이게 된다면 아마 단숨에 성을 함락할 수 있을 겁니다."

"으음~ 난 아직도 이해를 할 수 없소."

"뭐가 말입니까, 전하."

"단장이 생각할 때 그동안 저들이 기습한 이유가 뭐라고 생각하오?"

"저도 그동안 생각을 해봤지만 도무지 그 의도가 뭔지 짐작이 되지 않습니다."

카멜마저 상대의 의도를 모른다고 하자 아쉬드는 갑자기 가슴이 답답해졌지만 이젠 상관없다고 생각했다. 자신이 함락시켜야 할 성은 바로 눈앞에 있고, 압도적인 전력을 보유하고 있는 이상 조금 고생할지는 모르지만 이미 승리는 자신의 손아귀에 쥐고 있다고 생각했다.

"하긴 별일 아닐지도 모르오. 오늘 용병들을 푹 쉬고 하고 내일 아침 공격하는 것은 어떻겠소?"

"공격 방법은 어떻게?"

"스톤 골렘으로 먼저 성벽을 공격해 성벽을 무너뜨린 다음 용병들에게 일제히 공격하게 한다면 간단하게 승부를 결정지을 수 있지 않겠소? 설사 헤르난이나 다른 녀석들이 도주를 한다고 해도 이런 허허벌판에서는 간단히 사로잡을 수 있다고 생각하는데 단장은 생각은 어떻소?"

잠시 그 상황에 대해 생각해 보았지만 아쉬드의 말대로 별문제가 없을 것이라 판단되었다.

"가장 무난한 공격 방법일 것 같습니다, 전하."

"좋소. 그럼 각 용병대장들에게 우선 성을 포위하라고 지시를 내리고, 스톤 골렘 역시 적당히 나누어 배치를 하도록 하시오. 내일 아침 식사 후 총공격을 하도록 하겠소."

"그렇게 지시를 하도록 하겠습니다, 전하."

"단장이 잘 알아서 해주리라고 믿소."

"맡겨주십시오, 전하."

카멜은 막사를 나오자마자 용병대장들을 불러 지시를 내렸다.

7만에 이르는 용병들이 둥근 띠의 형태를 가지며 성의 외각을 포위하는 모습은 그야말로 장관이 아닐 수 없었다. 성을 완전히 포위한 용병들은 그 즉시 야영 준비와 동시에 저녁 식사 준비를 하고 있었다.

비록 성과는 500여 미터쯤 떨어져 있었지만 용병들의 눈에는 마치 모래성을 보는 듯 아무런 감흥도 보이지 않았다. 그저 따스한 식사와 삭풍을 피할 수 있는 천막이 더욱 반가운 듯 헤르난의 성엔 신경도 쓰지 않았다.

성의 네 방향으로 난 성문 앞에는 스톤 골렘들이 서 있었는데, 금방이라도 성문을 부술 듯이 보였다. 그리고 그런 스톤 골렘 뒤로 수만 명의 용병이 성을 포위한 채 저녁 식사 준비를 하고 있었다. 그리고 그런 그들의 모습을 유심히 살펴보는 사람이 있었다.

"휴우～ 정말 어마어마한 숫자구려."

"저도 저렇게 많은 숫자의 용병들은 처음 봅니다, 전하."

성루에서 아쉬드의 용병들을 바라보던 헤르난이 입에서는 질린 듯한 한숨이 흘러나왔다.

나름대로 상대에 대한 예측과 대응이 신속, 정확했다고 생각을 하면서도 엄청난 수의 용병들을 발견하는 순간, 과연 자신이 저들과 싸워서 이길 수 있을까 하는 의심이 든 것이다.

로고스 역시 과연 승리를 거둘 수 있을까 의심이 들기는 마찬가지였다. 하지만 그의 걱정은 평야를 뒤덮고 있는 용병들보다는 그들 앞을 가로막고 우뚝 서 있는 6미터에 가까운 스톤 골렘 때문이었다.

자신도 검기를 사용할 줄 알고, 또 그 검기로 자르지 못할 것이 없다는 것을 잘 알고 있다. 하지만 우뚝 서 있는 저 성벽 같은 스톤 골렘을 과연 자신의 검으로 상대를 할 수 있을까 의심이 드는 것을 어쩔 수 없었다. 물론 오웬이 스톤 골렘을 상대할 자신이 있다고 장담하기는 했지만 막상 자신의 눈으로 확인을 하고 나니 정말 저 거대한 돌덩이(?)의 돌진을 막을 방법이 있을까 의심이 들지 않을 수 없었다.

"저들의 행동을 보니 야간에 공격할 생각은 없는 듯싶습니다, 헤르난 전하."

"내가 보기에도 그런데 혹시 모르니 대책 회의를 하도록 합시다."

"알겠습니다, 전하. 지금 즉시 전하들과 부단장들에게 연락을 해 회의실에 모이라고 전해라."

"알겠습니다, 단장님."

그렇지 않아도 근처에서 불안한 표정을 감추지 못하고 있던 용병 하나가 재빨리 대답을 하고는 성루를 달려내려 갔다.

"전하, 내려가시지요."

"알겠소."

로고스의 재촉에 고개를 끄덕인 헤르난은 회의실로 향하면서도 걱정이 되는지 얼굴 가득 그늘이 드리워져 있었다. 회의실에 도착해 보니 모두들 자신을 기다리고 있었다. 헤르난은 자리에 앉으면서 사람들의 얼굴을 살펴보다 동생들의 표정을 발견하고는 의아한 생각이 들었다.

그들 역시 성을 포위한 아쉬드의 용병들의 이야기나 보고를 들었을 텐데 어째서 저렇게 평온한 표정을 짓고 있을 수 있는지 좀처럼 이해가 되지 않았다.

"마침내 최후의 순간이 다가왔다. 대략 7만쯤으로 예상되는 용병들이 성을 완전히 포위했으며 또 열 대의 스톤 골렘 역시 확인되었다. 유리, 네가 현 상황에 대해서 우리의 대처 방법에 대해 설명을 해보거라."

"적에게는 7만의 용병과 열 대의 스톤 골렘이 있으며 현재 성을 완벽하게 포위한 상태야. 적의 포진 방법으로 보아 아마도 정공법을 사용할 것으로 예상돼, 이것은 아마 자신들의 전력이 우리보다 월등하게 앞선다는 자신감 때문이라고 예상됩니다. 현재 우리가 세운 전략은 이곳에서 저들이 보유한 스톤 골렘을 파괴하고, 용병들에게 어느 정도 타격을 입힌 후 후퇴를 하는 거야."

"후퇴 시기는?"

"일단 5일 후로 잡았어."

"5일 후? 그렇게 판단한 이유라도 있느냐?"

헤르난의 질문에 유리는 자신감이 배인 미소를 한 번 짓고는 다시 설명을 이어 나갔다.

"우리들의 기본 전략은 현재의 성에서 벗어나 저들을 상대하는 거야. 이런 상황에서 쉽게 성을 내준다면 저들의 의심을 받을 수도 있지 않겠어? 필립과 상의를 해본 결과 대략 5일 정도라면 식수와 난방용 땔감의 부족을 극심하게 느끼게 될 거야. 이때 우리가 성을 비운다면 저들은 부족한 식수와 땔감을 보충하기 위해 성을 차지할 것이고, 그때 우리와 그라시아스님이 준비한 선물(?)을 받게 된다면 큰 전투 없이 상당한 타격을 입힐 수 있을 거야."

"선물이라니?"

"나와 필립, 그리고 그라시아스님이 준비한 작은 계획이 있어. 하지만 그 효과만큼은 기대를 해도 좋을 것 같아. 그렇지 않습니까, 그라시아스님."

"허허허, 그렇습니다. 정말 기대가 되는 선물입니다. 유리 전하와 필립 전하께서는 어떻게 이렇게 기발한 생각을 하실 수 있었는지…… 헤르난 전하, 저도 준비를 하면서 이 선물이 어떤 결과를 보일까 무척이나 기대가 된답니다. 허허허."

오웬의 대답을 듣긴 했지만 그의 말을 이해할 수 있는 사람은 유리와 필립뿐이었다. 자신만만해하는 세 사람의 모습에 회의실에 있던 사람들은 '뭔가 준비한 것이 있는 모양이군' 하는 생각에 은근히 기대를 했다.

"그럼, 저들이 이 성을 차지한 이후의 상황에 대해 설명해 보거라."

"저들은 이 성을 차지한 후에도 땔감과 식수 부족은 계속될 거야. 우리가 떠날 때 성안에 땔감으로 사용할 수 있는 것을 모조리 없앨 것이고, 또한 식수로 사용하고 있던 우물을 파괴할 것이기 때문이야."

"땔감이야 그렇다손 치더라도 파괴된 우물은 복구시키면 다시 식수로 이용하는 것이 가능하지 않겠느냐?"

헤르난의 질문을 그와 조금 떨어진 곳에서 듣고 있던 켈리거는 자신도 모르게 고개를 끄덕이고 있었다. 헤르난의 질문은 지극히 당연한 것이었다. 식수로 사용할 수 없게 독이라도 뿌리는 것이 아니라면 단순히 파괴된 정도로는 금세 우물을 복구할 수 있을 것이다.

"그것은 제가 대답할게요."

자리에서 일어난 사람은 필립이었다. 사람들의 시선이 자신에게 향하자 잠시 얼굴을 붉히기는 했지만 곧 분명한 음성으로 설명을 하기 시작했다.

"먼저 설명에 앞서 마담 가이아께 감사를 드립니다."

갑작스런 필립의 감사 인사에 사람들은 어리둥절하지 않을 수 없었다.

"무슨 말씀이신지……?"

"마담 가이아의 정령이 없었다면 수원(水源)을 찾는 데 많은 고생을 했을 겁니다."

"아~ 그 일 말씀이시군요."

그제야 무슨 일인지 이해를 한 셀은 빙그레 웃음을 지었다. 그 웃음을 보는 순간 사람들은 셀의 얼굴에서 도저히 눈을 뗄 수가 없었다.

물론 그녀의 아름다움이야 이미 정평이 나 있는 것이지만 특히 저렇게 환한 웃음을 지을 때 그녀의 아름다움이란 그야말로 인간 세상에서는 절대 볼 수 없는 환상적인 모습이 아닐 수 없었다. 누가 붙인 것인지는 모르겠지만 티오네스의 미소라는 별명이 셀만큼 어울리는 여인은 세상에 존재하지 않을 것이란 생각에 자신의 목숨도 걸 수 있었다.

한동안 멍해 있던 사람들은 그제야 정신을 차리고는 쑥스러운 표정을 감추지 못했다.

"크음~ 하여간 마담 가이야의 도움 덕택이 이 성으로 들어오는 수원을 발견할 수 있었어. 다시 말해 그곳만 파괴한다면 이 성으로 들어오는 물은 하루나 이틀이 지나면 완전히 말라 버리게 될 거야. 따라서 아무리 파괴된 우물을 복구한다 하더라도 저들은 식수를 구할 수 없게 될 거야. 그러면 그들은 식수를 구하기 위해서라도 성을 빠져나올 수밖에 없을 것이고, 그런 저들의 행동은 바로 우리가 애초에 예상한 일이니 이후에 발생하는 모든 상황은 우리의 예측에서 벗어나지 못하게 될 거야."

"수원을 차단한다……."

필립의 설명에 헤르난은 고개를 끄덕이며 잠시 생각에 빠졌다. 하지만 그런 헤르난의 상념은 누군가의 음성에 의해 깨질 수밖에 없었다.

"수원을 막아 식수를 구할 수 없다는 필립 전하의 말씀은 잘 알겠습니다만, 만약 비나 눈이 내린다면 부족하나마 식수로 대용할 수 있지 않겠습니까?"

"그건 그렇지 않습니다, 타리아노 단장님."

"예?"

"저와 유리 형이 이곳 커트론 지방의 기후에 대해 잠시 정보를 수집해 본 적이 있었는데, 이곳은 제국의 북방에 위치한 관계로 바람이 지독하게 불기는 하지만 상대적으로 눈과 비가 적게 내리는 지방입니다. 물론 전혀 비와 눈이 내리지 않는다는 것은 아니지만 저희들이 집계한 정보에 의하면 앞으로 최소 한 달 이상은 눈이나 비가 오지 않을 겁니다. 특히 봄이 얼마 남지 않은 지금 시기에는 그런 현상이 극심하게 나타날 겁니다."

자신있게 대답하는 필립의 태도에 켈리거는 문득 자신의 전신에 소름이 돋는 것을 느껴야만 했다.

이들은 이미 이 커트론의 날씨에 대한 정보마저 수집해 놓은 상태였다. 더구나 용병들은 철저하게 훈련이 되어 있는 상황이고, 수뇌부는 모든 상황에 대해 완벽하다고 할 정도로 대비가 되어 있었다. 이들의 대화를 들으면 들을수록 이렇게 철저하게 준비되어 있는 이들을 상대하는 아쉬드가 불쌍하다고 느낄 정도였다.

막연하게 아쉬드가 제국의 황제가 되었으면 하고 바랐던 걸 이제는 버려야 한다는 생각이 들었다.

"이후의 대응 방법은 저희가 계획했던 대로 철저한 게릴라전 형태로 이뤄지게 될 겁니다. 아쉬드 형이 어떤 식으로 병력을 운용할지는 모르겠지만, 평소 저희가 알던 성격대로라면 저희들의 도발을 참고만 있지는 않을 겁니다. 더욱이 저희들이 본거지로 삼았던 지역인만큼 갖가지 훈련으로 지형을 완전히 숙지하고 있는 이상 저희들에게 유리합니다. 또 이미 오래전부터 대장급의 용병들에게 게릴라전에 대한 훈련을 시켜왔기에 적들보다는 훨씬 유리한 상황이라고 판단합니다."

필립에 이어 계속된 유리의 설명에 회의실에 있는 사람들은 고개를 끄덕이며 흡족한 심정을 감추지 못했다. 헤르난 역시 그런 심정이었지만 충고하는 것을 잊지 않았다.

"물론 우리가 세운 계획대로 상황이 진행된다면 좋겠지만 만약의 사태가 일어나더라도 당황하지 않도록 다시 한 번 모든 계획을 살펴보도록 하거라."

"명심할게, 형."

"명심하겠습니다, 전하."

그렇게 기다렸던 순간이었기 때문일까?

아쉬드는 도저히 잠을 이룰 수 없어 뜬눈으로 잠을 지새우고야 말았다. 그럼에도 불구하고 조금의 피곤도 느껴지지 않았다. 아니, 느낄 수 없었다는 것이 더 정확한 표현일 것이다.

지금 그의 머리 속에는 스톤 골렘과 수많은 용병들에 의해 처참하게 무너져 내리는 성의 모습과 절망한 표정으로 자신 앞에 무릎을 꿇고 있는 헤르난의 모습이 수도 없이 그려지고 있었다. 그래서일까? 그의 입가에는 승자의 미소가 떠올라 있었다.

"일어나셨습니까, 전하."

"들어오시오, 제이슨 단장."

아쉬드의 대답에 막사 안으로 들어온 카멜은 하드 레더까지 걸치고 있는 그의 모습에 직감적으로 그가 밤을 꼬박 새웠다는 것을 깨달을 수 있었다.

"전하, 밤을 새우신 겁니까?"

"후후후. 그게 글쎄, 나도 잠을 자려고 했지만 웬일인지 잠이 전혀 오지 않는구려."

아쉬드의 대답에 카멜도 그의 심정이 이해가 되었다.

그의 나이가 올해로 스물여덟.

자그마치 28년 동안 기다렸던 순간이니 잠이 올 리 없었을 것이다. 자신이 그의 입장이었다고 해도 밀려오는 흥분 때문에 잠을 이루지 못했을 것이다. 더욱이 일방적인 승리가 예상되는 순간이니 더 더욱 잠들기 어려웠을 것이다.

"그럼 일단 다른 전하들과 함께 아침 식사부터 하시는 것이 어떻겠습니까? 아직 날이 밝으려면 시간이 걸릴 겁니다."

"아직도 날이 밝지 않았소? 후우~ 그럼 동생들과 식사부터 해야겠구려. 단장도 괜찮다면 함께 식사를 하도록 합시다."

"아닙니다. 전 공격 준비에 이상이 없는지 확인부터 해봐야겠습니다."

"그렇소? 그럼 점검은 단장이 알아서 해주시구려."

"곧 식사를 준비시키도록 하겠습니다."

카멜이 막사를 빠져나가고 얼마 지나지 않아 제럴드를 비롯한 동생들이 막사 안으로 들어왔는데 그들의 얼굴이 은은히 상기된 것이 단지 날씨가 춥기 때문은 아닌 것 같았다.

"형, 잘 잤어?"

"좋은 꿈은 꿨어?"

"드디어 오늘이야."

갖가지 인사에 아쉬드는 그저 미소를 지을 뿐이었다.

마음이 느긋해졌기 때문인지 승계 전쟁을 시작한 이후 지금까지 동생들에게 따뜻한 말 한마디조차 하지 않았다는 사실이 떠올랐다.

"그래, 너희들도 잘 잤니?"

"아니. 흥분이 돼서 잠이 와야지."

"어? 형도 그랬어? 나도 거의 뜬눈으로 밤을 새웠어."

"전부 비슷비슷한 모양이구나. 나도 그랬는데."

흥분이 가라앉지 않는지 제각기 떠드는 동생들의 모습을 보며 아쉬드는 흐뭇한 미소를 지었다. 평소 같았으면 조용히 하라고 소리부터 질렀겠지만 오늘은 너무나 귀엽고 사랑스럽게만 느껴졌다.

"날이 밝으려면 시간이 남았으니 같이 식사나 하자고 불렀다."

"형, 미리 축하할게."

느닷없는 게일의 축하 인사에 다른 왕자들의 얼굴이 묘하게 변했다.

"형, 치사해. 같이 축하해 주기로 했잖아."

"그래, 맞아. 너무 치사해."

"아쉬드 형, 나도 축하해."

"나도."

"축하해."

"하하하, 모두 고맙다. 다 너희들이 옆에서 도와주었기 때문에 여기까지 올 수 있었다. 오늘의 승리는 우리 모두가 힘을 모았기 때문이란 것을 난 잘 알고 있다. 이번 승계 전쟁이 끝나면 그동안 나에게 보여준 너희들의 충정을 잊지 않고 보답을 하마."

자신의 대답에 동생들의 얼굴이 일순간 굳어졌다 원래로 돌아온 것을 아쉬드는 놓치지 않았다.

자신이 헤르난과의 전투에서 승리를 거두는 순간부터 자신과 동생들은 결코 극복할 수 없는 신분의 벽이 생기는 것이다. 물론 동생들도 잘 알고 있겠지만 지금부터라도 자신들의 위치를 확실히 숙지시켜 놓는 것이 좋을 거란 생각에서 일부러 충정이란 단어를 사용한 것이다.

동생들의 얼굴에서 체념이란 감정의 편린을 발견한 아쉬드는 갑자기 기분이 유쾌해지는 것을 느꼈다.

"전하, 식사를 준비했습니다."

"가지고 들어오너라."

몇 명의 용병이 음식을 가지고 들어와 탁자에 진열해 놓을 때까지 왕자들은 굳은 듯 그 자리에서 꼼짝도 하지 않았다. 용병들이 나가자 아쉬드는 동생들을 향해 손짓했다.

"어서 식사를 하자꾸나. 그래야 헤르난 녀석에게 따끔한 맛을 보여 줄 수 있지 않겠느냐? 어디, 처참한 패배를 당한 후에도 여느 때처럼 그 썩어빠진 미소를 지을 수 있는지 오늘 꼭 확인해 봐야겠다."

아쉬드의 음성에는 독기가 배어 있었지만 형제들 가운데 누구도 입을 여는 사람이 없었다.

"준비는 모두 끝났소?"

"그렇습니다, 아쉬드 전하."

"그럼 사자를 보내도록 하시오."

"알겠습니다, 전하. 루미넨."

카멜의 부름에 근처에 있던 루미넨은 즉시 달려왔다.

"부르셨습니까, 단장님."

"네가 사자다. 가라."

"알겠습니다."

짧게 대답한 루미넨은 즉시 준비해 둔 기다란 막대에 흰색 천을 묶고는 눈앞에 보이는 성의 동문을 향해 힘차게 말을 몰았다.

성의 100미터 앞까지 달려간 루미넨은 말을 멈추게 한 후 고개를 들어 성의 망루를 쳐다보았다. 루미넨의 눈길이 멈춘 곳에는 이미 헤르난과 그를 지지하는 왕자들, 로고스와 몇 번 본 적이 있는 몇몇 용병이 자신을 쳐다보고 있었다.

목소리를 가다듬은 루미넨은 헤르난을 향해 큰 소리로 외치기 시작했다.

"지금부터 아쉬드 전하의 말씀을 전달하겠소! 아쉬드 전하께서는 전력의 차이가 확실한 이상 승산없는 싸움을 할 필요가 없다고 판단하시고 헤르난 전하께 항복을 권고하셨소. 아쉬드 전하의 뜻을 받아들일 의사가 있다면 성루에 백기를 걸어둘 것이며, 만약 한 시간 후까지 백기가 걸리지 않는다면 총공격을 시작해 성안의 인물이라면 어느 누구도 살아남지 못할 것란 사실을 엄중히 경고하셨소. 선택은 헤르난 전하의 몫. 한 시간 후까지 전하의 뜻을 분명히 밝혀주시길 바라겠소!"

말을 마친 루미녠은 지체없이 말 머리를 돌려 자신의 진영으로 향했고, 조금은 착잡한 표정으로 그 모습을 지켜보던 헤르난은 작은 음성으로 중얼거렸다.

"휴우~ 드디어 시작인가?"

"형, 이제는 다른 선택을 할 여지가 없어. 그러니까 그렇게 괴로워하지 마."

"그래, 유리 형의 말대로 망설이거나 괴로워할 시간적 여유는 우리에겐 없어. 죽이지 않으면 오히려 내가 죽을 수도 있다는 사실을 잊지 마."

"그렇겠지? 단장, 준비는?"

"모두 끝마치고, 전하의 명령만 기다리고 있습니다."

"그렇소? 그렇다면 가장 먼저 그라시아스님께서 수고를 해주셔야겠습니다."

"맡겨주십시오, 헤르난 전하. 이미 모든 좌표를 숙지하고 있으니 곧 멋진 광경을 보실 수 있을 겁니다."

70이라는 나이를 믿을 수 없을 만큼 오웬은 활기에 가득 차 있었다.

그도 그럴 것이 처음엔 자신들의 왕국의 자치권을 쟁취하기 위해 적국의 왕자를 도와야 한다는 생각에 침울했던 것도 사실이지만 이곳에 와서 참으로 많은 것을 배웠다는 생각이 들었던 것이다. 특히 셀을 만나 마법의 효용에 대해 많은 의견을 나누는 동안 깨달음을 얻어 6클래스의 마스터가 될 수 있었으니 마법사인 그에게 그보다 기쁜 일은 아마 없을 것이었다. 더구나 셀에게서 비록 엘프들의 마법이긴 하지만 7클래스 급의 스펠도 몇 개 얻었으니 오웬으로서는 더 일찍 셀을 만나지 못한 것을 아쉬워했을 정도였다.

헤르난이란 젊은 왕자의 성품도 마음에 들었기에 지금은 진심으로 그를 돕고 있었다.

품에서 수정 구슬을 꺼낸 오웬은 성루의 바닥을 향해 손을 한 번 휘저었다. 그러자 순식간에 통신 마법진이 그려졌고, 그 중앙에 들고 있던 수정 구슬을 놓았다. 스펠과 동시에 마법진에 마나를 공급하자 수정 구슬에서 희미하게 빛이 뿜어져 나오더니 곧 사람들의 모습이 보이기 시작했다.

"모두 준비되었느냐?"

"준비가 끝났습니다, 스승님."

"골렘의 위치는 모두 파악했느냐?"

"물론입니다, 스승님. 스승님께서 계신 동쪽과 서쪽 성문에는 세 대씩의 스톤 골렘이 있고 남쪽과 북쪽 성문에는 두 대씩의 스톤 골렘이 배치되어 있습니다. 물론 스톤 골렘들의 좌표 역시 모두 파악해 두었습니다."

"앞으로 얼마 후면 저들의 대대적인 공세가 시작될 것이다. 무슨 일이 있어도 스톤 골렘만은 우리가 책임지고 파괴해야만 한다. 절대 방심하지 말아라. 그리고 서쪽 성문에 나가 있는 우슐라와는 연락이 되었느냐?"

"물론입니다, 스승님. 우슐라도 조금 전부터 저희와 연락을 주고받고 있습니다."

"그래, 조금 고생이 되겠지만 참도록 하거라. 우리의 노력으로 우리들의 조국이 독립할 수 있다는 사실을 잊지 말고 최대한 집중하도록 해라. 알겠느냐?"

"명심하겠습니다, 스승님!"

일부러 다시 한 번 자신이 약속한 사실을 들먹이는 오웬의 속셈을 모를 헤르난은 아니었지만 일단은 모른 척 넘어가 주는 것이 좋을 것 같기에 그저 오웬을 향해 고개를 끄덕여 자신의 약속을 지키겠다는 표시를 했다.

자신의 속마음을 너무 노골적으로 드러냈다는 생각에 잠시 얼굴을 붉혔던 오웬은 곧 감사의 의미로 헤르난에게 고개를 잠시 숙였다.

성루에 있던 사람들이 긴장한 표정으로 아쉬드 측 용병들이 공격하기를 기다리는 동안에도 시간은 흐르고 있었다.

자신의 말 위에서 헤르난이 있는 성을 바라보던 아쉬드는 시간이 지나도 아무런 변화도 보이지 않자 서서히 짜증스러운 생각이 들기 시작했다.

자신이 거느린 용병들의 압도적인 모습을 보았을 테지만 그보다는 스톤 골렘을 보았다면 자신들에게 조금의 승산도 없다는 것을 알았을 텐데 왜 빨리 항복을 하지 않는 것인지 이해가 되지 되지 않았다. 설마 자신들의 전력으로 방어할 수 있다고 믿는 멍청이들은 아닐 것이라 생각하면서도 아무런 변화도 보이지 않는 성의 모습에 짜증이 나려는 것을 억지로 참았다.

제아무리 항복을 하지 않고 버티려고 해도 성이 함락되는 것은 순식간의 일임을 알고 있기에 아쉬드는 겨우 참을 수 있었다.

"아직 시간이 안 되었소?"

"거의 다 되었습니다, 전하."

"헤르난 녀석은 아마 항복할 생각이 없는 모양이오. 시간을 충분히 주었는데도 항복하지 않는 것을 보면 끝까지 나와 겨뤄볼 모양 같은데…… 어리석은 녀석, 힘의 차이를 그렇게도 모른다니…… 어쩌다 주네티 녀석을 이긴 것을 자신의 실력이라 착각하고 있는 모양인데, 결코 넘볼 수 없는 상대가 있다는 것을 똑똑히 가르쳐 주마! 제이슨 단장."

"예, 전하."

"용병들에게 진격 명령을 내리시오."

"알겠습니다, 전하."

"저 어리석은 녀석에게 우리가 가진 힘이 어떤 것인지 똑똑히 가르쳐 주도록 하시오. 성벽을 무너뜨리고, 살아 움직이는 것은 모조리 죽이시오!"

"알겠습니다, 전하. 그럼 헤르난 전하를 비롯한 다른 전하들의 처리는 어떻게……?"

"가능하면 생포하고, 반항이 심하면 죽여도 좋소."

"알겠습니다, 그럼 그렇게 처리하겠습니다, 전하. 케산."

"부르셨습니까, 단장님."

"스톤 골렘을 출동시켜 성벽을 파괴해라!"

"알겠습니다, 단장님."

대답을 하는 케산의 얼굴은 가벼운 흥분으로 붉어져 있었다. 재빨리 용병들 앞에 서 있던 스톤 골렘 뒤로 달려갔다. 그리고는 수정 구슬에 마나를 불어넣고는 스펠을 캐스팅했다.

잠시 후 사람의 모습이 보이자 지시를 전했다.

"공격하라는 단장님의 명령이 내려졌다! 우선 스톤 골렘을 출동시켜 성벽을 파괴한다."

"알겠습니다."

상대의 대답을 들은 케산은 나직한 음성으로 룬어를 중얼거렸고, 그의 손을 떠난 마나는 앞에 선 스톤 골렘의 목덜미로 스며들었다.

"헤리토스, 미넬로스, 샤오넬, 가자!"

케산의 명령에 미넬로스와 샤오넬이라고 불렸던 스톤 골렘의 뒤에 있던 두 명의 마검사는 신속하게 골렘의 심장과 아랫배 부분에 마나를 집어넣었다.

마나를 공급받은 세 대의 스톤 골렘은 성을 향해 천천히 발걸음을 옮기기 시작했다.

쿵! 쿵! 쿵!

"와!"

스톤 골렘이 움직이기 시작하자마자 용병들의 함성이 터져 나오기 시작했다. 함성은 주위로 계속해서 퍼져 나갔고, 종내에는 함성 소리에 묻혀 스톤 골렘의 발자국 소리가 들리지 않을 정도였다.

말 위에서 그 모습을 지켜보던 아쉬드는 흡족한 미소를 짓고 있었고, 그의 주위에 말을 타고 모여 있던 왕자들의 얼굴도 흥분으로 붉게 상기되어 있었다. 어차피 승패는 결정지어진 상황이었고, 또 이렇게 대병력이 전투를 벌이는 것을 한 번도 본 적이 없기에 대규모 전투란 대체 어떤 모습일까 잔뜩 기대를 하고 있었다.

스톤 골렘을 조종해 앞으로 나가던 케산은 앞쪽 공간에서 마나의 미미한 파동이 생기는 것을 발견했다. 그가 잠시 멈칫하는 사이 마나의 유동은 더욱 심해졌고, 결국은 공간 자체가 왜곡되는 것을 발견했는데, 그것은 어디선가 많이 보았던 광경이었다.

'공간 이동? 하지만 그것은 마법에 의해서만 가능한 일인데 그렇다면 저들에게 마법사가……'

케산의 생각은 더 이상 이어질 수 없었다.

10미터쯤 앞서 가던 스톤 골렘의 모습이 갑자기 사라졌다. 아니, 스톤 골렘은 갑자기 나타난 돌무더기에 묻혀 버린 것이다. 멈칫하던 케산은 급격한 마나의 파동을 느끼고는 근처에서 따라오던 다른 두 명의 마검사에게 미친 듯이 외치며 후방으로 몸을 날렸다.

"피해!"

영문을 몰라 어리둥절한 표정을 짓던 두 명의 마검사는 급격히 팽창하는 마나의 파동을 그제야 느꼈지만 이미 때는 늦고 말았다.

쾅! 쾅! 쾅! 콰르르르~

귓전을 찢을 듯한 엄청난 폭음과 함께 거대한 폭발이 대지를 뒤흔들었다. 지면에 엎드려 몸을 피한 케산의 눈에 폭발에 휘말려 전신이 갈가리 찢겨 허공으로 날아가는 동료 마검사의 모습이 보였다.

너무나 기가 막힌 광경에 케산은 지면의 흔들림이 끝난 후에도 한동안 그 자리에서 일어날 수가 없었다. 겨우 정신을 차리고 자리에서 일어난 후 조금 전 골렘이 있던 곳을 바라보니 마치 드래곤의 브레스라도 떨어진 듯 움푹 패어진 세 개의 거대한 웅덩이만 보일 뿐이었다.

"뭐가 어떻게 된 거지? 그 폭발은 대체 뭐고, 스톤 골렘은 또 어디로 사라진 거야?"

불행 중 다행으로 몸을 날려 피한 덕분에 부상은 입지 않았지만 아직도 귓전을 울리는 웅웅거리는 소리 때문에 주위의 소리가 전혀 들리지 않았다. 고개를 흔들며 억지로 정신을 차린 케산은 다시 주위를 살펴보았지만 어디에서도 스톤 골렘의 거대한 동체(胴體)는 발견할 수 없었다.

케산은 그야말로 망연자실하여 영혼을 잃어버린 사람처럼 그 자리에 우두커니 서 있을 뿐이었다.

"헉! 제, 제이슨 단장. 저, 저게 대체 어떻게 된 것이오? 그리고 스톤 골렘은 대체 어디로 사라진 거요?"

너무도 놀란 나머지 더듬거리는 듯한 아쉬드의 질문에 어떤 순간에도 흔들리지 않아 무표정의 대명사라 불렸던 카멜도 경악을 금치 못하고 있었다. 단 한 번도 이런 일이 일어날 것을 예상하지 못했기에 카멜의 놀라움은 클 수밖에 없었다.

공포에 가까운 감정이 전신을 파고들어 전율이 일었다.

"저건 공간 이동을 할 때 발생하는 마나 간의 불균형으로 인한 폭발이 분명한데… 어떻게 저런 일이……?!"

불신에 가득 찬 카멜의 말에 아쉬드는 갑자기 불길한 생각이 들기 시작했다. 애써 그런 마음을 진정시키며 질문했다.

"단장, 다른 곳의 스톤 골렘들은……?"

쾅! 쾅! 쾅! 쾅! 쾅! 쾅!

마치 아쉬드의 불길한 생각이 맞다는 것을 증명이라도 하듯 멀리서 희미하게 폭발음이 들렸다. 말을 끝마치지 못한 아쉬드는 제발 자신의 불길한 생각이 빗나가기를 바라며 카멜을 쳐다봤다.

평소의 무표정한 얼굴이 아닌 고드름이라도 매달릴 것 같이 싸늘한 표정을 짓고 있던 카멜이 입을 열었다. 그것도 음산하다고 느낄 정도로 낮은 음성으로 말이다.

"아마 헤르난 전하의 휘하에 마법사들이 있는 모양입니다. 하지만 설마 이런 방법으로 스톤 골렘을 막을 수 있을 줄은 상상도 못했습니다."

"헤르난 녀석에게 마법사들이 있단 말이오? 단장이 제국 내에는 마법사들을 거의 찾아볼 수 없다고 하지 않았소? 그런데 어떻게 헤르난 녀석이 마법사들을 휘하에 거느릴 수 있단 말이오? 또 설사 마법사들을 거느리고 있다 하더라도 저렇게 간단하게 스톤 골렘을 파괴할 수 있단 말이오? 어디 설명을 좀 해보란 말이오! 정말 답답해서 미치겠구려!"

아쉬드가 곁에서 펄쩍 뛰고 있었지만 카멜은 헤르난 진영에 있는 마법사에게 모든 신경을 집중하고 있었다.

비록 말로는 간단하게 스톤 골렘을 제거했다고 했지만 그 방법이라는 것이 그렇게 간단한 것이 아니었다. 움직이는 스톤 골렘을 조금 전과 같은 방법을 이용해 파괴하려면 상당한 연습 없이는 불가능한 일이다. 그럼에도 불구하고 저들은 너무나 쉽게, 또 너무도 정확하게 그 일을 해낸 것이다. 그렇다면 저들에게는 상당한 실력의, 그것도 높은 클래스의 마법사가 있다는 것이었다.

아쉬드는 헤르난이 마법사를 거느리고 있다는 사실에 광분해 미친 듯이 날뛰고 있었지만 저들은 자신들에게 스톤 골렘이 있다는 사실을 분명히 알고 있었다. 그러니 어떻게든 마법사를 찾아내 스톤 골렘을 막을 방법을 찾았을 것이란 사실을 미처 깨닫지 못한 자신들의 불찰이었다.

아쉬드야 경험이 부족해 그런 사실을 깨닫지 못하고 있었다고 하더라도 자신만은 미리 방비를 했어야 했다. 하지만 스톤 골렘을 막는 데 이동 마법진을 이용할 줄은 그로서도 정말 상상도 못했었다. 정녕 기상천외한 방법이 아닐 수 없었다.

문제는 지금부터였다.

자신들의 비장의 무기가 사라졌으니 이제 남은 것은 정공법뿐이었다.

저들에게 마법사가 있다면 이쪽에도 마법사는 있다. 더욱이 용병의 수에서는 앞선다. 물론 상당한 피해가 예상되지만 절대 상대에게 패할 것이란 생각은 들지 않았다.

"케산, 루미녠, 몇 대의 공성병기를 제외한 나머지를 모아 남쪽 성문을 책임지고 파괴해라."

"알겠습니다, 단장님."

"단장님, 맡겨주십시오."

"가라."

케산과 루미녠이 멀어지는 모습을 잠시 바라보던 카멜은 지체없이 몇 명의 용병을 불러 남은 공성병기로 성문과 성벽을 공격하도록 명령했다. 수십 명의 용병이 함성을 지르며 달라붙어 캐터펄트와 발리스타를 성 쪽으로 이동시키기 시작했다.

그 모습을 유심히 바라보던 카멜은 틀림없이 적의 공격이 다시 있을 거라 생각했다. 하지만 캐터펄트와 발리스타가 성 앞 300미터 지점에 이를 때까지 적의 공격은 없었다.

그 점을 이상하게 생각한 카멜은 다시 용병들에게 100미터를 이동하게 지시를 내렸지만 이번에도 적의 공격은 없었다. 도저히 이해가 되지 않는 상황이기는 했지만 자신들에게 유리한 상황이기에 즉시 공격 명령을 내렸다.

캐터펄트에서 발사된 거대한 바위는 금방이라도 성벽을 부숴 버릴 듯 날아들었고, 발리스타에서 발사된 거대한 화살도 성벽이나 성문을 가리지 않고 날아와 박혔다. 그럼에도 불구하고 성안의 사람들이 모조리 사라지기라도 한 듯 조금의 반응도 없었다.

쾅! 쾅!

피웅~ 피웅~

용병들은 캐터펄트의 바위를 옮기고, 발리스타에 거대한 화살을 재우느라 삭풍의 매서움을 느낄 사이도 없었다. 계속된 공격에 성벽이 움푹 패이기 시작하면서 무너질 조짐이 보임에도 불구하고 상대도 조금의 반응도 보이지 않았다.

68장

마지막 전투 2

쾅!

요란한 폭음과 함께 자욱한 흙먼지가 피어올랐다.

바위가 부딪친 곳은 눈에 띄게 움푹 패었고, 바위와 부딪쳤을 때의 충격으로 성벽 전체가 부르르 진동을 했다. 성루에 있던 용병들은 중심을 잡기 위해 재빨리 자세를 낮추었지만 그들의 얼굴에는 어쩔 수 없는 불안감이 자리하고 있었다.

지금처럼 일방적으로 공격을 허용한다면 아무리 두터운 성벽이라고 하더라도 결국에는 무너질 수밖에 없을 것이고, 바로 그때 적의 대대적인 공격이 시작될 것임을 잘 알고 있었기 때문이다.

도저히 일반 화살로는 닿을 만한 거리가 아니었고, 자신들이 보유한 공성병기―트레뷔세나 발리스타 등―도 적이 보유하고 있는 공성병기에 비해 상대적으로 작기 때문에 사거리 역시 짧을 수밖에 없었다.

그 모습을 지켜보고 있던 쟌은 자신이 준비해 온 활, 레드 이글을 활통에서 꺼내 반대쪽 활 끝에 시위를 걸었다. 그리고는 강철로 만든 화살 하나를 활시위 걸어 힘껏 잡아당겼다.

옆에 있던 셀은 고개를 갸웃거리면서도 예전 폴렌 시에서 했던 것처럼 실프를 불러 공간을 왜곡시켜 멀리 떨어진 물체를 확대하게 지시했다.

마치 손에 잡힐 듯 가까워 보이는 상대들의 모습에 쟌은 천천히 마나를 활시위에 걸려 있는 강철 화살에 보내기 시작했다. 강철 화살은 곧 푸른 빛에 싸이기 시작했고, 그 모습을 발견한 사람들은 하나같이 놀라움을 감추지 못했다.

소드 마스터에 이른 사람들이 자신의 무기에 마나를 뿜어지게 만들어 검기를 사용하는 모습은 간혹 본 적이 있었다. 하지만 지금처럼 화살에서 검기와 같은 빛이 뿜어져 나오는 모습은 단 한 번도 본 적이 없었다.

사람들의 놀라는 모습에 근처에 있던 조나단과 올리비에는 득의만면한 미소를 지었다. 저 퉁명스럽게 생긴 청년은 매번 볼 때마다 사람을 놀라게 만드는 특이한 기술을 한 가지씩 선보였는데, 그 기술이라는 것이 대부분 보통 사람은 흉내조차 내기 어려운 것들이었다.

지금의 저 희한한 기술은 소드 마스터라고 알려진 로고스마저 놀라게 만들 만한 기술인 모양이었다. 그가 입을 쩍 벌린 채 놀라움을 감추지 못하고 있는 것을 보면 말이다.

그런 사람을 스승으로 모시고 있는 자신들이기에 그 자부심이란 말할 필요도 없었다.

쐐애액!

쟌이 활시위를 놓고 한참 후에야 화살이 날아가는 소리가 들릴 정도니 화살의 빠름이야 말할 필요도 없었다. 지금 사람들의 관심은 과연 저 특이한 화살이 어떤 파괴력을 보여 줄 것인가 하는 것이었다.

빛의 속도로 날아간 강철 화살은 가장 앞쪽에 있던 발리스타의 중앙 부분에 정확하게 작렬했다.

쾅!

우지직—

단 한 대의 화살에 거대한 발리스타가 두 동강이 나고 만 것이다. 사람들은 믿을 수 없는 광경에 자신의 눈을 의심할 수밖에 없었다.

특히 발리스타를 발사하던 용병들은 하얗게 질린 채 정신없이 자신들의 진영으로 도망치고 말았다. 카멜도 그런 용병들을 발견했지만 결코 그들을 처벌할 생각은 없었다. 자신이 그 자리에 있었다고 하더라도 도망치고 싶은 생각이 들었을 것이 분명하기 때문이었다.

비록 거리가 멀어 상대가 누구인지 확인할 수는 없지만 이럴 만한 능력을 가지고 있는 사람은 헤르난 진영에 단둘뿐이라는 사실을 자신도 잘 알고 있다. 한 사람은 자신과 함께 3대 용병왕이라 불리는 불의 용병왕 로고스 크리스토퍼였고, 나머지 한 사람은 일전에 자신과 겨룬 적이 있었던 쟌 가이야란 청년이었다.

문제는 여기서 발생하는데, 로고스와 직접 싸워보지는 않았지만 그가 이런 특이한 공격 방법을 알고 있을 것이란 생각은 들지 않았다. 그렇다고 쟌이 한 짓이라고 생각하기에는 그의 나이가 너무 어렸다.

한평생 싸움터를 전전했던 자신만 하더라도 나이 오십이 되어서야 겨우 소드 마스터가 될 수 있었다. 한데 조금 전 날아들었던 강철 화살이 가진 파괴력은 검에 자신이 가진 모든 마나를 집어넣어 공격했을 때와 비슷할 정도였다.

이런 파괴력을 쟌이란 청년이 가지고 있다? 고개를 저으면서도 일전에 있었던 그의 괴상한 공격이 머리 속을 떠나지 않았다. 그저 손바닥을 자신의 몸에 가져다 대었을 뿐인데도 자신은 정신을 잃을 만한 충격을 받지 않았던가?

그때의 광경을 떠올리면 오히려 로고스보다는 쟌이란 청년의 소행이라는 생각을 버릴 수 없었다.

지금과 같은 공격이 가능하다면 공성병기로 성을 공격하는 것은 더 이상 불가능할 것이다. 그렇다면 정공법으로 성을 함락시켜야 한다는 결론이 나오는데, 과연 가능할지 의문이 아닐 수 없었다.

아쉬드는 뭐가 마음에 들지 않는지 미친 사람처럼 고함을 지르고 있었다.

"어떻게 저런 공격이 가능하단 말인가? 직접 눈으로 보았어도 도저히 믿을 수 없는 광경이야!"

오웬은 한 발의 화살을 쏘고 상당히 피곤해하는 쟌의 모습을 보면서 감탄의 기색을 지우지 못하고 있었다. 저런 화살이 만약 사람에게 날아든다면 재앙 그 자체일 것이란 생각을 하자 전신에서 소름이 오싹 끼치는 것을 느껴야만 했다.

"자네 정말 대단한 사람이군. 처음 보았을 때와는 달리 지금은 나도 자네의 상대가 되지 않을 것 같군. 대체 얼마나 강해지려고 하는가?"

로고스의 말에 흐트러진 호흡을 진정시키고 있던 쟌은 그저 쓴웃음을 지으며 셀의 부축을 받고 있었다.

공성병기의 공격을 받던 중 쟌은 드워프 노인이 만들어 주었던 레드 이글을 꺼내면서 혹시 강철 화살에 마나를 집어넣어 쏘게 된다면 파괴력이 증가하지 않을까 하는 생각이 갑자기 들었다. 해서 강철 화살이 견딜 수 있는 최대한의 마나를 화살에 주입해서 쏘아본 것인데 생각밖으로 마나의 소모가 극심했다.

물론 결과에는 만족하지만 아무리 컨디션이 가장 좋을 때라고 해도 네 발 이상의 화살을 쏘는 것은 불가능하다는 사실을 확인하고는 씁쓸름한 기분이 들었다. 그렇게 강해지기 위해 노력했음에도 불구하고 인간의 능력의 한계는 분명히 정해져 있는 모양이었다.

'후후후, 스승님께서 말씀하신 시해선(尸解仙)이라도 되지 않는다면 육체의 한계를 벗어날 수 없단 말인가? 과연 인간의 능력으로 시해선이 되는 것이 가능한 일인지 모르겠군.'

사람들이 다들 놀란 표정으로 쟌을 바라보고 있을 때 그들이 있던 성루로 달려오는 사람이 있었다. 남쪽 성문을 맡고 있던 제론이었다.

"헤르난 전하, 남쪽 성문에 저들의 공격이 집중된 것 같습니다. 수십 대의 공성병기에서 쏟아지는 공세에 성벽이 더 이상은 견디지 못할 것 같습니다. 지시를 내려주십시오."

"휴우~ 현재로서는 가이야 부단장밖에 갈 사람이 없을 것 같은데…… 가이야 부단장, 괜찮겠소?"

"잠시만 휴식을 취하면 되니 저에게 맡겨주십시오."

헤르난의 질문이나 쟌의 대답에 제론은 영문을 몰라 어리둥절한 표정을 감추지 못했다. 그러면서도 쟌에게 뭔가 획기적인 방어법이 있을지 모른다는 생각이 들었다.

잠시 후 쟌과 셀, 그리고 제론이 떠나가는 모습을 지켜보던 켈리거는 쟌의 믿을 수 없는 능력에 아무 말도 할 수 없었다.

"저 청년은 누구란 말인가? 대체 어떻게 해서 저런 실력을 가지고 있단 말인가? 설마 들리는 소문처럼 드래곤이란 말인가?"

물론 헤르난도 쟌이 새로운 모습을 보일 때마다 놀라기는 하지만 한 번도 쟌을 인간이 아닌 다른 존재라고 생각해 본 적은 없었다.

켈리거가 고지식한 사람인지는 알고는 있지만 설마 이런 착각을 하고 있는지 몰랐기에 헤르난은 고소를 짓지 않을 수 없었다.

"타리아노 단장, 무슨 소리를 하는 거요? 가이야 부단장이 인간이 아니란 소리는 또 어디서 들은 거요?"

"예? 전하께서는 용병들 사이에서 돌고 있는 이야기를 들어본 적이 없으십니까?"

"처음 듣는 이야기구려. 그래, 무슨 이야기가 돌고 있소?"

"쟌이란 청년이 사실은 드래곤이 인간으로 폴리모프한 것이란 소문입니다."

"후후후, 그 소문이 다요?"

"생각을 해보십시오. 저렇게 젊은 나이에 저렇게 가공할 실력을 가지고 있다는 사실이 가능한 일이라 생각하십니까? 물론 드래곤이라 믿는 것에는 실력뿐만이 아니라 그의 곁에 있는 셀이라는 하프 엘프 때문이기도 합니다. 2년 전 있었던 판클라치온 대회에서 저 여인은 쟁쟁한 남자 용병들을 간단하게 물리치며 본선에 진출했습니다. 그런데 그녀가 그때 보여준 싸움법은 쟌이란 청년에게서 겨우 두세 달 동안 배운 것에 불과하다고 하더군요. 생각을 해보십시오. 겨우 두세 달 배워, 그것도 여자가 남자 용병들을 제압하는 것이 가능한 일인지. 또 전하께서는 쟌이란 청년이나 그의 일행이 사용하는 괴상한 싸움법을 예전에 본 적이 있으십니까? 그리고 방금도 보셨지만 저런 공격법이 있다는 것을 단 한 번이라도 들어본 적이 있으십니까? 믿을 수 없는 실력에 믿어지지 않는 공격법 등등 이 모든 것을 설명하려면 용병들의 이야기처럼 쟌이란 청년이 드래곤이라야 가능한 일입니다."

"후후후, 타리아노 단장의 말대로라면 쟌 가이야는 드래곤인 모양이구려. 머리색이 검은색인 것을 보면 그것도 블랙 드래곤인 모양인데, 다시 말하자면 그 청년이 날 돕고 있으니 나는 드래곤의 선택을 받은 모양이구려. 하하하, 그렇다면 드래곤이 선택한 내가 이 승계 전쟁에서 승리를 움켜쥐는 것은 너무나도 당연하겠구려. 그렇지 않소, 타리아노 단장."

웃음을 터뜨리는 헤르난의 모습에 켈리거는 순간 말문이 막히지 않을 수 없었다.

당연히 자신도 쟌이 드래곤이 아니라는 것은 잘 알고 있었다. 자신의 말을 이런 식으로 해석할 수도 있다는 것을 켈리거는 처음 깨달았다.

헤르난의 말처럼 드래곤의 선택을 받은 자가 제국 간의 생존을 건전투도 아닌 겨우 승계 전쟁 따위에서 승리를 거두지 못할 이유가 하나도 없지 않은가?

"하하하, 드래곤의 선택을 받았다? 하하하, 푸하하하!"

"헤헤헤."

"후후후."

"낄낄낄."

헤르난이 되뇌이는 말에 근처에 있던 왕자들은 배를 잡고 웃음을 터뜨렸다. 물론 켈리거의 얼굴은 일그러졌지만 어느 누구도 그에게 신경 쓰는 사람이 없었다.

"좌표 5928!"

"좌표 5928! 텔레포트!"

성루에 있던 오웬의 선창을 따라 한 마법사들은 신속하게 이동 마법진을 수정하며 마정석의 위치를 재배치했다. 그리고는 중년 마법사의 시동어에 의해 마법진 중앙에 있던 바위와 나무등치는 곧 사라졌다. 하지만 쉴 시간이 없었다.

"좌표 6590!"

"좌표 6590! 텔레포트!"

마법진의 좌표 수정과 마정석의 재배치는 그날 하루 종일 이뤄졌고, 그들이 녹초가 되어 바닥에 널브러지고서야 겨우 끝날 수 있었다. 그와 비례해 아쉬드가 보유한 공성병기는 어떻게 손을 쓸 수도 없을 정도로 박살이 났다.

"어떻게, 대체 어떻게 이런 일이 일어날 수 있단 말인가? 라일리, 이게 어떻게 된 일이냐? 제이슨 단장의 말에 의하면 마법사에 의해 스톤 골렘이나 공성병기가 파괴된 것이라고 하는데 지금껏 네가 한 보고에는 헤르난 녀석이 마법사를 거느리고 있다는 보고는 단 한 건도 없었지 않느냐?"

서슬 퍼런 아쉬드의 모습에 라일리는 변명이라도 하듯 입을 열었다.

"지금까지 나에게 올라온 정보 중에는 마법사를 보았다는 보고는 없었어. 처음에 없었던 마법사가 갑자기 나타난 것을 보면 아마 정체 불명의 용병들이 나타났을 당시에 합류했던 것 같아. 하지만 문제는 그게 아니잖아. 스톤 골렘을 모두 잃은 것도 큰일이지만 이제 성을 공략할 수 있는 공성병기가 하나도 없잖아."

라일리의 대답에 그의 말을 듣고 있던 왕자들은 일제히 생각에 잠겼다. 자신들이 보유한 스톤 골렘은 전쟁의 승패를 결정지을 수 있는 병기라고 생각했었는데 그런 스톤 골렘을 너무나 간단히 잃어버린 것이다. 정말 아쉬운 생각이 들지 않을 수 없었다.

더욱이 생각지도 않았던 강철 화살에 의한 공성병기 파괴가 이들에게는 공포와 함께 골칫거리로 다가왔다. 공성병기를 파괴할 정도의 위력을 가진 강철 화살이 만약 자신들을 노린다면 과연 누가 살아남을 수 있겠는가?

"어쩔 수 없다. 파괴된 공성병기 가운데 수리가 가능한 것을 모아 수리를 해서 다시 헤르난 녀석의 성을 공격한다."

"하지만 아쉬드 형, 만약 오늘 같은 공격을 다시 당하면 그때는……."

"공격을 당한다면 또다시 수리를 해서 공격하면 그만이다! 제이슨 단장은 회의가 끝나는 대로 즉시 공성병기를 수리하도록 지시하시오. 그리고 만약 공성병기를 더 만들 수 있으면 최대한 만들도록 하시오."

금방이라도 폭발할 듯 보이는 아쉬드의 얼굴을 발견한 동생들은 억지에 가까운 아쉬드의 말에도 어떤 반대 의견도 제시할 수 없었다.

"그리고 너희들도 성을 공략할 수 있는 방법이 있다면 어떤 피해가 있어도 상관없으니 의견을 내봐라. 만약 그 방법이 승리에 결정적인 역할을 한다면 내 오른팔로 삼아 나와 함께 영원히 영광을 함께할 것이다."

아쉬드의 말에도 금세 입을 여는 사람은 없었다.

잠시 동안 아쉬드의 막사엔 무거운 정적만이 흘렀다. 그런 동생들의 모습을 바라보던 아쉬드의 눈에는 경멸에 가까운 비웃음만이 실려 있었다.

'밥버러지 같은 놈들, 나에게 의지해 살려고만 하다니 정말 한심하기 이를 데 없는 놈들이야. 어째서 나에겐 이런 녀석들밖에 없단 말인가? 만약 이번 전투에서 내가 승리를 거둔다면 네놈들은 모조리 렌타로스 분지행이라는 것을 알아야만 할 것이다! 쓸모없는 놈들.'

"오늘 회의는 이것으로 마치겠다. 모두 돌아가 쉬도록 하고 부디 내일 아침엔 웃는 얼굴로 마주 대했으면 좋겠구나. 돌아가 쉬어라."

아쉬드의 말에 힘없이 자리에서 일어난 왕자들은 아쉬드의 막사를 빠져나갔지만 카멜은 여전히 같은 자리에 앉아 있었다.

"할 말이라도 남은 거요?"

"전하, 저들에게는 상당한 실력의 마법사가 있습니다. 섣부른 공격은 저들에게 반격할 기회를 줄 뿐입니다. 그 점을 명심해 주셨으면 합니다."

"나 역시 그런 점을 모르는 것이 아니오. 하지만 이 상태에서 상황이 고착된다면 난 결국 황제 폐하께 무능한 놈이란 평가밖에 받을 수 없을 것이오. 차라리 무리를 해서라도 헤르난 녀석과 싸워보기라도 해야 하지 않겠소? 우리의 병력이 앞서는 만큼 승산은 우리에게 있다고 생각하는데, 단장의 생각은 어떻소?"

"물론 평원에서 전투를 벌인다면 병력의 수에서 앞서는 저희가 유리한 것은 사실이지만 만약 헤르난 전하께서 성에서 나오지 않는다면 현재의 병력만으로는 어려울 수 있습니다, 전하."

"저 녀석들을 성 밖으로 끌어낼 방법은 없겠소? 성 밖으로 끌어내기만 한다면 승리는 우리의 것이 될 수도 있을 텐데 말이야. 으음……."

아쉬드의 입에서는 저절로 한숨이 흘러나왔다.

승리를 확신했던 아침과는 달리 지금은 헤르난과 어떻게 싸워야 좋을지 결정을 내릴 수가 없었다.

"단장도 생각을 해보길 바라오. 여기서 무릎을 꿇을 수는 없는 일 아니오?"

"알겠습니다, 전하."

카멜마저 막사를 빠져나가자 평소 좁게만 느껴졌던 막사가 오늘따라 무척이나 넓어 보였다. 동시에 갑자기 자신이 혼자라는 사실이 뼈저리게 느껴졌다.

'왜 내 주위에는 아무도 없는 거지? 이렇게 몸서리쳐질 정도로 춥고 사무치게 외로움을 느끼는데 왜 내 곁에는 아무도 없는 거야? 언제부터 혼자였던 거지? 아니, 내가 혼자가 아니었던 적이 과연 있었을까?

"전하, 일어나셨습니까?"

"끄응~"

누군가 계속해서 자신을 부르는 소리에 아쉬드는 짜증이 났다. 여러 가지 고민 때문에 잠이 든 것은 거의 아침이 다 되어서였다. 그런데 대체 누가 이렇게 귀찮게 자신을 부르는지 짜증이 날 지경이었다.

"누구야? 누가 이렇게 귀찮게 하는 거야?"

"전하, 이미 아침이 밝았습니다. 다른 전하들과 제이슨 단장님께서 아까부터 기다리고 계십니다."

"으~ 뭐라고?"

"전하들과 제이슨 단장님께서 기다리고 계십니다."

다시 들려온 누군가의 음성에 아쉬드는 떠지지 않는 눈을 억지로 비비며 자리에서 일어났다. 수면 시간이 짧은 탓인지, 아니면 추운 날씨 탓인지 온몸이 찌뿌드드해서 불쾌한 기분을 느끼지 않을 수 없었다.

자리에서 일어나 팔을 흔들어 굳어진 몸을 풀려고 했지만 한번 굳어진 근육은 좀처럼 풀리지 않았다. 고개를 돌리며 목 근육을 푼 아쉬드는 그제야 몸이 풀리는지 여전히 고개를 돌리며 입을 열었다.

"들어와."

제3왕자 제럴드를 비롯한 여섯 명의 왕자와 카멜이 막사 안으로 들어와 자신의 자리의 자리에 앉았다. 하지만 누구 하나 입을 여는 사람이 없었다.

그렇지 않아도 짜증스러웠던 아쉬드는 그런 침묵조차 마음에 들지 않았다.

"밤새 별일은 없었소?"

"별일은 없었습니다만⋯⋯."

말꼬리를 흐리는 카멜의 태도에 짜증스러운 표정을 지우지도 않은 채 아쉬드가 고개를 돌렸다.

"무슨 일이 있는 거요?"

"야영지를 옮겨야 할 것 같습니다."

"이유가 뭐요?"

"이곳에선 난방용 장작과 식수를 구할 수 없습니다."

하긴 이곳이 허허벌판이니 땔감을 구하는 것이 쉬운 일이 아닐 것이란 생각이 들었지만 식수조차 구하기 힘들다는 것은 조금 의외였다.

"그렇다면 어떻게 하자는 거요?"

"식수와 땔감을 구할 수 있는 곳으로 이동해야만 합니다. 현재 가지고 있는 것으로는 닷새도 버티기 힘듭니다."

"근처에서 구할 수는 없는 거요?"

"경험이 많은 용병들에게 주위를 수색하게 했지만 최소 하루 정도 되는 거리 안에는 난방이나 취사용 땔감으로 쓸 나무도 없고, 식수로 사용할 수 있는 작은 샘을 하나 발견하기는 했지만 너무 작아 식수로 사용하기에는 부족하다고 판단됩니다."

"단장이 가진 마법으로 해결할 수는 없는 거요?"

"단지 한두 번이라면 전혀 불가능한 것은 아니지만 이렇게 많은 용병들에게 필요한 화기를 지원하려면 아마 저와 제자들은 녹초가 돼서 모조리 그 자리에 앓아 누워야만 할 겁니다. 근본적인 해결 방법을 찾아야만 합니다."

"그렇다고 저놈들을 그냥 두고 떠날 수는 없는 일이오. 우리가 이곳을 비웠을 때 헤르난 녀석이 또 다른 곳으로 도망가지 않는다고 누가 장담할 수 있단 말이오? 다시 그런 일이 발생한다면 아마 내가 먼저 미쳐 버릴 것이오. 그러니 차라리 걸음이 빠른 자들을 차출해 땔감과 식수를 찾게 하시오. 어떻게든 이곳에서 끝장을 봐야만 하오."

단호한 아쉬드의 말에 사람들은 그저 고개를 끄덕일 뿐이었다. 하긴 그의 말처럼 포위망을 풀었을 때 헤르난이 어딘가로 몸을 숨겨 버린다면 자신들이 이렇게 성을 포위한 의미가 없지 않겠는가?

그러나 이해는 하지만 다른 사람의 의견 따위는 필요없다는 듯 결정을 내려 버리는 아쉬드의 모습에서 사람들은 희미한 거부감이 드는 것은 어쩔 수 없었다.

"그래, 간밤에 성을 함락시킬 수 있는 방법을 생각 좀 해보았느냐?"

"……."

"할 말 있는 사람이 한 녀석도 없다는 말이냐? 이 밥버러지 같은 놈들. 다 필요 없어. 당장 나가! 모두 나가! 여봐라, 이 쓰레기 같은 놈들을 당장 이곳에서 끌어내라! 그리고 전쟁이 끝나기 전까지 절대 내 눈에 띄지 않도록 철저하게 감시해라! 뭣들 하느냐!"

마침내 쌓이고 쌓였던 감정이 폭발한 아쉬드는 동생들에게 손가락질을 하면서 소리를 질렀다. 그들은 갑자기 분노를 터뜨리는 아쉬드의 모습보다 그가 내뱉은 말에 더 충격을 받았다.

"형, 말이 너무 심한 것 아니야?"

얼굴이 새빨갛게 상기된 이리스가 불만을 터뜨리자 아쉬드는 어이가 없었다.

"내 말이 심하다고? 그러는 네 녀석은 이번 승계 전쟁이 시작하면서부터 지금까지 무슨 일을 했느냐? 다른 녀석들도 모두 마찬가지다. 용병들이 알려주는 보고 내용을 앵무새처럼 읊어대거나 아니면 내가 지시한 것조차 제대로 이행하지 못한 주제에, 내가 너무 심하다고 했느냐? 이 전쟁이 나만의 전쟁이냐? 어차피 우리가 승리를 거두지 못한다면 우리 모두는 렌타로스 분지에서 평생을 보내야만 할 거다. 그런 사실을 알면서 네 녀석들은 대체 무얼 했느냔 말이다! 할 말이 있는 녀석은 어디 변명이라도 해봐라. 대체 어떤 훌륭한 일을 했는지 나도 알아야겠다!"

아쉬드의 매도에 가까운 질책에 왕자들은 벙어리처럼 입을 꾹 다물고 있었다. 물론 그들이라고 할 말이 없는 것은 아니지만 이런 상황에서 나서는 것은 결코 현명한 일이 아니란 것쯤은 알고 있었다.

그럼에도 불구하고 나서는 사람이 있었다.

"형, 형의 말이 다 맞아. 그동안 우리가 형에게 의지해 왔던 것은 사실이야. 그렇지만 그것은 형을 전적으로 믿기 때문이었어. 그리고 우리보다 형이 병력을 운용하거나 작전을 세우는 데 누구보다 뛰어났기 때문에 상대적으로 우리가 할 일이 거의 없었던 거야. 지금이 2월 중순이니 이제 승계 전쟁이 끝나는 5월 말까지는 3개월이 약간 더 남았을 뿐이야. 하지만 이런 시기에 우리끼리 분열을 일으킨다면 좋아할 사람은 헤르난 형밖에 없어. 뭐든지 말해. 우리가 할 수 있는 일은 뭐든 할 테니까 말이야. 누가 뭐라고 해도 우린 형을 지지하기 위해 모인 사람들이야. 그러니 우리를 용서하고 다시 한 번 힘을 합쳐 헤르난 형을 꺾어버리자고. 우리가 병력의 수에서 훨씬 앞서는데 뭐가 문제겠어. 그렇다고 생각하지 않아, 형?"

뜻하지 않았던 리코의 설득에 아쉬드는 부글부글 끓었던 가슴속에 찬바람이 부는 것을 느꼈다. 특히 4개월도 남지 않았다는 그의 말에 온몸에 소름이 돋았다.

물론 정면 대결을 펼친다면 누가 이기든 빠른 결과를 얻을 수 있겠지만, 지금처럼 헤르난이 성안에서만 항전한다면 이 상황에서 승계 전쟁을 종결지어야 할지도 몰랐다. 이것은 절대 그가 바라는 결말이 아니었다.

아쉬드가 이를 악물며 진정을 되찾는 것 같자 이번엔 게일이 자리에서 일어나 입을 열었다.

"어제 형의 말을 듣고 우리끼리 만나서 이야기를 나눠봤는데, 제이슨 단장과 그 제자들이 가지고 있는 마법의 힘을 이용하는 것이 제일 좋을 것이라는 데 의견의 일치를 봤어."

"마법? 어떻게 말이냐?"

"비록 어제 많은 공성병기를 잃긴 했지만 남쪽 성벽이나 성문에 많은 피해를 준 것도 사실이잖아. 오늘 고친 공성병기를 동원해 남쪽 성문을 공격해 지속적으로 피해를 입힌 상태에서 제이슨 단장과 그 제자들이 마법으로 다시 충격을 준다면 성벽이나 성문을 파괴하는 것이 불가능할 것 같지 않을 것 같거든. 물론 다른 쪽 성문으로도 공격을 해 적의 시선을 분산시켜야 하고 말이야. 형 생각은 어때? 우리가 생각하기에 현재로서는 이 방법이 가장 좋을 것 같은데 말이야."

게일의 말에 아쉬드는 곰곰이 생각해 보았다.

가장 좋은 방법이라고는 볼 수 없지만 게일의 말처럼 다른 방법이 없었다.

"제가 덧붙여서 말씀드려도 되겠습니까?"

"말해 보시오."

"현재로서는 게일 전하의 의견이 가장 타당한 것 같습니다. 거기에 덧붙여 공성병기의 후면에 소형 이동 마법진을 설치해 그곳을 통해 병력을 공간 이동시킨다면 성문을 파괴하는 것도 전혀 불가능하지는 않을 것 같습니다. 더구나 저와 제자들의 마법 공격까지 더해진다면 가능할 것 같습니다."

"일전에 주네티 녀석의 성에 진입할 때 썼던 방법을 다시 사용하자는 말이오?"

"그렇습니다. 하지만 저들에게 마법사가 있는 관계로 주간보다는 야간에 이 방법을 사용하는 것이 좋을 것 같습니다. 신속하게 성문을 지키는 용병들을 해치우고 성문을 열 수만 있다면 압도적으로 수에서 앞선 저희들이 당연히 유리합니다. 그렇게 저들의 시선이 한쪽으로 쏠린 사이 다른 성문을 공격한다면 성을 함락시킬 수 있다고 생각합니다."

카멜의 말에 그의 말을 듣고 있던 왕자들의 얼굴이 일시에 밝아졌다. 그때까지 인상을 쓰고 있던 아쉬드도 나름대로 뭔가를 열심히 생각하는 모습이었다.

아쉬드가 표정을 푼 것은 한참의 시간이 지난 후였다.

"내가 생각을 해봐도 방금 말한 공격 방법이 가장 타당할 것 같다. 한 가지 아쉬운 것이라면 충분한 공성병기가 우리에게 없다는 것인데……."

"전하, 모든 공성병기를 고친 것은 아니지만 그래도 약 7할 정도의 공성병기는 사용할 수 있을 듯합니다."

"그렇소? 그렇다면 다행이오. 지금부터 명령을 내리겠다. 파괴할 성문은 남쪽 성문이지만 적의 이목을 흐리기 위해 반대인 북쪽 성문도 비슷한 시기에 공격한다. 동시에 제이슨 단장이 실력이 뛰어난 용병들을 성루로 공간 이동해서 난전을 유도함과 동시에 제자들과 함께 성문을 파괴하도록 한다. 상당한 피해가 발생할 수도 있으니 선두에 서는 용병들에게 방패를 지급하는 것을 잊지 말도록. 어느 정도 피해가 발생한다고 하더라도 반드시 성을 함락시켜야 한다는 것을 잊지 말아야 한다. 그리고… 조금 전 너희들에게 화를 내서 미안하다. 뜻하지 않은 헤르난의 반격에 흥분해 잠시 이성을 잃었던 것 같다. 이해해 주기 바란다."

"아니야, 형. 우리도 생각하지 않던 저들의 반격에 놀랐었는데 뭘. 그보다는 어떻게든 헤르난 형을 꺾는 것이 중요하니까 힘을 합쳐 보자고. 우리도 열심히 도울 테니까."

"내 사과를 받아준다니 고맙다. 사과의 의미로 함께 식사나 하자꾸나."

아쉬드의 말에 그의 동생들은 고개를 끄덕여 그의 제의를 받아들였다. 카멜의 지시에 의해 곧 음식이 막사 안으로 들어왔고, 형제들은 평소처럼 대화를 나누며 식사를 시작했다.

"공격을 포기한 거야 뭐야?"

"아쉬드 형이 그럴 리 있겠냐? 게다가 포기했다면 저렇게 포위망을 유지하고 있을 리 만무하잖아."

루이스의 퉁명스러운 소리에 곁에 서 있던 부케인 역시 못지않게 퉁명스럽게 대꾸했다.

은근히 긴장이 되고, 또 신경 쓰이는 것이 사실이었다.

보란 듯이 성을 포위하고 있는 아쉬드 측 용병들은 뭘 하는지 포위망을 유지한 채 그냥 시간만 보내고 있었다. 공격할 의사도 없어 보였고, 그렇다고 물러갈 분위기도 아니었다.

"아마 아쉬드 형도 우리가 뭘 노리기에 공격하지 않는 것인지 무척 궁금하게 생각할 거야."

고개를 돌려보니 볼품없기는 하지만 따스해 보이는 털가죽옷을 입은 필립이 빨갛게 언 뺨을 비비며 서 있었다. 아직 앳된 듯한 얼굴인 필립이 털가죽에 싸여 있는 모습은 보는 사람으로 하여금 미소를 짓게 만들기에 충분할 정도로 귀여웠다.

"필립이구나."

"그런데 그게 무슨 소리냐?"

"어제 전투에서 아쉬드 형은 비밀 병기라고 생각했던 스톤 골렘이 모두 파괴당하는 모습을 지켜봤잖아. 더구나 가이야 부단장과 마법사한테 공성병기마저 파괴당했고 말이야. 그럼에도 우리가 너무 조용히 있으니까 아쉬드 형도 지금은 상당히 고민하고 있을 거야."

"아무래도 그렇겠지. 그렇게 믿었던 스톤 골렘이 파괴되는 모습은 아쉬드 형에게도 충격이었을 테니까."

"그것뿐이야? 세상에! 강철 화살 한 대로 발리스타를 박살 내다니…… 아마 직접 눈으로 보고도 믿을 수 없었을걸."

"형들 말처럼 그럼에도 불구하고 우리가 성안에만 있으니 누구보다

성미가 급한 아쉬드 형으로서는 굉장히 답답할 거야. 더욱이 며칠만 지나면 식수와 땔감이 떨어질 테지만 이곳을 떠날 수도 없고, 그렇다고 추위에 떨고 굶으면서 싸울 수는 없는 일이니 무척 고민이 될 거야."

"흥! 그래 봐야 그 성미에 가만히 있지는 않을걸. 아마 공격하는 쪽을 선택할 게 분명해."

루이스의 말에 필립은 고개를 끄덕이며 식사 준비를 하는지 연기가 피어오르고 있는 아쉬드 측 진영을 바라봤다.

"공격하는 시점이 언제냐가 문제일 뿐 아마 며칠 안으로 아쉬드 형은 반드시 성을 공격해 올 거야. 그리고 우리의 반격은 그때부터 시작될 거야."

필립의 말에 루이스와 부케인은 고개를 끄덕였다. 자신들이 알고 있던 아쉬드의 성격을 떠올려 봐도 절대 참고 있을 사람이 아니었다.

"으이그~ 춥다. 들어가자. 얼어 죽겠다."

루이스가 과장되게 온몸을 부르르 떨면서 말을 꺼내자 부케인과 필립은 피식 웃음을 터뜨리고는 그를 따라 성루에서 내려왔다.

휘이익!

칼날 같은 바람이 얼굴을 스치자 북쪽 성문 위 망루에서 경계를 서고 있던 레츠카는 잔뜩 웅크린 채로 몸을 떨었다.

"빌어먹을, 오늘따라 왜 이렇게 추운 거야? 으이그~ 턱이 얼어서 말도 안 나오네."

"엄살은. 그나저나 오늘은 정말 춥군 그래. 나오기 전에 술을 한잔하지 않았다면 벌써 얼어버렸겠어."

"시간이 얼마나 남았지?"

"아직 10분 이상은…… 이, 이봐, 레츠카. 저, 저기 뭐가 움직인 것 같지 않나?"

"움직이기는 뭐가 움직였단 말이야? 내가 보기엔 아무것도 없구먼 그래."

"아니야, 내가 똑똑히 봤다고."

"이 친구가 헛것을 봤나? 미친놈이 아니고서야 이렇게 추운 날씨에 나돌아다닐 이유가 없잖아. 정말 얼어 죽기 딱 좋은 날이야. 으이그~ 추워라."

"이봐, 레츠카, 저길 보라니까."

조금은 짜증스러운 표정으로 동료가 가리킨 곳을 쳐다보았지만 레츠카는 역시 어둠을 제외하고는 아무것도 발견할 없었다. 막 짜증을 내려던 레츠카의 귀에 이상한 소리가 들렸다.

크르르릉~

쿠르르르~

뭐가 무거운 것이 굴러오는 소리를 분명히 들은 것이다.

"자네도 들었지?"

"그래."

"빨리 연락해."

레츠카의 말에 그의 동료는 재빨리 불화살을 준비해서는 연병장을 향해 발사했다. 불화살이 긴 꼬리를 그리며 연병장에 미리 쌓아두었던 장작에 불을 붙였다.

장작에 불이 붙을 것을 확인한 레츠카는 들고 있던 횃불을 허리 아래로 열심히 흔들었다. 잠시 후 그의 불빛 신호를 봤다는 의미로 주위의 성루에서 불빛들이 흔들리는 모습을 확인할 수 있었다.

얼마 지나지 않아 무장을 갖춘 용병들이 북쪽 성문으로 이동하는 모습이 보였다. 그리고 거의 동시에 성벽 전체가 지진이라도 만난 듯 거세게 흔들렸다.

쾅! 쾅!

"적이다! 적이 북쪽 성문에 나타났다!"

누군가의 고함 소리에 용병들은 망루와 성루로 달려가 적의 모습을 확인했다. 하지만 주위는 워낙 짙은 어둠에 싸여 있기에 적의 모습은 확인할 수 없었다.

거대한 바위가 성벽에 부딪칠 때마다 금방이라도 성벽이 무너질 듯 흔들렸다.

"라이트 볼!"

"라이트!"

급하게 달려와 성루에 도착한 마법사들은 지체없이 라이트와 라이트 볼의 스펠을 캐스팅해 주위를 밝혔다. 그러나 적은 빛이 미치는 범위 밖에 있는지 전혀 보이지 않았다. 오히려 그들이 밝힌 라이트 마법 때문에 그들을 표적으로 해 더욱 많은 바위들이 날아들었다.

깜짝 놀란 마법사들은 황급히 마법을 해제했지만 공성병기에서 쏘아댄 바위들은 쉴 새 없이 성벽을 두들겼다. 마법사들과 용병들은 성벽에 바짝 붙은 채 적의 공격이 멎기만을 기다렸다.

아스라이 먼 곳에서 들리는 소리에 남쪽 성문을 지키던 용병들은 잔뚝 신경을 곤두세운 채 주위를 살피고 있었다. 하지만 주위는 어둠에 싸여 고요하기만 할 뿐이었다.

"적이 다시 공격한 모양이지?"

"그러게 말이야. 소리를 들어보니 캐터펄트로 바위를 쏘아대는 것 같은데?"

"어제 낮에 그렇게 혼이 나고도 부족한 모양이야."

"참, 자네 가이야 부단장이 화살을 쏴서 발리스타를 부수는 것을 봤나?"

"당연하지. 그런 장관을 어떻게 놓칠 수 있나?"

잔뜩 긴장했던 두 용병은 긴장이 풀어졌는지 신이 나서 떠들기 시작했다.

"화살로 발리스타를 박살 냈다고 말하면 아마 사람들이 미쳤다고 하겠지?"

"그걸 말이라고 해? 하지만 그 광경을 본 사람이 하나둘이 아니잖아. 자네가 생각할 때 가이야 부단장 정말 대단한 사람이라고 생각하지 않나?"

"두말하면 잔소리지. 그런데 말이야, 정말 소문처럼 그 양반 드래곤이 아닐까? 그렇지 않고서야 인간이 어떻게 그런 엄청난 능력을 가질 수 있겠나?"

"……."

"아니, 이 친구가? 사람이 말하는데 들은 척도 안 하네. 이봐, 이봐."

자신의 말에 대꾸도 하지 않은 동료를 부르던 용병은 그제야 동료의 얼굴이 하얗게 질려 있는 것을 발견하고는 고개를 갸웃거렸다.

처음에는 너무 춥기 때문에 얼굴에서 핏기가 사라져 얼굴이 창백하게 변했나 하는 생각을 했지만 공포에 질려 있는 동료의 얼굴을 발견하고는 깜짝 놀라 주위를 두리번거렸다. 그런 용병의 눈에 검은 천으로 전신을 가린 검은 그림자 하나가 공중에 둥둥 떠 있는 모습이 보였다.

비명의 지르려던 용병은 검은 그림자가 흔들린다고 느끼는 순간 목을 달궈진 인두로 지지는 듯한 격렬한 뜨거움을 느껴야 했다. 쓰러지던 용병이 동료에게로 눈을 돌렸을 때 겨우 동료의 상태가 이해가 되었다. 그의 목에서 흘러내린 선혈이 앞섶을 물들이고 있는 것을 그제야 발견한 것이었다. 소리도 없이 목숨을 잃은 동료, 그리고 그 자신의 영혼도 천천히 육신을 떠나고 있었다.

그제야 검은 그림자는 사뿐히 지면에 내려섰다.

레비테이션으로 허공에 몸을 띄운 채 두 자루의 대거로 경비를 서던 두 용병을 처리한 카멜은 그들의 목에 박혀 있던 대거를 대충 바닥을 향해 휘둘러 피를 털어내고는 허리에 매놓은 검집에 집어넣었다.

최대한 기도비닉(企圖秘匿)을 유지한 채 왔음에도 불구하고 이미 이들은 자신들의 공격을 눈치채고 있었다. 남은 것은 적들이 자신들의 출현에 반응하기 전 최대한 빨리 목표로 삼은 남쪽 성문을 점령하는 것이었다.

"가자."

카멜의 나직한 말에 이동 마법진으로 이동한 용병들은 재빠른 동작으로 최대한 발소리를 죽인 채 카멜의 뒤를 따랐다. 하지만 레츠카의 반응이 워낙 신속했기 때문인지 그들은 채 10미터를 전진하기도 전에 발각되고 말았다.

"적이다! 적이 침입했다!"

어금니를 깨문 카멜과 50여 명의 용병은 남쪽 성문을 향해 달려갔다. 성루에 있던 몇 명의 용병이 앞을 가로막기는 했지만 카멜의 검을 막아내지는 못했다. 그들이 계단의 중간쯤 내려왔을 때 남쪽 성문 주위가 대낮처럼 밝아졌다.

엄청난 빛을 뿌리는 거대한 광구(光球). 6클래스의 마스터가 아니면 결코 만들 수 없는 거대한 빛의 구슬이었다.

자신의 눈으로 마법사의 존재를 직접 확인한 카멜은 상황이 결코 자신들에게 유리하지 못함을 다시 한 번 확인할 수 있었다. 게다가 눈이 아릴 정도로 빛을 뿌리는 라이트 볼이 사방을 밝히고 있었다. 또 성루로 이어진 계단을 통해 밀려드는 적들의 모습 또한 확인할 수 있었다.

목표로 삼은 남쪽 성문까지는 겨우 200미터. 하지만 새까맣게 밀려드는 용병들의 벽을 뚫고 그곳까지 가는 것은 결코 간단한 일이 아니었다.

카멜은 어금니를 깨물고는 재빨리 스펠을 캐스팅해 성난 파도처럼 계단을 올라오고 있는 용병들을 향해 손을 뿌렸다.

"체인 라이트닝!"

"매직 미사일!"

"아이스 미사일!"

카멜이 손을 쓰자 그의 뒤를 따르던 그의 제자들도 일제히 공격 스펠을 캐스팅해 공격하기 시작했다.

예상하지 못했던 마법 공격 때문일까?

무서운 기세로 계단을 올라오던 용병들은 마법 공격에 적중되어 처절한 비명을 지르며 계단 아래로 떨어졌다. 하지만 카멜이나 그의 제자들의 공격은 끝난 것이 아니었다.

계속된 마법 공격에 헤르난 측 용병들은 방패로 앞을 막고, 몸을 피하며 공격권 밖으로 몸을 피하려 했지만 그러기에는 통로가 너무 좁았다.

적에게 심각한 타격을 입혔다는 사실에 기뻐하면서도 카멜은 마음이 급했다. 언제까지 이들과 대치할 수 없는 일이었기 때문이다.

"블레이드 오브 윈드!"

6클래스의 공격 마법을 좁은 통로 안으로 쏟아내자 저돌적으로 달려오던 용병들은 미처 몸을 피할 틈도 없이 비명을 지르며 쓰러져 갔다. 용병들의 대열이 무너진 것을 확인한 카멜은 재빨리 제자들에게 명령을 내렸다.

"지금이다. 돌파해라!"

카멜의 명령에 뒤쪽에 있던 그의 제자들은 몸을 날리며 달려오는 용병들을 향해 자신의 무기를 휘둘렀다. 이미 카멜의 공격 마법에 부상을 입은 용병들은 별다른 저항도 못해보고 목숨을 잃었다.

카멜의 제자들은 마치 지옥에서 빠져나온 악마처럼 무기를 휘둘러 상대의 목숨을 빼앗았고, 그런 그들의 기세에 밀린 용병들은 자신도 모르게 한 걸음씩 뒤로 물러서고 있었다.

한번 밀리기 시작한 기세는 좀처럼 회복되지 않았다. 성루와 이어진 통로 끝까지 밀린 용병들은 밀리지 않기 위해 갖은 노력을 다해보았지만 시기 적절하게 날아드는 카멜의 마법 공격에 속수무책으로 밀릴 수밖에 없었다.

"파이어 필드!"

카멜의 시동어와 함께 용병들과 카멜 사이에 거대한 불의 장벽이 모습을 드러냈다. 황급히 물러서는 용병들의 모습을 확인할 사이도 없이 카멜과 그의 제자들은 남쪽 성문으로 달려갔다. 일부 제자들이 성문을 여는 동안 나머지 용병들은 각자 자신이 알고 있는 가장 강력한 마법의 스펠을 캐스팅한 채 적을 맞을 준비를 했다.

"문이 열렸다!"

69장
마지막 전투 3

열린 성문을 통해 엄청난 수의 용병들이 밀려들어 왔다.

눈 깜짝할 사이에 남쪽 성문 주위에 포진한 용병들은 자신의 무기를 든 채 전면을 노려보고 있었다. 그리고 그들과 약 30미터쯤 떨어진 곳에는 헤르난 측 용병들이 진형을 갖춘 채 아쉬드 측 용병들을 노려보고 있었다.

"후후후, 오랜만이구나."

"아쉬드 형, 오랜만이오."

대치하고 있는 용병들의 중앙에는 아쉬드와 헤르난, 그리고 그의 형제들이 서로를 노려보듯 쳐다보고 있었다. 거의 2년 만에 만나는 것이지만 그들 사이에는 오직 냉랭한 기운만이 흐를 뿐이었다.

"네가 보여준 여러 가지 전술에 진심으로 감탄했다. 정말 기상천외한 방법들이었다. 더욱이 무적이라고 생각했던 스톤 골렘이 파괴되었을 때는 너무 놀라 할 말이 없을 정도였다."

"형이 놀랐다니 조금은 의외로구려. 어떤 상황에서도 당황하지 않는 사람이 형 아니오?"

아쉬드가 생각보다 부드럽게 나오자 헤르난의 반응도 부드러울 수밖에 없었다.

"아니다. 그동안 내가 너를 잘못 알고 있었던 것 같더구나. 지난 시간 동안 네가 보여준 모습은 정말 의외였다. 가장 먼저 승계 전쟁에서 탈락할 것이라고 생각했었는데 나와 주네티 녀석을 상대로 놀라운 모습을 한 번도 아니고 여러 차례 보여줬다. 하지만……."

뜻하지 않은 상대의 칭찬에 헤르난의 입가에 맺혀 있던 미소가 더욱 짙어졌다.

"하지만 그것뿐이다. 내가 이렇게 나타났으니 그만 항복을 하는 것이 어떠냐? 쓸데없는 반항을 해봐야 용병들만 다칠 뿐이다. 너도 알고 있겠지만 내가 거느린 용병은 네가 고용한 용병의 두 배에 이른다. 어떻게 하겠느냐?"

"후후후, 아직도 모든 것이 형이 마음먹은 대로 될 것이라고 생각하는 거요? 이렇게 기습을 당하긴 했지만 형에게 포위를 당한 것도 아니고, 또 항복할 생각은 조금도 없소."

헤르난의 대답에 아쉬드의 얼굴이 딱딱하게 굳어졌다.

"꼭 피를 봐야겠다는 말이냐?"

"필요하다면."

두 사람이 대화를 나누는 동안에도 성으로 진입하는 용병들의 수는 점점 늘어 헤르난 측 용병들을 압박하기 시작했다. 헤르난 측 용병들은 조금씩 내성 쪽으로 물러나기 시작했다.

그 모습에 굳어졌던 아쉬드의 얼굴이 다시 펴졌다.

"네 녀석이 그걸 원한다면 내 그렇게 만들어주지. 전군, 공격 준비!"

"와~ 와~!"

엄청난 함성이 밤하늘에 울려 퍼졌고, 용병들은 금방이라도 상대를 향해 달려들듯 흥분하기 시작했다.

자신만만한 미소를 짓고 있는 아쉬드를 바라보던 헤르난은 오웬의 신호에 피식 웃음을 터뜨렸다.

"아무래도 오늘 저녁은 내가 불리한 처지에 놓인 것 같군. 하지만 모든 것이 끝난 것은 아니니 너무 자만하지는 말기 바라오. 그럼 다음에 다시 봅시다."

헤르난의 말에 아쉬드와 카멜이 이상함을 느끼는 순간 헤르난과 왕자들이 서 있던 공간이 순식간에 일그러지는 것을 깨달았다.

"텔레포트!"

워프에 비해 비교적 단거리 공간 이동 스펠인 텔레포트 시동어가 들리는 순간 헤르난을 비롯한 왕자들의 모습이 사람들의 시야에서 감쪽같이 사라졌다.

전혀 예상하지 못한 상대의 반응에 아쉬드는 그저 멍하니 바라보고 있을 뿐이었다. 도망을 가다니…… 꿈에도 생각하지 못했던 일이었다.

반면 카멜은 헤르난 곁에 서 있던 노인이 바로 그 문제의 마법사라는 것을 깨닫고는 너무 안일하게 대처한 자신을 탓하지 않을 수 없었다.

두 사람이 잠시 멈칫하고 있는 사이 헤르난 측 용병들은 빠르게 내성 쪽으로 물러나기 시작했다.

재빨리 정신을 차린 카멜이 내성 주위를 포위하게 했을 때는 대부분의 용병들이 내성 안으로 대피한 후였다. 그 모습에 카멜은 어이가 없으면서도, 상대가 무슨 함정을 판 것은 아닐까 하는 생각에 찜찜한 마음이 드는 것은 피할 수 없었다.

"헤르난! 마지막 경고다! 더 이상의 반항은 용납하지 않겠다. 지금 즉시 항복해라!"

아쉬드의 고함 소리는 누구든 알아들을 수 있을 정도로 컸지만 그에 화답하는 소리는 들리지 않았다.

잠시 내성을 노려보던 아쉬드는 곁에 있던 카멜에게 지시를 내렸다.

"단장, 어떻게 하는 것이 좋겠소?"

"내성과 외성 모두를 완벽하게 포위한 상태입니다. 그러니 적의 도주는 신경 쓰지 않으셔도 될 겁니다. 시간을 두고 천천히 적을 제압하시는 것이 좋을 듯합니다. 그렇지 않으면 사상자가 꽤 발생할 것 같습니다."

"그러니까 단장의 말은 무리하게 진압하지 말라는 말이오?"

"그렇습니다, 전하."

"단장, 그렇다고 언제까지 지켜보고만 있을 수는 없는 일 아니오. 일단 저들의 반응부터 알아봅시다. 몸이 날랜 자들을 뽑아 공격하도록 하시오."

헤르난의 지시에 즉시 100여 명의 용병이 차출되었고, 그들은 곧 삼삼오오 나뉘어 내성을 향해 달려가기 시작했다.

휙~ 휙~ 휘리리릭~

순간 내성의 창을 통해 수백 발의 화살이 소나기처럼 쏟아졌다.

파파파팍!

수백 발의 화살이 꽂혀 있는 내성 앞 지면의 모습은 살벌하기 이를 데 없었고, 내성으로 진입하려던 용병들은 황급해 뒤로 물러서야만 했다.

"무슨 꿍꿍이가 있어 저러는 거지? 식량 창고도, 무기고도 없는 주제에 무엇으로 버틸 셈이지?"

혼잣말처럼 중얼거리는 아쉬드의 말에 카멜도 이해가 되지 않는지 고개를 갸웃거렸다.

일반적으로 성의 구조상 내성과 외성 중간 지점에 식량 창고와 무기고를 만드는 것이 보통이었다. 그런 점은 이미 성에 진입했을 때 다른 성과 같음을 자신이 직접 확인했다. 그럼에도 저들은 내성으로 들어가 항전을 하고 있는 것이다.

그들이 노리는 것은 무엇인가?

자신들에게 절대적으로 불리함에도 불구하고 왜 내성으로 몸을 피한 것이란 말인가? 내성으로 피신하면 자신들에게 대항할 무슨 방법이라도 있단 말인가?

자신이 전혀 예상하지 못한 쪽으로 반응하는 적의 행동에 카멜도 머리가 아프지 않을 도리가 없었다.

"형, 일단 적들은 도망갈 곳이 없잖아. 새벽에 움직이느라 피곤할 테니 병력을 쉬게 하고 형도 좀 쉬는 게 어때?"

"형, 내가 생각해도 그게 좋을 것 같아."

자신들에게 유리한 상황으로 일단락되었다고 생각했는지 근처에 있던 왕자들이 한마디씩 거들었다. 또 그런 생각은 아쉬드 역시 마찬가지였다.

"단장의 생각은 어떻소?"

"전하들의 말씀에도 일리가 있습니다. 그럼 전하들은 이만 쉬도록 하시지요. 제가 경계를 강화시키면서 혹시 감춰진 도주로가 있는지 살펴보겠습니다."

"음~ 알았소. 그럼 단장이 수고해 주기 바라오."

"걱정하지 마십시오, 전하."

왕자들이 외성에 있는 병사들의 숙소용으로 만든 건물로 향하는 모습을 본 카멜은 용병들에게 조금은 이른 아침 식사를 하도록 지시를 내리고는 식사 후 병력을 셋으로 나눠 교대로 취침을 하도록 명령했다. 그리고 자신은 몇몇의 용병과 함께 주위를 정찰했다.

그가 가장 먼저 가본 곳은 두 개의 무기고였다.

성의 규모에 맞게 그리 크지는 않았지만 제법 단단한 건축 구조를 가지고 있었다. 한발 앞서 무기고의 문을 열기 위해 달려갔던 용병 둘은 얼굴이 벌겋게 변하도록 힘을 썼지만 무기고의 문을 열 수 없었다.

"바보 같은 놈들, 그따위 문 하나 열지 못하고 뭣들 하고 있는 거냐?"

"저어~ 단장님, 문의 구조가 안과 밖에서 따로따로 잠글 수 있게 되어 있는 모양입니다. 꼼짝도 하지 않습니다."

"이중 구조? 으음~ 저리 비켜라. 체일 라이트닝!"

카멜의 손에서 뻗어져 나간 눈이 아릴 정도의 번개는 굳게 닫힌 무기고의 문을 향해 날아갔다.

쾅!

폭음과 함께 무기고의 문은 박살이 나며 사방으로 먼지와 나뭇조각들이 날아갔다. 어느 정도 흙먼지가 가라앉자 카멜과 용병들은 무기고 안으로 진입했고, 들고 있던 횃불로 무기고 안을 확인했다. 그러던 그들의 눈은 곧 실망으로 가득 찼다.

그도 그럴 것이 무기고 안에는 잡동사니만 가득 차 있을 뿐이었다.

반으로 부러진 검과 잔뜩 녹이 슨 무기들, 찢어지거나 구멍이 뚫려 전혀 쓸모없는 각종 갑옷과 방패들, 찌그러진 취사 도구나 부서진 가구 등이 무기고 안을 채우고 있었다. 아마도 무기고를 창고 대신 사용하고 있었던 모양이다.

실망감을 감추지 못하던 카멜과 용병들은 다음 무기고로 이동했지만 그곳의 사정도 조금 전 보았던 무기고와 다를 바가 없었다. 그것을 발견한 카멜은 갖가지 상념이 머리 속을 떠나지 않았다.

무기고의 실상이 이렇다는 것은 저들이 변변한 무기도 없이 싸우고 있다는 것을 뜻하는 것인가? 여유분의 무기도 없이 어떻게 전쟁을 수행할 수 있단 말인가? 아무리 전쟁에 대해 알지 못하는 왕자들이라고 하더라도 이렇게 기본적인 것도 생각하지 못하는 어리석은 사람들은 아니란 생각이 들었다. 동시에 자신들의 비밀 병기였던 골렘을 상대할 수 있을 정도로 준비가 철저했던 사람들이 여유분의 무기도 없이 자신들과 싸우지는 않았을 것이다.

혹시 군자금이 부족해 여유분의 무기를 갖추지 못한 것은 아닐까 하는 생각이 들자 카멜은 그것이 가장 합당한 판단이라고 스스로 결론을 내렸다. 아니라면 무기고가 텅텅 비어 있는 것을 설명할 근거가 없었다.

"식량 창고로 가자."

카멜의 말에 용병들이 앞장을 섰고, 그들은 곧 무기고보다는 커다란 건물 앞에서 걸음을 멈췄다. 몇 명의 용병이 식량 창고의 문을 열려고 했지만 역시 무기고와 마찬가지로 문은 굳게 닫혀 있었다.

은근히 화가 치민 카멜은 파이어 스트라이크로 창고의 문을 날려 버린 후 창고 안으로 들어섰다. 식량이 상함을 방지하는 식량 창고 특유의 서늘함을 느낄 수 있었지만 당연히 쌓여 있어야 할 식량은 전혀 발견할 수 없었다. 성에가 잔뜩 끼어 있는 창고의 벽돌을 노려보던 카멜은 점점 더 불길한 생각이 드는 것을 더 이상 감출 수 없었다.

"식량 창고가 더 없느냐?"

"하나가 더 있긴 했지만 그곳은 성을 점령하면서 이미 살펴봤는데 텅 비어 있었습니다."

"말도 안 되는 소리 하지 마라. 식량이 하나도 없다니? 저들이 그럼 식사를 하지 않아도 되는 존재란 말이냐? 살아 있는 사람이라면 당연히 먹어야 하고 저렇게 많은 사람들이 먹을 양이라면 그 양도 어마어마해야 하는 것이 당연한데 어떻게, 그리고 무슨 이유로 식량 창고가 비어 있는 것이야?"

카멜이 신경질적으로 말을 내뱉었지만 그의 말에 대답할 수 있는 용병은 단 한 사람도 없었다. 물론 카멜도 무슨 대답을 듣길 원해서 그런 말을 한 것은 아니었다. 그 말이라도 하지 않으면 답답하고 불안한 마음을 견딜 수 없을 것 같기에 그런 행동을 했을 뿐이다.

"참, 우리가 아까 성으로 잠입하는 과정에서 잡은 포로가 있느냐?"

"예, 부상을 입은 용병이 몇 명 있습니다."

"그 녀석을 당장 내 앞으로 끌고 와라."

카멜의 명령에 잠시 후 부상을 입은 두 명의 용병이 끌려왔다. 한 사람은 복부에 상처를 입고 있었고, 다른 한 사람은 비교적 경상이었다.

자신을 노골적으로 노려보는 용병의 눈초리가 마음에 들지 않았지만 우선 자신이 궁금히 여기는 것부터 물었다.

"여기가 너희의 식량 창고가 맞느냐?"

"그렇소."

"그렇다면 이곳이 왜 이렇게 텅 비어 있느냐?"

"나는 경비 담당이라 잘 모르겠소."

퉁명스러운 용병의 대꾸에 카멜은 울컥하고 뭔가가 치밀어 올랐지만 애써 억누르며 계속 질문을 했다.

"아무리 경비 담당이라도 자기 부대에 식량이 있는지 없는지 정도는 알 수 있을 것 아니야? 죽고 싶지 않다면 당장 네가 알고 있는 것을 모두 털어놓도록 해라."

"그럼 포로인 우릴 죽이겠다는 거요? 용병계의 관례를 깨고 말이오."

"닥쳐라! 네놈은 그저 내가 묻는 말에만 대답하면 되는 것이다. 건방지게 관례를 따지지 마라!"

카멜의 싸늘한 말에 잠시 입술을 깨물며 울분을 삭이던 용병은 곧 대답했다.

"좋소, 내가 아는 것을 모두 말할 테니 이 친구의 상처를 치료해 주시오."

주제넘게 자신에게 조건을 내거는 용병의 태도에 카멜은 다시 한 번 살기가 치밀어 올랐지만 애써 참았다. 그리고는 옆에 있던 용병에게 턱짓을 했다.

카멜의 지시에 중상을 입은 용병을 데리고 가는 모습을 지켜보던 용병은 곧 입을 열기 시작했다.

"내가 알기로 식량 보급은 이상없이 이루어져 왔소. 조금 전에도 말했다시피 보급 담당이 아니라서 식량 보급이 어떻게 이루어지는지 자세히 알 수는 없지만, 지금껏 굶어본 적은 한 번도 없소."

"그렇다면 무기의 수리나 지급은 어떠냐?"

"그 역시 수리나 지급 신청을 하면 곧바로 이루어졌기에 한 번도 그에 대해 신경을 써본 적이 없소."

비록 용병이 자신이 아는 바를 이야기했다고는 하지만 그의 이야기는 들으나마나한 소리였다. 하지만 몇만 명이 먹어야 할 식량의 양은 부피만 해도 어마어마할 텐데 그것을 식량 창고에 보관하지 않았다면 누구든 쉽게 그것을 발견할 수 있었을 것이다.

그럼에도 식량이나 무기에 대해 모른다고 일관하는 용병의 뻔뻔한 태도에 카멜은 치미는 분노를 억누르며 물었다.

"그렇다면 헤르난 왕자를 비롯한 용병들이 내성으로 들어간 이유가 무엇이냐?"

"그것 역시 난 모르겠소. 하지만……."

챙!

용병의 모르겠다는 말에 카멜은 더 이상 참지 못하고 롱 소드를 뽑아 들었다. 그리고는 단숨에 상대의 목을 날려 버리려 했다. 그러나 그의 마지막 말이 귀에 거슬렸다.

"하지만 뭐냐?"

"상황이 불리해지면 내성으로 피신하라고 했소. 몸을 피할 방법이 그곳에 있다고 했소."

"몸을 피할 방법이 있다고?"

"그렇소. 어떤 방법인지는 모르지만 틀림없이 그렇게 들었소. 이건 그냥 소문으로 떠돌던 말인데……."

"뭐냐?"

"내성에서 밖으로 통하는 비밀 통로가 있다는 말을 들은 적이 있소."

"비밀 통로?"

용병의 말을 듣는 순간 카멜은 아차 하는 생각이 들었다.

저들이 아무런 생각도 없이 무조건 내성으로 후퇴한 것이란 생각은 하지 않았지만 설마 비밀 통로를 준비하고 있을 것이라고는 조금도 생각하지 않았다.

"케산, 몇 명을 데리고 가서 확인해 봐라."

"알겠습니다, 단장님."

케산 역시 설마 저들이 비밀 통로를 만들어놓았을 줄은 상상도 못했기에 마음이 조급해졌다.

"가자."

케산의 말에 근처에 있던 용병들은 일제히 자신의 무기를 챙긴 채 그의 뒤를 따라 내성으로 향했다.

용병들을 독려해 내성을 감시하고 있던 루미녠은 자신의 오랜 동료인 케산이 일단의 용병들과 함께 달려오는 것을 발견하고는 뭔가 이상이 생겼다는 것을 직감했다.

"무슨 일이야?"

"혹시 내성에서 나온 사람은 없어?"

"아니, 아까 들어간 이후로 나온 사람은 없었어. 왜 그러는 건데? 무슨 일이라도 생겼어?"

"방금 포로에게 들었는데 내성의 지하에 밖으로 통하는 비밀 통로가 있다는 거야."

"뭐, 비밀 통로? 그럼 지금껏 아무 반응도 없는 게……."

"넌 오른쪽을 맡아, 난 왼쪽을 맡을 테니까. 일단 조사부터 해보자고."

케산의 말에 루미녠은 즉시 어느 정도 실력을 가진 용병들을 뽑아 조금씩 내성으로 전진했다. 적이 비밀 통로를 통해 퇴각했을지도 모른다는 말이었지 퇴각한 것이 밝혀진 것이 아니기에 그들의 전진은 조심스러울 수밖에 없었다.

내성에 거의 50미터쯤 다가갔을 때 루미녠은 내성이 텅 비었다는 느낌이 강하게 들었다. 물론 자신의 착각일 수도 있지만 내성 전체에서 전해지는 느낌 가운데 인간의 온기는 전혀 느껴지지 않았기에 과감하게 공격해 보기로 결심했다.

"조심해라! 파이어 스트라이크!"

루미녠의 손에서 만들어진 불덩이가 내성을 향해 일직선으로 날아가 창문을 박살 내며 실내에서 폭발을 일으켰다.

쾅!

폭음과 함께 불길이 밖으로 치솟아올랐지만 내성에서는 아무런 반응도 없었다. 다시 두 번의 파이어 스트라이크를 날렸지만 역시 반응은 없었다.

"전진!"

루미녠과 용병들이 내성 안으로 진입했을 때 그들이 발견한 것은 텅 빈 실내뿐이었다. 더구나 오랫동안 비어 있었는지 온기가 느껴지는 곳은 한곳도 없었다.

"빌어먹을, 이미 도주한 지 한참이 지났구나. 너, 너, 너는 지금 즉시 밖으로 가서 용병들을 불러와 수색을 하고, 나머지는 나를 따라 지금 즉시 샅샅이 수색을 한다!"

루미녠의 말에 용병들은 흩어졌고, 루미녠과 용병들은 내성 전체를 샅샅이 뒤졌지만 그들은 단 한 명의 적도 발견할 수 없었다. 다만 지하에서 어딘가로 뚫려 있었던 것으로 짐작되는 허물어진 통로의 흔적만을 발견한 것이다.

물론 그 사실을 알게 된 카멜은 분통을 터뜨렸지만 이미 적들은 도주한 후니 어쩔 도리가 없었다. 만약 아쉬드가 이 사실을 알게 된다면 당장 잠자리에서 뛰쳐나올 일이지만 일단 내일 아침까지는 말하지 않을 생각이었다.

"해산. 경계를 더욱 철저히 하도록. 나머지는 쉬어라."

케산의 음성에는 힘이 없었다.

아쉬드가 헤르난의 성을 차지한 지도 벌써 이틀이 지났다.

헤르난과 용병들이 비밀 통로를 통해 이미 도주한 후라는 것을 안 아쉬드가 미친놈처럼 날뛴 것은 말할 필요도 없는 일이었다.

카멜을 더욱 허탈하게 만든 것은 성안의 식수원으로 이용하던 샘이 점점 말라간다는 사실이었다. 더구나 땔감이 부족해 부서진 공성병기를 땔감으로 사용하는 시기이기에 카멜로서는 할 말이 없었다. 당연히 누구의 소행인지 말할 필요도 없는 일이었다.

성안에 남은 모든 나무로 된 물건들을 부숴 땔감으로 사용하고 있었지만 워낙 양이 적어 취사용으로만 사용해도 부족할 지경이었다. 적들이 어디에 있는지도 모르는 상황이니 땔감을 구하기 위해 함부로 밖으로 나갈 수도 없는 현실이었다.

성문을 뜯어 땔감으로 사용할 것인가를 심각하게 고민하고 있을 때 용병 중 하나가 기름이 가득 쌓여 있는 창고를 발견했다고 보고를 해왔다. 카멜의 뇌리엔 자신들이 이 성으로 올 때 자신들의 발길을 번번이 가로막았던 공격 아닌 공격을 떠올리며 안도의 한숨을 내쉴 수 있었다.

부하들에게 그 기름을 이용해 난방을 하도록 지시를 막 내렸을 때 카멜과 용병들은 눈이 멀 것 같은 섬광이 자신들을 덮치는 것을 깨달아야 했다.

번쩍!

쾅! 콰르르르~

*   *   *

"드디어 그곳을 발견한 모양이군요."

"그런데 저 폭발이 정말 5일 전에 만들어둔 파이어 볼 때문인가요?"

필립이 이해가 되지 않는 듯 고개를 갸웃거리자 오웬은 빙그레 미소를 지으며 고개를 끄덕였다.

"그렇습니다, 필립 전하. 대기 중에 퍼져 있는 마나를 일정한 방식으로 가공하면 파이어 볼을 만들 수 있습니다. 물론 이때 자신이 만들어낸 파이어 볼이 적에게 날아가는 동안 마나가 유지가 되어야 상대가 파이어 볼에 맞게 됩니다. 다시 말하자면 파이어 볼에 지속적으로 마나만 공급이 된다면 파이어 볼은 그 상태를 계속 유지할 수 있습니다. 그래서 만들어진 것이 폭발의 시기를 조절할 수 있는 딜레이드 파이어 볼입니다. 전 그 딜레이드 파이어 볼을 실드로 싸서 기름 창고의 바닥에 고정을 시켰습니다. 물론 실드엔 마정석을 이용해 계속 마나를 공급하게 만들었지요. 저들이 기름을 발견하고 그것을 사용하기 위해 기름을 퍼 올리는 순간 기름의 흔들림으로 마정석의 위치가 틀어지게 되고, 실드에 공급되던 마나가 끊어지게 되면서 실드가 사라지게 됩니다. 그 다음은 파이어 볼과 기름이 만나 엄청난 폭발을 일으키게 되는 것이지요."

오웬의 설명이 모두 이해되는 것은 아니지만 불과 기름이 만나 폭발이 일어났다는 말만은 쉽게 이해할 수 있었다.

지금 그들이 있는 곳은 성으로부터 3킬로미터 이상 떨어진 야트막한 야산이었다. 지대가 지대인만큼 이곳도 온통 바위와 돌뿐이었다. 하지만 이곳에서 확인이 가능할 정도로 폭발은 엄청났다.

많은 사람이 죽거나 다쳤을 것이란 생각에 필립은 가슴 한구석이 아팠다. 하지만 어차피 전쟁이란 것이 한 사람도 다치지 않은 채 끝낼 수 있다는 생각은 망상이라는 것을 잘 알기에 될 수 있으면 사상자가 적게 났으면 하는 생각을 잠시 동안 했다.

"피해가 어느 정도 일까요?"

"글쎄요. 폭발의 규모로 봤을 때 적어도 내성이 절반 이상 파괴되었을 가능성이 큽니다. 만약 저들이 내성을 이용하고 있었다면 피해가 상당할 겁니다. 더구나 식수와 땔감마저 떨어진 상황이니 아마 더욱 견디기 힘들 겁니다."

"계획을 세우기는 했지만 저렇게 폭발이 클 줄은 미처 예상하지 못했어요. 그저 건물만 파괴해 저곳에서 지낼 수 없게만 만들려고 했었는데……."

조금은 쓸쓸하게 들리는 필립의 말에 오웬은 쓴웃음을 짓지 않을 수 없었다. 죄책감을 느끼는 심정이야 이해할 수 있지만 어떻게든 살아남아야 하고, 무슨 수를 쓰든 이겨야만 하는 전쟁에서 이렇게 나약한 생각을 한다는 것 자체가 말이 안 되는 소리였다.

"저희가 후퇴를 하면서 내성의 모든 집기를 치워 버려 아마 내성에서는 지내기가 쉽지 않았을 겁니다. 따라서 사상자가 그렇게 많이 생기지 않았을 수도 있습니다."

절대 그럴 리 없을 것이란 생각을 하면서도 오웬은 자신이 살아온 삶의 몇 분의 일밖에 살지 못한 이 어린 청년을 달래는 수밖에 없었다.

"필립 전하, 이만 돌아가시지요. 성에서 폭발이 있었으니 아마 얼마

지나지 않아 탈영병들도 생길 것이고, 병력의 이동이 있을지도 모릅니다. 물론 그에 대한 대책은 이미 세워두었지만 혹시 모를 돌발 상황에 대비해서 다시 한 번 점검을 해야만 합니다."

"알겠습니다, 그라시아스님. 가시죠."

두 사람이 야산에서 내려오자 대기하고 있던 용병들은 두 사람에게 말고삐를 건네주었다. 두 사람이 말에 오르자 그들은 지체없이 약 3킬로미터쯤 떨어져 있는 자신들의 진영을 향해 전속력으로 말을 몰았다.

사실 오웬은 이곳으로 오기 전까지만 해도 전혀 말을 탈 줄 몰랐다. 웬만한 거리는 마법을 이용해 이동했고, 장거리 여행은 마차를 이용했기 때문에 말을 탄 필요가 없어 승마술을 익히지 않았던 것이다. 그런데 아이러니하게도 이곳에 와서 제국의 왕자들을 도우며 말타는 법을 익히게 된 것이다.

그들이 진영에 도착하자 연락을 받고 미리 나와 있던 왕자들이 그들을 반갑게 맞이했다.

"어서 오십시오, 그라시아스님."

"이렇게 나와 계시지 않아도 되는 일인데…… 환영해 주셔서 감사합니다."

"별말씀을 다하십니다. 날이 추우니 일단은 안으로 들어가서 이야기를 하도록 하시지요."

헤르난의 말에 수뇌부들은 모두 회의실 대용으로 세운 천막 안으로 들어갔다.

"필립과 그라시아스님은 직접 확인하셨겠지만 필립과 유리, 그리고 그라시아스님께서 마련한 작전이 성공했습니다. 조금 전 성을 감시하던 다섯 곳의 용병들이 보내온 보고가 일치하는 것으로 봐서 저들은 상당한 타격을 받은 것으로 예상이 됩니다. 우리가 세운 계획대로라면 저들이 성에서 나올 때까지 기다리는 것입니다만, 혹시 다른 의견이 있는 사람은 의견을 제시해 주시기 바랍니다."

"이건 내 생각인데 정찰조를 좀 더 운영해 아쉬드 형의 피해 정도를 알아보고 며칠 후 우리가 먼저 공격을 해보는 것은 어떨까? 지금 상태도 견디기 힘들겠지만 식량과 난방에 필요한 연료를 구할 수 없는 며칠 후가 되면 사기는 말할 필요도 없고, 탈영하는 자가 생길 테니까 말이야."

"으음~ 우리가 먼저 공격을 하자는 의견에 대해 어떻게 생각하십니까?"

"난 개인적으로 루이스의 의견에 찬성해. 용병들은 기사가 아니잖아. 아무리 돈을 받고 대신 전쟁을 치르고는 있지만 굶어가며, 또 추위에 떨어가며 아쉬드 형을 지키려고 하지는 않을 것 같아."

"그건 나도 부케인의 의견에 찬성해. 다만 얼마나 피해를 입었는지 모르니까 피해 규모를 알기 위해서라도 탈영하는 자들을 잡아 알아봐야 할 것 같아."

유리마저 루이스의 의견에 찬성하자 남은 사람들도 대부분 루이스의 의견에 찬성하는 분위기였다.

돌발 상황이 발생해 이쪽으로 몸을 피하기는 했지만 자신들에겐 난방과 취사를 할 수 있는 충분한 양의 연료를 가지고 있었고, 또한 식수마저 풍부했기에 며칠을 기다리는 것은 일도 아니었다.

예상보다 하루 이틀 정도 당겨지기는 했지만 시간만 차이가 났을 뿐 상황 자체는 자신들이 의도했던 대로 흘러가고 있었다. 이런 상황에서 무리해서 공격할 필요가 있을까 하는 생각을 떨쳐 버릴 수 없었다. 더구나 예상치 않았던 반격을 받아 전력에 손실이라도 생긴다면 큰 낭패가 아닐 수 없었다. 더 나아가 만약 패배라도 하게 된다면 천추의 한이 될 수도 있는 일이었다.

하지만 피해를 얼마나 입었을지 모르는 적을 방치했다가 그들이 회복해 오히려 반격을 당할 수도 있는 일이었기에 헤르난으로서는 쉽게 결정을 내릴 수 있는 문제가 아니었다.

"크리스토퍼 단장, 단장의 생각은 어떻소?"

"상당한 타격을 입었을지도 모르니 조금은 시간을 두고 지금처럼 감시를 철저히 하는 것이 어떻겠습니까? 물론 지금 당장에라도 그들을 공격할 수도 있겠지만 지금까지의 제 경험으로는 시일이 지나면 지날수록 적의 기세는 꺾일 수밖에 없을 것 같습니다. 루이스 전하의 말씀대로 지금 기습하는 것도 좋은 방법이지만 우리 측 피해를 조금이라도 줄이고 승리할 확률을 높이려면 시일을 두는 것이 좋을 듯합니다."

"필립, 네 생각은 어떠냐?"

나름대로 죄책감을 가지고 있던 필립은 헤르난이 부르는 소리에 깜짝 놀라 고개를 들었다.

"예? 형, 뭐라고 했어?"

"공격하는 시기가 언제쯤이 좋겠냐고 물었다."

"공격 시기? 아~"

그제야 헤르난이 한 말을 알아들은 필립은 잠시 생각하다 곧 자신의 의견을 말했다.

"내 생각으로는 공격 시기를 조금 늦추는 것이 좋을 듯한데……."

"특별한 이유라도 있느냐?"

"내 생각을 말하라면…… 오늘 성에서 큰 폭발이 있었잖아. 사상자도 당연히 발생했겠지. 그리고 그런 상황을 가장 정확하게 판단할 사람은 누구보다 용병들일 것 같아. 탈영병들이 많다면 상황을 비관적으로 보는 것일 테고, 반대로 그렇게 많지 않다면 전력에 큰 손실을 보지 않았다는 뜻으로 해석할 수 있을 것 같아. 당연히 아직까지 자신들에게 유리한 상황이라고 생각을 했으니 남아 있는 것이겠지. 하지만 그들도 이런 추위에서 식사도 제대로 못하면서 버틸 수는 없을 것 같아."

"으음~"

필립의 말은 누가 들어도 타당해 보였다.

"필립의 의견대로 하든 루이스의 말대로 하든 우선은 적의 상태를 정확하게 알아야 한다는 결론이 나오는군. 이건 내 생각인데 이곳의 지형이 개활지이기 때문에 기습을 하기에 별로 용이하지 않다는 거야. 정보를 수집하려면 아직 시간이 조금 더 있으니 그동안 더 좋은 방법이 있는지 생각을 해보자."

헤르난의 말에 다른 왕자들도 고개를 끄덕였다.

*　　　　*　　　　*

성에서 폭발이 있고 이틀이 더 지났다.

성에서부터 약 1킬로미터쯤 떨어진 곳에 은밀히 잠복을 하고 있는 용병들이 있었다. 그들은 땅을 파고 들어가, 감시할 수 있는 틈을 제외하고는 철저하게 매복을 하고 있어 낮이라고 해도 쉽게 발견되지 않을 정도로 은밀했다.

"언제까지 이러고 있어야 하는 거지?"

"난들 아나? 그것보다 자식들, 제대로 먹지도 못할 텐데 용케도 도망을 안 갔군."

"글쎄 말이야. 나 같았으면 예전에 도망을 갔겠다."

"수정 구슬에도 아무것도 표시된 것이 없는 걸 보면 오늘 밤도 그른 모양이야."

"어차피 잠자기는 틀렸으니 누가 재미있는 이야기나 좀 해봐."

아무것도 보이지 않는 어두운 구덩이 안에 웅크리고 앉아 있던 용병 가운데 누군가의 말에 한 용병이 자신에게 있었던 과거의 무용담을 약간의 과장을 섞어 늘어놓기 시작했다.

그의 무용담은 한동안 이어졌고, 나름대로 심각하게 듣고 있던 용병 중 한 명이 갑자기 동료들에게 주의를 주었다.

"쉿! 수정 구슬에 뭔가가 표시됐어."

그의 말에 놀란 용병들이 수정 구슬로 시선을 돌렸을 때 표면에 작고 밝은 네 개의 푸른 점이 모여 있었고, 조금 떨어진 곳에 세 개의 붉은 점이 찍혀 있는 것이 보였다.

"탈영하려는 녀석들일까?"

"그거야 모르는 일이지. 혹시 주변을 정찰하기 위해서 나온 녀석들일지도 모르잖아. 빨리 연락해."

"잠깐 기다려."

잔뜩 소리를 죽여 대답한 용병은 품에서 손바닥만한 쇳조각을 꺼내 들었다. 쇳조각의 표면에는 기하학적인 기호와 원들이 그려져 있었다. 자신의 마나를 집어넣자 미미하게 쇳조각이 진동을 일으키는 것이 느껴졌다.

한동안 마나를 집어넣던 용병은 약속된 시간이 지나자 보내던 마나를 끊고는 다시 쇳조각을 품에 집어넣었다.

"연락을 했으니까 누군가 알아서 처리하겠지."

"그건 그렇고…… 정말 이번 전쟁에서 우리가 이길 수 있을까? 아쉬드 왕자가 성에서 된통 당했다고는 하지만 그가 거느린 용병들이 1, 2만 명이 아니잖아. 내가 생각할 때는 쉽게 포기하지 않을 것 같아."

"웃기는 소리 하지 마. 그 자식들은 안 먹고도 싸운다더냐? 게다가 지난 며칠 동안 난방도 안 돼 추위에 떨었을 텐데 우리와 싸울 힘이나 있겠냐? 난 우리 헤르난 왕자님이 이길 거라고 확신한다."

"뭐? 우리 헤르난 왕자님? 쳇! 웃기고 있네. 야, 임마. 넌 헤르난 왕자가 진짜 우리 같은 용병들을 친구로 여길 거라고 생각하는 거냐? 다 헛소리야, 임마."

"아무래도 상관없어. 그래도 헤르난 왕자님 말고 누가 우리들을 친구라고 불러줬냐? 설사 황제가 돼서 우리를 잊는다고 해도 좋아. 난 그분을 친구로 생각할 테니까. 그리고 일전에 마스터께서 하신 말씀이 있잖아. 우리가 황제를 만든다고 말이야. 난 내 손으로 지켜준 분이 황제가 되는 모습을 꼭 보고 말 거야."

빈정거리던 용병들도 그의 마지막 말에는 아무 소리도 못했다.

달빛도 구름에 가려 칠흑 같은 어둠이 깔린 대지 위를 가로지르는 세 개의 검은 그림자가 있었다. 쩔뚝거리는 중앙의 인물을 양쪽 사람들이 어깨동무를 해 부축하며 천천히 이동하고 있었다.

"크윽!"

참을 수 없는 고통이 치미는지 부축을 받던 중년 용병의 입에서 신음이 흘러나왔다.

"고통스럽더라도 조금만 참게. 어떻게든 지금은 성에서 멀리 떨어지는 것이 중요하네."

"맞아. 그렇지 않으면 우리 모두 탈영한 죄로 목숨을 잃게 될지도 몰라."

"크윽~"

동료들의 말에 걸음을 옮기고는 있었지만 치미는 고통만큼은 정말 참기 힘들었다. 부러진 다리에 부목을 대고 고정시키기는 했지만 워낙 허술하기 이를 데 없는 응급 처치라 부러진 다리에선 계속적으로 고통이 전해졌다.

그렇게 동료의 부축을 받아 10여 미터쯤 가던 중년 용병은 더 이상 걷지 못하고 그 자리에 쓰러지듯 주저앉고 말았다. 가쁜 숨을 몰아쉬는 그의 모습에 동료들은 무리를 해서라도 계속 가야 한다는 말을 도저히 꺼낼 수 없었다.

거의 동시에 지면에 주저앉은 두 중년 용병은 주위를 둘러보았지만 보이는 것은 오직 어둠뿐이었다. 어둠을 뚫어볼 능력이 없는 그들이기에 10여 명의 검은 그림자들이 소리도 없이 자신들에게 다가오는 것을 알 리 없었다.

"많이 아픈가?"

"아니네. 차, 참을 만하네."

동료의 질문에 중년 용병은 추운 날씨임에도 불구하고 식은땀을 흘리며 고개를 저었다.

"고통스럽더라도 조금만 더 참게. 이곳만 벗어나면 곧 치료할 수 있을 것이네."

동료의 말에 고개를 끄덕이기는 했지만 그도 잘 알고 있었다. 적어도 도움을 받을 수 있는 곳까지 가려면 며칠을 더 가야 한다는 것을 말이다.

중년 용병이 동료들의 도움을 받아 막 자리에서 일어나려고 할 때였다.

"부상을 입은 몸으로 그렇게 무리를 했다간 그 다리를 잘라야 할지도 몰라."

갑자기 들려온 음성에 두 용병은 심장이 입 밖으로 튀어나올 정도로 놀랐다.

"누, 누구냐?"

"어서 모습을 보여라!"

챙! 챙!

비록 빠른 동작으로 자신들의 무기를 뽑아 들기는 했지만 역시 보이는 것은 어둠뿐이었다.

"여기서 싸우는 소리가 들리면 불리한 쪽은 그쪽이 아닐까? 몇 가지 물을 것이 있는데 그 대답만 해준다면 털끝 하나 건드리지 않고 보내주지. 부상당한 저 친구도 치료해 주고 말이야. 어떻게 할 텐가? 순순히 협조를 하겠나? 아니면 우리가 그렇게 만들어줄까?"

음성이 천천히 다가오는 것을 느낀 두 용병은 침을 삼키며 무기를 잡은 손에 더욱 힘을 주었다. 하지만 다가오는 그림자가 하나가 아닌 10여 개에 달한다는 것을 깨닫고는 힘이 빠져 자신도 모르게 검을 내리고 말았다.

세 사람을 포위한 검은 그림자 가운데 앞으로 나선 두 사람을 발견한 용병은 깜짝 놀란 표정을 지었다.

"당신은 티오네스의 미소?"

동료의 놀라는 모습에 나타난 사람을 유심히 살피던 용병은 뜻밖에도 상대가 여인임을 깨달을 수 있었고, 자신도 아는 얼굴임을 곧 확인할 수 있었다. 판클라치온 대회에서 폭발적인 인기를 끌었던 아름다운 여인, 바로 셀이었다.

두 사람이 놀라고 있을 때 셀은 부상자에게 다가가 그의 상처를 살폈다. 부상을 당한 중년 용병 역시 놀란 얼굴을 하고 있을 뿐 그 자리에서 꼼짝도 못하고 있었다.

부목을 떼고 상처를 유심히 살피던 셀은 곧 환한 미소를 지었다.

"다행히도 지금이 겨울이라 상처가 덧나지는 않은 것 같군요. 정말 다행이에요. 운디네."

셀의 소환에 운디네가 곧 모습을 드러냈다.

"이분의 상처를 좀 씻어줘."

운디네는 곧 가는 물줄기로 변해 중년 용병의 상처를 깨끗하게 씻어주었다. 상처가 깨끗해진 것을 확인한 셀은 곧 치료 스펠을 캐스팅했다.

"힐링!"

셸의 양손에서 빛나던 밝은 푸른 빛은 곧 중년 용병의 부러진 다리로 스며들었다. 잠시 후 빛이 모두 사라지자 셸이 미소를 지으며 입을 열었다.

"상처의 치료는 끝났어요. 하지만 부러진 다리가 완전하게 굳으려면 며칠은 더 지나야 할 거예요. 그냥 걷는 정도는 상관없겠지만 절대 무리하지 않도록 하세요."

셸의 미소에 정신을 잃고 있던 중년 용병은 그녀의 말에 조심스럽게 다리를 움직여 보았다. 그러나 번개가 온몸을 관통하는 듯한 통증은 더 이상 느껴지지 않았다.

자신도 모르게 자리에서 벌떡 일어선 용병은 셸을 향해 감사의 인사를 했다.

"정말 감사합니다, 티오네스… 의 미소."

감사의 인사를 하려던 용병은 그제야 자신이 그녀의 이름을 모른다는 사실을 깨닫고는 어색한 표정으로 그녀의 별명을 불렀다. 그런 용병의 태도에 셸은 그저 미소로 화답할 뿐이었다.

그 광경을 지켜보던 쟌은 멍한 표정을 짓고 있는 두 용병에게 말을 걸었다.

"어이, 이봐. 저쪽 일은 대충 끝난 것 같으니 이젠 우리의 일을 처리해야 하지 않겠어?"

"휴우~ 동료를 치료해 주어 정말 감사드리오. 미리 말하지만 나나 이 친구는 아는 것이 별로 없소. 그래, 뭘 묻고 싶은 거요?"

"이틀 전에 있던 폭발 때 몇 사람이나 다친 거지?"

쟌의 질문을 들은 두 용병의 얼굴에 순간 어두운 그림자가 드리워졌다.

"우리가 성을 차지하기는 했지만 난방을 할 연료가 턱없이 부족했소. 그런 탓에 바람이라도 피하자는 생각에 용병들은 모두 건물 안에서 잠을 청했는데 바로 그때 그 저주받을 폭발이 일어난 거요. 춥고 배고픔에 지친 우리는 속수무책으로 무너지는 건물의 잔해에 깔릴 수밖에 없었소. 어떻게 그렇게 엄청난 폭발이 일어난 것인지 알 수는 없지만, 그 폭발 때문에 거의 2만에 가까운 사상자가 발생했소."

"2만? 지금 2만이라고 했나?"

"그렇소. 건물에 깔리고, 날아드는 파편에 다치고, 무너진 잔해가 옆 건물을 덮치고…… 나도 지금껏 꽤나 험한 일을 많이 겪었다고 생각했었는데 그때의 광경만은 두 번 다시 생각하고 싶지 않을 정도로 정말 끔찍했었소. 지금 와서 생각해 봐도 정말 신의 가호가 함께했던 것 같소."

"왕자들도 다쳤나?"

"아니오. 그분들은 성을 장악하고 숙소를 외성에 정했기 때문에 다치지는 않은 것으로 알고 있소."

"이렇게 도망치는 이유가 뭔가?"

"이미 봤다시피 친구가 부상을 입었는데 저렇게 어설픈 응급 처치가 전부였소. 게다가 이런 추위에 식사를 만들 연료조차 없어 가지고 온 식량을 생으로 씹어 먹는 것도 싫고, 무엇보다 물을 마실 수 없어 너무나 고통스럽기에 도망칠 생각을 한 거요. 미안하지만 물을 가진 것이 있다면 우리에게 좀 나눠 줄 수 없겠소?"

용병의 말에 쟌의 뒤쪽에 서 있던 조나단이 몇 사람의 가죽 수통을 거두어 그에게 넘겨주었다. 용병은 수통을 받아 들자마자 게걸스럽게 물을 마시기 시작했다.

그 모습을 바라보던 조나단은 씁쓸한 표정을 지으며 고개를 저었다. 아무리 칼끝에 목숨을 매달고 사는 인생이라고는 하지만 저렇게 기가 죽은 모습은 본 적이 없었다.

"가자."

쟌의 말에 일행은 다시 어둠 속으로 사라졌고, 그런 그들의 뒷모습을 바라보는 용병들의 눈에 착잡함만이 어렸다.

"아무래도 헤르난 왕자가 황제가 될 것 같지?"

"글쎄, 그거야 두고 봐야 하지 않을까?"

"누가 이기든 우리와는 상관없잖아. 괜히 이곳에서 얼쩡거리다가 들키기라도 한다면 곤란해지니 어서 이 자리를 벗어나자고."

"휴우~ 하기야 누가 황제가 되든 우리와 무슨 상관이 있겠어. 그나저나 그 여자 정말 아름답지 않아? 난 보는 순간 숨이 멎는 줄 알았다니까."

"맞아, 그건 나도 마찬가지였어. 그렇게 예쁜 여자가 세상에 있을 줄은 상상도 못했다니까."

"바보 같은 녀석들, 하프 엘프치고 예쁘게 생기지 않은 엘프가 어디 있나?"

"뭐? 그 여자 하프 엘프였어?"

"그것도 몰랐나?"

"이봐, 어서 말해 보라니까."

"너희들도 그 여자가 판클라치온 대회에 나왔던 것은 알고 있지?"

"그야 당연하지."

"그때 헤르난 왕자에게 고용된 용병들에게 들었는데……."

70장

다시 대한제국으로…….

"지금 뭐라고 했소?"

"상당수의 용병들이 무단으로 성을 이탈하고 있다고 했습니다, 전하."

짜증이 날 정도로 태연한 얼굴로 용병들의 탈주를 알리는 카멜의 모습에 그는 뺨이라도 한 대 때려주고 싶었다.

"그래서 지금까지 얼마나 도망을 갔단 말이오?"

"지금까지 파악한 것으로는 6천이 약간 넘는 것 같습니다. 하지만 문제는 지금 이 시간에도 도주를 하려는 자들의 수가 적지 않다는 겁니다."

"그래서 어떻게 하자는 거요?"

"그것은 전하께서 결정하실 문제입니다. 이곳에서 계속 있을지, 아니면 우리의 성으로 후퇴를 해 정비한 다음 다시 헤르난 전하와 싸우시든지 말입니다. 다만 이곳에 계속 있을 경우 용병들을 탈주는 계속 이어질 겁니다."

"지금 날 협박하는 거요?"

"제가 그럴 리가 있겠습니까. 다만 현실이 그렇다는 것을 알려 드릴 뿐입니다."

그 대답이 아쉬드가 원했던 말이 아니라는 것을 알면서도 카멜은 여전히 무표정한 얼굴로 설명을 마쳤다.

"그래, 단장의 생각은 어떤 것이오? 이곳에 있어야 하오? 아니면 우리들의 성으로 돌아가야 하오?"

"제 생각을 물으시는 겁니까? 그렇다면 전 성으로 후퇴할 것을 권해 드리겠습니다."

"후퇴라……. 문제는 우리가 후퇴하는 것을 헤르난 녀석이 그냥 보고 있겠냐는 거요."

"그래도 후퇴를 해야 합니다. 이곳에 있는 시간이 길어지면 길어질수록 우리에게는 불리할 뿐입니다. 물론 전하의 말씀대로 중간에 기습을 받을 수도 있겠지만, 차라리 체력이 남아 있을 때 전투라도 벌여보고 패한다면 용병들도 납득을 할 겁니다. 하지만 이렇게 추위와 배고픔에 떨면서 체력이 떨어지게 된다면 헤르난 전하가 용병들을 이끌고 이곳으로 쳐들어왔을 때 그들과 싸우기는커녕 무기를 뽑을 힘조차 없을지도 모릅니다."

카멜의 말 가운데 전투에서 패한다는 말에 아쉬드의 눈썹이 꿈틀거렸지만 발작을 일으키지는 않았다. 자신이 생각해 봐도 카멜의 말이 타당하다는 것을 알기 때문이었다.

"우리가 이 성까지 오는 데 얼마나 걸렸소?"

"열흘 가까이 걸리긴 했지만 그것은 이곳의 위치를 정확하게 몰랐을 때의 일이고, 지금이라면 7일 정도라면 충분히 돌아갈 수 있을 겁니다. 게다가 중간엔 숲도 있어 식사와 난방을 해결할 수도 있을 테니 한시 바삐 이곳에서 퇴각하는 것이 좋을 것이라 생각됩니다."

"으음~"

아쉬드는 긴 한숨을 내쉬었다. 하지만 아무리 생각에 생각을 거듭해 봐도 지금 이곳에서 할 수 있는 일은 아무것도 없었다.

"하지만 우리에게는 부상자가 상당수 있지 않소? 단장이 말한 시간 안에 우리가 지나쳤던 숲에 도착할 수 있을 것 같지 않은데……."

"죄송합니다만 그들은 이동하는 병력에 포함시키지 않았습니다, 전하."

"그럼 단장은 그들을 버려두고 가자는 말이오?"

반문을 하는 아쉬드의 음성이 날카로웠다.

아쉬드 역시 용병들을 소모품으로 생각해 왔던 것은 사실이지만 그렇다고 살아 있는 부상자들을 버려두고 간다는 생각은 한 번도 해본 적이 없었다. 하지만 카멜의 표정을 조금 전과 조금도 달라진 것이 없었다.

"전하, 지금 상황을 똑바로 보시기 바랍니다. 작은 인정에 매달려 그들을 데리고 간다면 이동 속도가 형편없이 떨어지는 것은 말할 것도 없고, 그나마 건강했던 용병들의 체력도 곧 바닥을 보이게 될 겁니다. 또 이런 추위를 부상당한 용병들이 견딜 수 있을 리 만무합니다. 결국 부상자들과 함께 퇴각을 한다는 것은 그들을 죽음으로 몰아넣는 일이 될 겁니다. 이런 상황에서의 퇴각이라는 것은 위험하기 짝이 없는 일입니다. 전하, 냉정하게 생각하시고 행동에 옮기실 때라는 것을 잊지 마십시오."

카멜의 말을 들은 아쉬드는 아무리 생각을 해봐도 그의 말대로 부상자들을 데리고 이동한다는 것이 위험하다는 것을 인정하지 않을 수 없었다.

"지금부터 내가 묻는 것에 대해서만큼은 확실하게 대답을 해주기 바라오."

"말씀하십시오, 전하."

"우리가 부상자를 두고 퇴각했을 때 부상자 가운데 살아남을 수 있는 자들이 얼마나 될 것 같소?"

아쉬드의 질문에 카멜의 얼굴에 비록 잠시 동안이지만 어두운 그림자가 드리워졌다 사라졌다.

"아마도 절반, 혹은 그 절반 이하의 용병들만이 살아남을 수 있을 겁니다. 그것도 우리가 제때 그들에게 약과 식량을 공급했을 때의 일입니다."

"그렇다면 만 명에 가까운 부상자들이 모두 죽을 수도 있단 말이오?"

"그렇습니다. 일부 경상자들을 제외하고는 모두 목숨을 잃게 될 것으로 예상합니다."

"우리가 보유한 병력 가운데 2만에 가까운 병력을 제외하고도 헤르난 녀석과 전투를 벌이는 것이 가능하겠소?"

"좀 더 정확하게 말하자면 1만 7천입니다. 그들을 제외한다면 약 4만 8천 정도가 됩니다. 이전에 비하면 상당히 줄어든 병력이긴 해도 헤르난 전하가 거느리신 용병보다는 훨씬 많은 숫자입니다. 전면전을 벌인다고 하더라도 충분히 승산이 있습니다. 만약 헤르난 전하께서 상황을 오판해 섣불리 기습을 하신다면 후회하게 될 겁니다. 반드시!"

카멜의 끝말은 강한 자신감이 실려 있었다.

그 모습에 아쉬드는 아직도 자신에게 기회가 남아 있다는 생각이 들었다. 설사 기회가 남아 있지 않다고 하더라도 결코 여기서 포기할 생각은 손톱만큼도 없었다. 어떤 비겁한 수를 써서라도 결과적으로 승리하게 되면 그동안 발생했던 모든 문제를 황제가 되어 해결할 수 있다고 믿는 아쉬드였다.

"퇴각 시기는 언제로 정하는 것이 좋겠소?"

"용병들의 체력이 남아 있을 때 퇴각하는 것이 좋으니 지금 당장에라도 준비를 마치고 이동하는 것이 좋을 듯합니다."

"참, 동생 녀석들은 어디에 있기에 코빼기도 보이지 않는 것이오?"

"다른 전하들께서는 비교적 가벼운 부상을 입은 용병들을 치료하기 위해 프리스트들과 함께 움직이고 계십니다."

"그 녀석들이? 후후후, 이제야 자신들이 나와 하나로 묶인 운명 공동체라는 것을 깨달은 것인가? 어리석구나. 진작 깨달았다면 지금보다는 훨씬 나았을 것을……. 알았소. 마차를 준비해 주시오."

자리에서 일어나며 아쉬드가 한 말에 카멜은 어색한 표정을 지으며 대답했다.

"전하, 죄송하지만…… 마차를 끌 말들이 없습니다."

"말이 없다니? 그게 무슨 소리요? 이곳에 올 때까지만 해도 있었던 말이 갑자기 사라지기라도 했다는 거요?"

"사라진 것이 아니라 기력 회복을 위해 환자들에게 뭔가를 먹여야 했는데 저희가 가지고 있던 고기는 이미 소비한 후라 어쩔 수 없이……"

"난방용 연료도 없었을 텐데 대체 무엇으로 말고기를 익혀 먹었단 말이오?"

"날 것으로 먹었습니다."

카멜의 대답에 아쉬드의 눈살이 당장 찌푸려졌다. 성질대로 하자면 말고기를 먹은 용병 모두를 교수형이라도 시켜야 속이 시원하겠지만 이미 다 먹은 후인걸 어쩌겠는가?

"물론 전하들의 마차도 이미 땔감으로 사용되었기에 죄송하지만 전하들께서는 후방의 성까지 직접 걸어서 복귀를 하셔야 합니다."

쾅!

더 이상 분노를 참지 못한 아쉬드는 앞에 놓여 있던 탁자를 두 주먹으로 내려친 후 카멜을 노려봤다.

"지금 그걸 말이라고 하는 거요? 제국의 제1왕자인 내가 하찮은 용병들과 함께 걸어가야 한다는 거요? 그게 말이 되는 소리라 생각하오? 대체 단장은 그런 것 하나 감시하지 못하고 뭘 했단 말이오?"

"어쩔 수 없습니다, 전하. 상황이 상황인만큼 용병들이 살아 있어야 전투도 할 수 있는 것이고, 다음 기회도 노릴 수 있는 것 아니겠습니까?"

"알았으니 동생 녀석들에게도 이 사실을 알리고 용병들에게 이동 준비를 명하도록 하시오."

"알겠습니다, 전하."

카멜이 나가고 난 후 라이트 레더를 걸치려던 아쉬드는 불현듯 누구에겐지 모를 분노가 치밀었다.

제국의 제1왕자인 자신이 왜 이렇게 궁벽한 곳에서 추위에 떨고 있어야 하는 것인지, 왜 상황이 이렇게까지 어려워진 것인지, 또 도주한 용병들을 생각하면 할수록 치미는 분노를 견디기 힘들었다.

픽!

들고 있던 라이트 레더를 바닥에 힘껏 내던진 아쉬드는 이를 갈았다.

"헤르난, 이 모든 것이 너 때문이야. 네놈만 없었다면 황제의 자리는 간단히 내 손아귀에 들어오는 것인데…… 네놈 때문에, 이 모든 것이 네놈 때문에……."

아쉬드의 움켜쥔 주먹은 금방이라도 제 힘을 견디지 못하고 부서질 듯 부르르 떨리고 있었다.

*　　　　*　　　　*

히히힝~

말을 탄 이가 급박하게 말고삐를 잡아당기자 말은 두 다리를 번쩍 든 채 몇 번인가 투레질을 하고는 그 자리에 멈춰 섰다. 말의 목덜미를 두들겨 주며 말을 진정시킨 용병 복장의 사내는 말에서 내려 멀리 보이는 행렬을 주시했다.

"저렇게 무질서하게 늘어진 대열은 처음 보겠군. 저런 상태에서 공격을 받으면 속수무책으로 당할 텐데⋯⋯. 카멜 제이슨 단장도 저 대열 안에 있을 텐데 왜 저렇게 행군하는 것을 그냥 놔두는 것인지 모르겠군. 잘하면 그리 무리하지 않아도 괴멸에 가까운 타격을 줄 수 있겠군."

한동안 대열을 지켜봤지만 조금 전과 다를 바가 없자 사내는 다시 말에 올라 채찍으로 엉덩이를 사정없이 내려쳤다.

히히힝~

지면을 힘차게 박찬 말은 무서운 속도로 달려갔고, 사내는 자신의 본진이 있는 곳을 향해 말을 몰았다. 거의 전력으로 달려 40분 정도가 지나자 본진의 모습이 보였다.

일단의 용병들이 앞을 가로막았지만 손에 들고 있는 흰색 천을 발견하고는 즉시 길을 비켜주었다. 다시 5분 정도가 지나서야 사내는 헤르난 앞에 도착할 수 있었다.

말을 멈춤과 동시에 몸을 날려 헤르난의 앞에 무릎을 꿇은 사내의 기마술은 흔히 볼 수 있는 것이 아니었다.

"방금 정찰을 마치고 왔습니다, 전하."

"그래, 자네가 본 것을 덧붙이지도 말고 빼지도 말고 이야기해 보게."

"용병들의 대열은 상당히 흐트러져 있었고, 4만 내지 5만 명쯤으로 보였습니다. 용병들의 대열에 부상자로 보이는 사람은 없었습니다만 상당히 지친 듯 무척이나 천천히 이동하고 있었습니다. 우리가 전력으로 그들의 뒤를 쫓는다면 네 시간이 지나기 전에 따라잡을 수 있습니다."

용병의 말에 헤르난은 고개를 돌려 자신을 바라보고 있던 동생들을 바라봤다.

"지금까지 아쉬드 형의 진영을 정찰하고 온 일곱 명의 정찰조원의 보고 내용이 모두 같다. 어찌하면 좋겠느냐?"

"공격을 하는 것이 좋을 것 같아, 형."

"나도 유리 형 의견에 찬성이야."

"나도 찬성."

"형, 저도 찬성이에요."

필립마저 찬성을 하자 헤르난은 고개를 돌려 로고스가 서 있는 곳을 바라보았다.

"제가 알고 있는 제이슨 단장의 성격은 철두철미한 데다 규칙을 지치지 않는 것을 그냥 두고 못한다고 알고 있습니다. 그럼에도 불구하고 대열이 무질서하다고 표현할 정도라면 제이슨 단장의 통제가 제대로 이루어지지 않는 것을 증명합니다. 따라서 저 역시 공격하는 데 찬성합니다."

"허허허, 전하께서는 저에게까지 물어보시는 겁니까? 음~ 제 생각으로는 이 정도에서 용병들의 고통을 덜어주는 것도 괜찮을 것 같다는 생각이 드는군요. 지금 상황에서 가장 피해를 보는 사람들은 바로 용병들이 아니겠습니까? 또 지금 이동하는 대열 가운데 환자들이 포함되지 않았다면 결국 환자들은 돌의 성에 방치되고 있다는 말인데, 그들이 빨리 치료를 받을 수 있도록 하기 위해서라도 아쉬드 전하께 빨리 항복을 받아내는 것이 좋을 것 같군요."

오웬의 대답을 들은 헤르난은 마지막으로 쟌에게로 향했다.

"자네의 도움 덕분에 여기까지 올 수 있었네. 어쩌면 이 순간이 아마도 자네에게 의견을 묻는 마지막이 될지도 모르지. 자네의 생각은 어떤가, 쟌 가이야 부단장."

사람들의 시선의 일제히 자신에게 쏠리자 쟌은 약간 어색한 표정을 짓다가 곧 대답했다.

"제 판단을 묻는 것이라면 공격하는 데 찬성입니다. 신하들의 경험을 존중해 신중하게 의견을 수렴하시는 것도 좋지만 때로는 독선에 가까운 추진력이 필요할 때도 있습니다. 지금의 그 마음을 잊지 않으신다면 전하께서는 역대 제국의 황제 가운데 가장 뛰어난 황제가 될 수 있으실 겁니다."

쟌의 작별 인사와 같은 말에 잠시 이상한 생각이 들긴 했지만 헤르난은 곧 별일 아닐 것이라 생각하고 고개를 끄덕였다.

"자네의 충고 명심하도록 하지. 그리고 앞으로도 내 곁에서 충심 어린 조언을 부탁하겠네. 크리스토퍼 단장."

"하명하십시오, 헤르난 전하."

"지금 즉시 용병들에게 명령을 내려 빠른 시간 내에 이동할 준비를 마치도록 하시오. 목표는 하루 거리에 있는 붉은 숲의 입구요. 숲의 입구에서 매복한 채 아쉬드 군을 맞이할 것이고, 그곳에서 모든 것을 종결지을 거요."

"알겠습니다, 전하."

헤르난의 말에 로고스는 허리를 굽혀 대답을 하고는 부단장들을 불러 지시를 내리기 시작했다. 피욘느와 제론은 2천 정도의 용병들을 제외한 나머지 용병들을 둘로 나눠 각자 출발했다.

그사이 쟌은 조나단과 올리비에를 조금 한적한 곳으로 불러 자신 앞에 무릎을 꿇고 앉게 만들었다. 두 사람이 엉거주춤한 자세로 자리에 무릎을 꿇고 앉는 것을 보고는 그들 앞에 가부좌를 튼 채 앉아 평소와는 달리 근엄한 자세를 취했다.

"내가 너희들을 이렇게 부른 이유는 너희에게 당부하고 싶은 것이 있기 때문이다. 다름이 아니라 오늘 전투는 될 수 있으면 참가하지 말도록 해라. 그리고 일전에 내가 당부한 대로 카타리나 왕자비를 찾아가 종합 격투 아카데미를 열 수 있도록 도움을 받도록 해라. 그리고 내가 준 책을 서로 상의해 익히며 평생 동안 노력하고 또 노력해라. 내가 너희에게 하고 싶은 말은 이것이 전부다."

쟌의 심각한 태도에 내심 긴장했던 두 사람은 그의 당부가 일전에 들었던 내용과 다름이 없음을 깨닫고는 의아한 생각이 들었다. 그래도 나이가 많은 조나단이 뭔가를 느꼈는지 조심스럽게 입을 열었다.

"그럼…… 오늘 떠날 생각이십니까?"

"아마도 그럴 것 같다."

"마스터! 가긴 어딜 간신단 말씀이십니까? 무슨 일인지 모르지만 저희도 따라갈 수는 없는 겁니까?"

"휴우~ 너희들이 살 곳은 이곳이다. 내가 가려는 곳과는 다른 세상이지. 내가 바라는 것은 너희가 이곳에서 단단히 뿌리를 내려 우리 사문(師門)의 무공을 후대까지 이어지게 만드는 것이다. 내 바람은 오직 그것뿐이다."

커다란 덩치에 어울리지 않게 굵은 눈물을 뚝뚝 흘리는 올리비에의 모습에서 쟌은 얼마 전 목숨을 잃은 엘튼의 모습을 잠시 엿볼 수 있었다.

"넓은 세상에 의지할 수 있는 사람은 너희 둘뿐이라는 것을 잊지 말도록 해라. 조나단은 올리비에를 친동생처럼 돌봐주도록 하고, 올리비에는 조나단을 네 친형처럼 믿고 따르도록 해라. 그리고 이걸 받도록 해라."

쟌은 허리에 차고 있던 목검을 뽑아 조나단에게 내밀었고, 올리비에에게는 왼쪽 손목에 차고 있던 유성추를 풀러 주었다.

"원래 우리 사문에서는 무기를 사용하지 않지만 그냥 내가 너희들에게 주는 선물이라고 생각하고 그냥 받아주었으면 고맙겠다."

평소 독종이라고 불렸던 조나단의 눈에도 습막(濕膜)이 어렸다.

"마스터, 묻고 싶은 것이 있습니다."

"뭐냐?"

"마스터께서 가시려는 곳에서는 스승과 같은 존재에게 어떻게 감사하고 고마운 마음을 표현합니까?"

조나단의 물음에 쟌은 그에게 절하는 법을 가르쳐 주었다.

상당히 어설픈 자세로 절을 한 조나단은 고개를 들었다. 그런 그의 뺨은 이미 눈물로 흠뻑 젖어 있었다.

"한낱 불량배로 지내다 누군가의 칼에 목숨을 잃을지도 몰랐던 불쌍한 놈에게 새로운 세계를 보여주셔서 진정으로 감사드립니다. 만약 제가 죽어서라도 마스터의 은혜에 보답할 수 있는 길이 있다면 반드시 보은하도록 하겠습니다. 감사했습니다, 마스터 가이야."

"이미 갚을 수 없는 은혜를 마스터께 받은 놈이 무슨 말씀을 더 드릴 수 있겠습니까? 하지만 조금 전 마스터께서 말씀하신 것만은 제가 설사 목숨을 잃는 한이 있어도 반드시 따르겠습니다. 그래서 마스터께서 마스터 중에 마스터라는 것을 세상에 꼭 증명하겠습니다."

올리비에의 얼굴도 눈물로 범벅이 되긴 마찬가지였다.

그런 두 사람의 모습을 보는 쟌의 얼굴에도 착잡함 심정이 그대로 드러나 있었다.

문득 회자정리(會者定離)란 단어가 생각났다.

"전쟁이 끝나고 카타리나 왕자비를 만나면 꼭 행복하게 살라고 전해다오. 그녀는 행복할 자격을 가진 여인이니까. 그리고 폴렌 시에 사는 벨파스님께도 안부를 전해주고, 마담 호레즈에게도 받은 은혜도 다 못 갚고 가서 미안해하더라고 전해다오. 내 부탁은 이것이 마지막이다. 너희들도 부디 건강하기를 바란다."

말을 마친 쟌은 갑자기 벌떡 일어서 조금의 미련도 없다는 듯 그 자리를 떠났다. 그 기세가 얼마나 매몰찼던지 곁에 있던 셀도 깜짝 놀랄 정도였다.

"두 분께서는 쟌과 오랜 시간을 보내셨으니까 방금 전의 행동이 그의 진심이 아니라는 것을 잘 아실 거예요. 지금 보는 것이 마지막이 될지도 모르겠군요. 그동안 고마웠어요. 쟌의 말처럼 부디 건강하시길 기원하겠어요. 그럼."

말을 마친 셀은 황급히 쟌의 뒤를 따라갔다.

그 모습을 후일 샤도우 킬러라 불리게 되는 조나단이나 아이언 피스트라고 불리게 될 올리비에는 눈물이 가득 고인 눈으로 하염없이 뒤쫓고 있었다.

*　　　　　*　　　　　*

　아쉬드는 기진맥진한 채 걸음을 옮기는 동생들의 모습을 봤음에도
불구하고 그들을 도와줄 생각도, 또 그들에게 '힘내라' 는 말 한마디도
건네지 않았다.

　왕자가 되어 언제 이렇게 먼 거리를 걸어봤겠는가?

　아쉬드는 자신의 발이 물집이 잡히고 터지고 하기를 몇 번이나 반복
했는지 이제는 기억도 나지 않는다. 하지만 지금껏 꼿꼿한 자세를 유
지하고 있는 것은 금방이라도 쓰러질 듯 걸음을 옮기고 있는 용병들과
같은 모습을 보이긴 싫다는 단순한 오기 때문이었다. 스스로는 그것을
왕자로서의 자존심이라고 생각했지만 이유야 어떻게 되었든 그의 정신
은 무너지려는 육체를 겨우 붙잡고 있었다.

　작은 충격이라도 받아 그 자리에 주저앉게 된다면 도저히 일어설 수
없다는 사실을 아는지 모르는지 그저 무의식 중에 발걸음을 옮기고 있
었다.

　곁에서 같이 걸음을 옮기고 있던 카멜이 그에게 위로의 말을 건넸
다.

　"전하, 이제 조금만 더 가면 쉴 수 있는 곳이 나옵니다. 먼저 출발한
용병들이 땔감을 구해오면 몸도 녹이고, 식사도 하실 수 있을 테니 조
금만 더 힘내십시오."

　카멜의 말에 대답할 힘도 없는 것인지 아쉬드는 고개조차 돌리지 않

았다.

휘이잉~

북쪽에서 불어오는 삭풍은 황무지의 흙먼지를 한껏 머금고는 힘겹게 발걸음을 옮기고 있던 용병들을 향해 세차게 내뿜었다. 추위는 둘째 치고 워낙 세차게 불어오는 바람 탓에 용병들은 중심을 잡기도 힘들 정도였다.

그 자리에 웅크리고 주저앉은 용병들은 불어오던 바람이 멈춰지기만을 기다렸다. 한참의 시간이 지나고 바람이 약해지자 주저앉았던 용병들은 다시 힘겹게 일어나 비틀거리는 다리로 걸음을 옮기기 시작했다. 그 모습이 마치 유령들이 어슬렁거리는 것처럼 보였다.

이미 대열을 유지하려는 용병도 없었고, 또 그걸 지적하는 사람 또한 없었다. 몇만 명의 사람이 축 늘어진 상태로 걷는 모습은 한마디로 연민의 정을 느끼게 만들기에 충분했다.

얼마나 그렇게 걸었을까?

무심코 발걸음을 옮기던 아서드는 뭔가 모를 이상한 기분이 들었다. 고개를 들고 전방을 바라보니 조금 전까지만 해도 축 늘어져 발을 질질 끌며 걸음을 옮기던 용병들이 미친 것처럼 함성을 지르며 앞으로 달려나가고 있었다.

다시 용병들 앞쪽을 쳐다보자 이제까지와는 달리 지평선의 색이 푸른색이라는 것을 깨달았다.

"숲인가?"

"전하, 드디어 붉은 숲에 도착했습니다! 이제 조금만 더 가시면 원하는 만큼 쉬실 수 있을 것이옵니다."

"드디어 도착한 것인가?"

원래 목표로 했던 자신들의 성까지는 아직 절반에도 이르지 못했지만 아쉬드는 아무래도 좋았다. 순간적으로 이 삭풍을 피하고 따뜻한 식사를 한 후 따스한 곳에서 쉴 수만 있다면 후계자 자리라도 기꺼이 포기할 수 있을 것 같은 생각이 들었다.

무거운 다리를 질질 끌며 걸음을 옮기던 아쉬드는 눈에 보이는 붉은 숲까지의 거리가 눈으로 보던 것과는 달리 상당한 거리가 떨어져 있다는 것을 깨닫고는 힘이 빠지기도 했지만 그래도 자신의 눈으로 숲의 존재를 확인했기에 억지로 힘을 냈다.

그렇게 다시 두 시간이 지나자 아쉬드는 마침내 붉은 숲이라 명명된 숲의 입구에 도착할 수 있었다.

숲에서 풍기는 생기에 아쉬드는 몸에 쌓였던 피로가 말끔히 날아가는 것 같은 느낌이 들었다. 수고했다는 말을 하려고 카멜 쪽으로 고개를 돌리던 아쉬드는 뭔가 잘못되었다는 것을 직감적으로 깨달을 수 있었다.

무표정했던 카멜의 얼굴이 딱딱하게 굳어져 있었다.

물론 카멜을 처음 대하는 사람이라면 그 변화를 전혀 눈치채지 못했겠지만 아쉬드는 이미 그와 2년 가까이 함께 생활을 했기에 그 변화를 쉽게 알아볼 수 있었다.

"무슨 일이오, 제이슨 단장."

"당했습니다, 전하."

"당하다니? 그게 무슨 소리요?"

"전하께서는 저 소리가 들리지도 않으십니까?"

카멜의 말에 영문을 몰라 하던 아쉬드의 귀에 희미하게 무기끼리 부딪칠 때 발생하는 금속음이 들려왔다.

"설마?"

"이미 이 숲에서는 적들이 매복한 채 우리를 기다리고 있었던 모양입니다."

설명을 하는 카멜의 음성은 허탈하기 이를 데 없었다.

차라리 대규모 전투를 한 번이라도 벌이고 저들에게 패한 것이라면 이렇게 허탈하고 억울한 생각까지는 들지 않았을 것이다. 돌의 성으로 오는 것부터 시작해 이곳 붉은 숲에 도착하기까지 자신들은 철저히 상대의 손아귀에서 놀아난 셈이니 카멜이 허탈해하는 것도 무리는 아니었다. 제대로 싸울 체력조차 남아 있지 않은 지금 상황에서 적과 만났다는 것은 패배를 의미한다는 것을 누구보다 카멜은 잘 알고 있었다.

저들의 함정에 빠져 조금씩 타격을 입기 시작해 지금에 와서는 돌이킬 수 없을 지경까지 이른 것이었다. 지금 카멜의 뇌리를 지배하는 것은 과연 자신들을 이 지경에까지 몰아넣은 사람이 누구인가 하는 생각뿐이었다.

상대의 의도대로 움직여 지금의 상황에 이르렀다는 것을 깨닫는 순간 아쉬드는 다리가 풀려 도저히 서 있을 수 없었다.

"단장님, 전하! 어서 피하십시오. 적들이 밀려옵니다!"

누군가 자신을 부르는 소리에 망연자실한 표정을 한 채 상대를 확인하니 전신에 피를 뒤집어 쓴 루미넨이 숲으로부터 달려오는 모습이 보였다.

두 사람 곁에 도착한 루미넨은 들고 있던 롱 소드로 지면을 짚고는 가쁜 숨을 몰아쉬었다.

"전하, 곧 적들이 밀려올 겁니다. 어서 몸을 피하셔야 합니다. 어서……."

"어디로 피한단 말인가?"

맥없는 아쉬드의 반응에 루미넨의 전신은 얼어붙은 듯 순식간에 굳어졌다.

"전하의 그 말씀은……?"

"말 그대로라네. 이렇게 지친 몸으로 어디로 피한단 말인가? 그리고…… 이제는 이만 쉬고 싶네. 빌어먹을 헤르난 녀석, 그렇게 황제의 자리가 탐난다면 다 가지라고 해. 젠장, 젠장할!"

그대로 지면에 누워버린 아쉬드는 팔을 들어 눈 주위를 가렸다. 적어도 자신이 황제의 자리를 계승할 후계자 중 하나라는 사실을 깨달으면서부터 단 한 번도 흘러보지 않았던 눈물이었다.

이 순간 느끼는 이 기분을 대체 뭐라고 불러야 좋을까?

후회? 회한? 개운함? 허탈감? 복잡했던 머리 속이 일시에 정화되는 느낌? 좀 더 치밀하지 못했던 자신에 대한 아쉬움? 그것도 아니라면 시원함?

감정의 편린들이 소용돌이를 치다가 일시에 사라지자 아쉬드는 갑자기 차분해지는 자신을 느꼈다. 뺨을 적시고 있는 눈물을 닦을 생각도 하지 않은 채 천천히 몸을 일으킨 아쉬드는 숲에서 헤르난이 나오기를 기다렸다.

얼마 시간이 지나지 않아 헤르난을 비롯한 다른 왕자들, 용병단장인 로고스 크리스토퍼와 두 명의 부단장, 또 오웬을 비롯한 파렉스 스웰턴 공작과 룰렌 가리언 공작, 그리고 수많은 용병들이 숲에서 걸어나왔다.

짝짝짝!

뜻밖에도 아쉬드가 박수를 치며 헤르난을 맞이한 것이었다.

그런 아쉬드의 모습에 그의 동생들은 순간 그가 미친 것이 아닌가 하는 생각을 했다.

"너의 승리를 축하한다, 헤르난."

"고마워, 아쉬드 형."

축하 인사를 전하는 아쉬드와 답례를 하는 헤르난의 얼굴엔 거의 동시에 적의라고는 찾아볼 수 없는 부드러운 미소가 지어졌다.

그제야 아쉬드의 행동이 진심이란 것을 깨달은 유리를 비롯한 왕자들은 지금까지와는 조금 다른 눈으로 아쉬드를 쳐다봤다. 그리고 다른 사람들은 그 광경을 그저 묵묵히 바라볼 뿐이었다.

"너에게 묻고 싶은 것이 있다."

"뭐든 물어봐."

"네가 주네티 녀석의 성을 함락시키고 너의 성으로 복귀할 때 내가 데리고 있던 용병들이 네 뒤를 미행하고 있다는 것을 알고 있었니?"

"응."

"역시 그랬군. 그럼 넌 그때 우리를 상대할 모든 준비가 끝난 상태였니?"

"물론이야. 승계 전쟁이 시작되면서 어떻게 하면 형의 기세를 꺾을 수 있을까 그것만을 연구하고 또 연구했어. 동생들의 도움이 컸어."

헤르난의 말에 아쉬드는 차례로 동생들의 얼굴을 쳐다봤다.

유리, 부케인, 루이스, 필립.

하나같이 다른 왕자들에 비해 능력이 떨어진다고 알려졌던 이들이 힘을 합쳐 자신을 꺾은 것이었다.

짝짝짝!

"너희들의 노력에 경의를 표하는 바이다. 그럼 마지막으로 묻겠다. 이 모든 계획을 너희들의 힘과 능력만으로 세운 것이냐?"

"그렇진 않아. 나도 그 사람을 만나기 전까지만 하더라도 형이나 다른 동생들처럼 왕자로서 권리를 누릴 줄만 알았었지. 그런데 그를 만난 후 그가 나에게 왕자로서의 권리만 누릴 것이 아니라 그에 따르는 책임과 의무를 다하라는 말을 했는데, 솔직히 그 말이 내게는 너무나 큰 충격이었어. 아마 내가 변하기 시작한 것은 그때부터였던 것 같아."

헤르난의 설명에 아쉬드는 만약 누군가가 자신에게 책임과 의무 운운했으면 어떻게 그를 대했을까 생각해 보았지만 대답은 뻔했다.

지금의 그라면 한 번 정도 상대가 왜 그런 말을 한 것일까 생각을 해 보았겠지만 당시 같았으면 당장 죽여 버리라고 난리를 쳤을 것이다.

역시 자신에게는 운이 따르질 않는 것 같았다.

헤르난의 몇 배에 달하는 전력을 가지고도 그의 꽁무니만 따라다니기 바빴고, 그의 본거지를 찾았다고 느꼈을 땐 이미 상대가 파놓은 함정에 스스로 들어가 패배를 당하고만 것이었다. 물론 단순히 운이라고 치부하기에는 무리가 따르지만, 어쨌든 상대는 부단한 노력을 했고 자신은 방심한 결과가 바로 지금이라는 것에는 이견이 없었다.

"그 사람이 누군지 알려줄 수 있겠니?"

"형도 아는 사람이야. 쟌 가이야라고……."

말을 하면서 고개를 돌린 헤르난의 얼굴 표정이 이상하게 변했다. 당연히 자신 뒤에 서 있어야 할 쟌과 셸의 모습이 안 보였던 것이다. 주위를 두리번거렸지만 역시나 두 사람의 모습은 보이지 않았다.

"가이야 부단장과 마담 가이야는 어디 있지? 누가 본 사람 없어?"

"못 봤는데?"

"조금 전까지 여기 있었던 것 같은데 언제 사라졌지?"

'사라졌다'란 말을 듣는 순간 헤르난은 두 사람이 이미 이곳에서 모습을 감추었을 것이란 생각이 들었다. 그런 헤르난의 눈에 자신에게 다가오는 조나단과 올리비에의 모습이 보였다.

"자네들의 마스터는 떠났는가?"

"그렇습니다, 전하. 그동안 많은 도움을 주셔서 감사드린다는 말을 꼭 전해달라는 마스터의 말씀이 계셨습니다."

"허어~ 기가 막히는군. 허허허."

헤르난은 기가 막힌 듯 나이에 걸맞지 않은 웃음을 흘리고 있었다. 다른 왕자들 역시 쟌과 셸이 사라졌다는 사실을 깨닫고는 아무런 말도 할 수 없었다.

쟌에 대한 생각은 눈 깜짝할 사이에 주위로 퍼져 근처에 모여 있던 사람들은 쟌과의 인연을 떠올리며 생각 속에 빠져들었다.

＊　　　　＊　　　　＊

두두두~

"호호호, 역시 이번에도 도망치듯 그곳을 떠나게 되네요."

달리는 말발굽 소리 사이로 낭랑한 여인의 웃음소리가 들렸다. 상황이 종결된 것을 확인하자마자 헤르난 진영을 떠나온 쟌과 셀, 그리고 스피얼이었다.

"도망치긴 누가 도망을 쳤다고 그래. 그냥 어색해서… 맞아! 어색해서 피하는 것뿐이라니까."

"누가 뭐라고 했어요? 호호호."

즐거운 듯 대화를 나누고 있는 두 남녀를 지켜보던 스피얼은 도무지 쟌의 행동을 이해할 수 없었고, 아무렇지 않은 듯 그의 행동에 동조하는 셀의 태도 역시 이해할 수 없었다.

아쉬드가 헤르난을 향해 박수를 쳤을 때 쟌은 셀과 함께 그 자리를 떠났다.

스피얼이 아는 인간이란 존재는 탐욕덩어리라고 해도 과언이 아닐 정도로 하등한 생명체였다. 남을 위한 봉사와 희생이란 단어는 고귀한 엘프들에게나 해당되는 말이지 절대 인간에게는 사용할 수 없는 단어라 생각했었다.

그런데 마침내 그의 눈앞에 이상한 인간 하나가 나타난 것이다. 건방지고, 짜증나고, 상대의 기분을 순식간에 엉망으로 만드는 인간이 모든 일을 주도적으로 진행시켰고 성공적으로 완수를 했음에도 불구하고 왜 아무것도 요구하지 않은 채 이렇게 도망치듯 그곳을 떠난 것인지 도무지 이해가 되지 않았다.

"지도에 대한 해석은 모두 끝났어?"

"그래요. 우리 마을이 있는 산맥에서 그리 떨어지지 않은 동굴에 제로가 남긴 물건이 있어요. 찾는 것은 그리 어려운 일이 아니지만……."

말꼬리를 흐리며 표정이 어두워지는 셸의 모습을 발견한 쟌이 그녀의 어깨를 툭 쳤다.

"이봐, 셸. 불가능할 것 같은 제로의 지도도 모두 찾았잖아. 셸이 말한 그곳에 마을을 구할 수 있는 무슨 방법이 있을 거야. 그러니까 걱정하지 마. 그 예쁜 얼굴에 주름이라도 진다면 내 마음이 얼마나 슬프겠어? 그러니 힘내."

"알았어요, 쟌."

닭살스러운 두 사람의 대화나 행동에 스피얼은 난생처음 뭔가가 피부 밑에서 오돌토돌하게 솟구쳐 오는 기이한 느낌을 받았다.

세 사람이 전력으로 말을 달린 지 열흘이 지났을 때, 그들은 셸의 마을이 있다는 산맥에 도착할 수 있었다.

과거 셸이 말한 대로 산기슭부터 나타나는 몬스터들의 수는 많아도 너무 많았다.

오크나 고블린 같은 것은 너무 많아 셀 수도 없을 지경이었고, 오거와 트롤의 모습도 심심치 않게 보였다. 라이칸스롭이나 외눈박이 자이언트의 모습도 보였고, 레이미아나 그리핀의 모습도 보였다.

쟌은 태어나 이렇게 많은 몬스터는 처음 보았다. 정말 기가 질릴 정도로 엄청난 수였다.

산맥으로 들어서기 전 몬스터와 싸울 무기를 구입했을 때만 하더라도 몬스터 정도는 쉽게 처리할 수 있을 줄 알았다. 하지만 그 어마어마한 숫자가 자신을 향해 달려들었을 때 쟌은 솔직히 말해 도망치고 싶었다.

핸드보우의 화살은 떨어진 지 이미 오래였고, 천 개 가까이 가지고 있던 유엽비도 역시 겨우 2백 개밖에 남지 않았다. 또 준비해 온 롱소드 역시 이가 빠질 정도였으니 얼마나 치열하게 싸웠는지 알 만했다.

몬스터들과 싸우면서 동굴을 찾은 것이 아니라 몬스터들과 싸우다 몬스터에게 밀려서 우연히 피신한 곳이 목표로 했던 동굴이었다.

만약 몬스터들이 동굴밖에 으르렁거리지 않고 동굴 안까지 추격을 해왔다면 쟌 일행으로서도 목숨이 위험할 수도 있는 순간이었다. 이미 퇴로는 봉쇄당한 셈이니 어떻게든 앞으로 나갈 수밖에 없는 상황이었다.

잠시 휴식을 취하면서 체력을 회복한 세 사람은 동굴 안으로 향했다. 높이만 해도 10여 미터에 이르는 거대한 동굴은 끝없이 이어졌고, 일정 거리마다 수많은 동굴로 분기하고 있었다.

만약 셀이 지도를 제대로 해석하지 못했다면 평생 길을 찾기 위해 헤매고 다녔을 것이란 생각이 들 만큼 동굴 안은 복잡하기 이를 데 없었다.

마침내 목표로 했던 곳에 도착한 일행은 자신들 앞에 펼쳐진 광경에 할 말을 잃었다.

천장까지의 높이는 20여 미터쯤 되어 보였고, 동굴 안은 거의 수십 미터에 이를 정도로 넓어 보였다. 하지만 그들이 놀란 것은 단순히 동굴의 규모가 컸기 때문이 아니었다.

동굴의 중앙에는 거대한 마법진이 있었고, 그 마법진 중앙에 믿을 수 없을 만큼 거대한 수정 기둥이 우뚝 서 있었다. 그리고 그 수정 기둥 안에는 거의 투명한 형태를 가진 무엇인가가 잠들어 있었다.

그 정체 불명의 생명체를 발견한 쟌은 어이없다는 표정을 지었다.

"뭐야? 뭐가 이렇게 커? 어라? 이제 보니 날개까지 달렸네. 제길, 뭔 놈의 도마뱀이 이렇게 생긴 거야?"

"저어~ 쟌, 잠시만 조용히 해주세요."

"왜 그러는 거야, 셀."

"저분은……."

"저분?"

반문은 하던 쟌은 그제야 셀과 스피얼의 얼굴이 하얗게 변한 것을 발견하고는 고개를 갸웃거렸다.

"저분은 애블렌시아라는 분이세요. 그린 드래곤이시죠."

"그린 드래곤?"

그제야 잠들어 있는 정체 불명의 생명체가 은은하게 푸른색을 띠고 있는 것을 발견할 수 있었다.

"그런데 드래곤들은 원래 저렇게 투명한 몸을 가지고 있는 거야?"

"아니에요. 그렇지 않아요. 원래 드래곤은……."

'누구냐?'

갑자기 머리 속에서 들린 사념(思念) 때문에 세 명은 깜짝 놀라 수정 기둥을 쳐다봤다.

언제 일어난 것일까?

수정 기둥 안에 있던 애블렌시아의 영체(靈體)가 자신들을 바라보고 있는 것을 확인할 수 있었다.

"하이 엘프 스피얼 게레네프가 위대하신 애블렌시아님께 인사드립니다."

"하프 엘프 셀레니온느 주벨이 위대하신 애블렌시아님께 인사드립니다."

하지만 쟌은 그저 멀뚱하게 눈을 뜨고 그 광경을 지켜보고 있을 뿐이었다. 셀이 은밀하게 손짓을 했지만 그 손짓을 보지 못했는지 쟌은 여전히 뻣뻣하게 서 있었다.

눈싸움을 하듯 서로를 노려보는 쟌과 애블렌시아.

잠시 후 애블렌시아가 먼저 입을 열었다.

'이곳에는 무슨 일로 온 것이냐?'

"애블렌시아님, 저희 마을을 구해주십시오."

스피얼의 말에 애블렌시아가 고개를 갸웃거렸다. 그 모습에 스피얼은 자신의 마을에서 일어난 사건에 대해서 자세하게 설명했다. 중간에 제로라는 이름을 듣자 애블렌시아의 영체가 격렬하게 흔들린 것이 조금 의외였을 뿐 스피얼의 설명은 곧 끝이 났다.

주변을 두리번거리던 애블렌시아는 곧 누군가를 불렀다.

'카르제네스.'

얼마 지나지 않아 파란색 머리를 길게 늘어뜨린 젊은 청년 하나가 홀연히 동굴에 모습을 드러냈다. 잠시 의아한 표정으로 주위를 둘러보던 청년은 수정 기둥 안에 있는 애블렌시아의 모습을 발견하고는 깜짝 놀란 표정을 짓더니 곧 정중하게 인사를 했다.

"블루 족의 카르제네스가 그린 족의 원로이신 애블렌시아님을 뵙습니다. 그런데 그 모습은 어떻게 되신 겁니까?"

'후후후, 인간의 간특한 꾀에 어리석게도 내가 속아 이런 꼴이 된 것이라네.'

"저희는 이미 천계로 올라가신 줄 알고 있었습니다만……."

'그렇지 않아도 육신을 소멸시키고 막 천계로 가려는 순간 인간에게 당했다네.'

"대체 그 건방진 인간이 누굽니까?"

'제로라는 이름을 가진 인간이네. 하지만 내가 남은 힘을 모아 브레스로 그 녀석을 녹여 버렸으니 원한이야 갚았지만 남은 것이 있다네.'

"그것이 무엇입니까?"

'자네의 레어를 키이네엘 산맥으로 옮겼나?'

"그렇습니다만……."

'자네 레어 근처에 엘프 마을이 있다는 것을 아나?'

"그리 크지 않은 마을이 하나 있습니다."

'미안하지만 그 마을의 엘프들을 그냥 그곳에 살게 해줄 수는 없겠나?'

"그 정도는 그리 어려운 일이 아닙니다. 애블렌시아님의 말씀대로 그 엘프 마을은 그냥 두도록 하지요."

너무나 간단히 카르제네스가 승낙을 해버리자 셀과 스피얼이 느낀 허탈함을 이루 말할 수 없을 지경이었다. 그 한마디를 듣기 위해 몇 년 동안 죽을 고생을 다해 제로의 지도를 찾았다. 대체 그간의 고생은 무엇이란 말인가?

'너희들이 원하는 것이 또 있느냐?'

"이분이 살던 세계로 돌아가기를 원합니다, 애블렌시아님. 부디 그 방법을 가르쳐 주십시오."

셀의 간절한 말에 애블렌시아와 카르제네스는 눈을 크게 뜨고 쟌을 쳐다보았다.

'네가 이곳에 나타날 당시의 일을 설명해 봐라.'

쟌은 애블렌시아의 말투가 마음에 들지 않기는 했지만 현재 기대를 할 수 있는 존재가 그밖에 없기에 최대한 자세하게 설명을 해주었다.

이야기를 다 들은 두 드래곤은 자신들끼리 대화를 나누었는데 무슨 말이 오고 갔는지 도무지 알아들을 수 없었다.

'우리끼리 상의해 본 결과 무슨 이유인지는 모르지만 네 녀석은 차원의 벽을 통해 이 세계로 온 것 같다. 다시 말해, 정확한 지점만 기억할 수 있다면 네가 살던 세계로 돌아가는 것도 불가능하지만은 않다는 것이다. 카르제네스, 자네가 살펴주겠나? 보다시피 난 육체가 소멸해 버려서 말이야.'

"예, 잠시만 기다려 주십시오. 체이스 리멤버런스!"

쟌의 머리를 잡은 카르제네스의 손에서 빛이 번쩍 하더니 카르제네스는 곧 손을 내렸다.

"위치를 파악했습니다."

'그곳에 디멘션 게이트를 열어주겠나?'

"알겠습니다, 애블렌시아님."

신중한 태도로 룬어를 중얼거리던 카르제네스는 곧 시동어를 외쳤다.

"오픈 디멘션 게이트!"

순간 동굴의 한쪽 벽에 공간이 왜곡되더니 검은색의 틈이 생겨났다. 마치 살아 있는 생명체처럼 꿈틀거리는 검은색 공간의 모습은 별로 유쾌한 광경이 아니었다.

'아이야, 네가 가지고 있는 제로란 녀석이 남긴 지도를 꺼내거라.'

애블렌시아의 말에 자신도 모르게 품 안에서 지도를 꺼냈던 셸은 갑자기 지도가 생명을 지닌 듯 스스로 애블렌시아를 담고 있던 수정 기둥으로 날아가 곳곳에 달라붙는 광경에 깜짝 놀랐다.

뜻하지 않은 광경에 모든 이의 시선은 자연스럽게 수정 기둥으로 향했고, 그 순간 눈이 멀 것 같은 섬광이 터져 나왔다.

그 광경을 지켜보던 이들이 자신도 모르게 고개를 돌렸을 때 엄청나게 커다란 웃음소리가 들렸다.

"하하하, 드디어 자유를 얻었다! 카르제네스, 자네의 도움은 천계에 가서라도 잊지 않겠네. 고맙네, 카르제네스!"

"부디 즐거운 삶이 당신을 기다리기를……."

잠시 후 동굴 안은 원래대로 돌아왔다. 하지만 애블렌시아를 감싸고 있던 수정 기둥은 완전히 박살이 난 상태였다.

"즉시 이곳을 떠나라, 이곳은 너의 세계가 아니다."

카르제네스의 말에 쟌의 눈썹이 꿈틀거리긴 했지만 이내 자신의 세계로 돌아갈 수 있다는 것 때문에 저절로 미소가 지어졌다.

"셸, 드디어 내가 살던 세계로 돌아갈 수 있게 됐어. 다시 한 번 신중하게 생각하길 바라. 정말 나와 함께 갈 거야?"

"몇 번을 물어봐도 내 생각은 변함이 없어요. 난 당신과 영원히 함께할 거예요."

"고마워, 셸."

셸의 손을 잡은 쟌은 디멘션 게이트 앞에 서서 카르제네스에게 감사의 인사를 했다.

"덕분에 제가 살던 세계로 돌아가게 되었습니다. 진심으로 감사드립니다. 그럼 저희들은 이만……."

인사를 마친 쟌은 누가 뭐라 할 사이도 없이 셀과 함께 사라졌다. 그 모습을 지켜보던 스피얼은 쟌의 돌연한 행동에 어이가 없었다.

"흐흐흐, 너의 세계라……. 과연 그럴 수 있을까?"

카르제네스의 입가에는 의미를 알 수 없는 미소가 걸려 있었다.

〈1부 끝〉

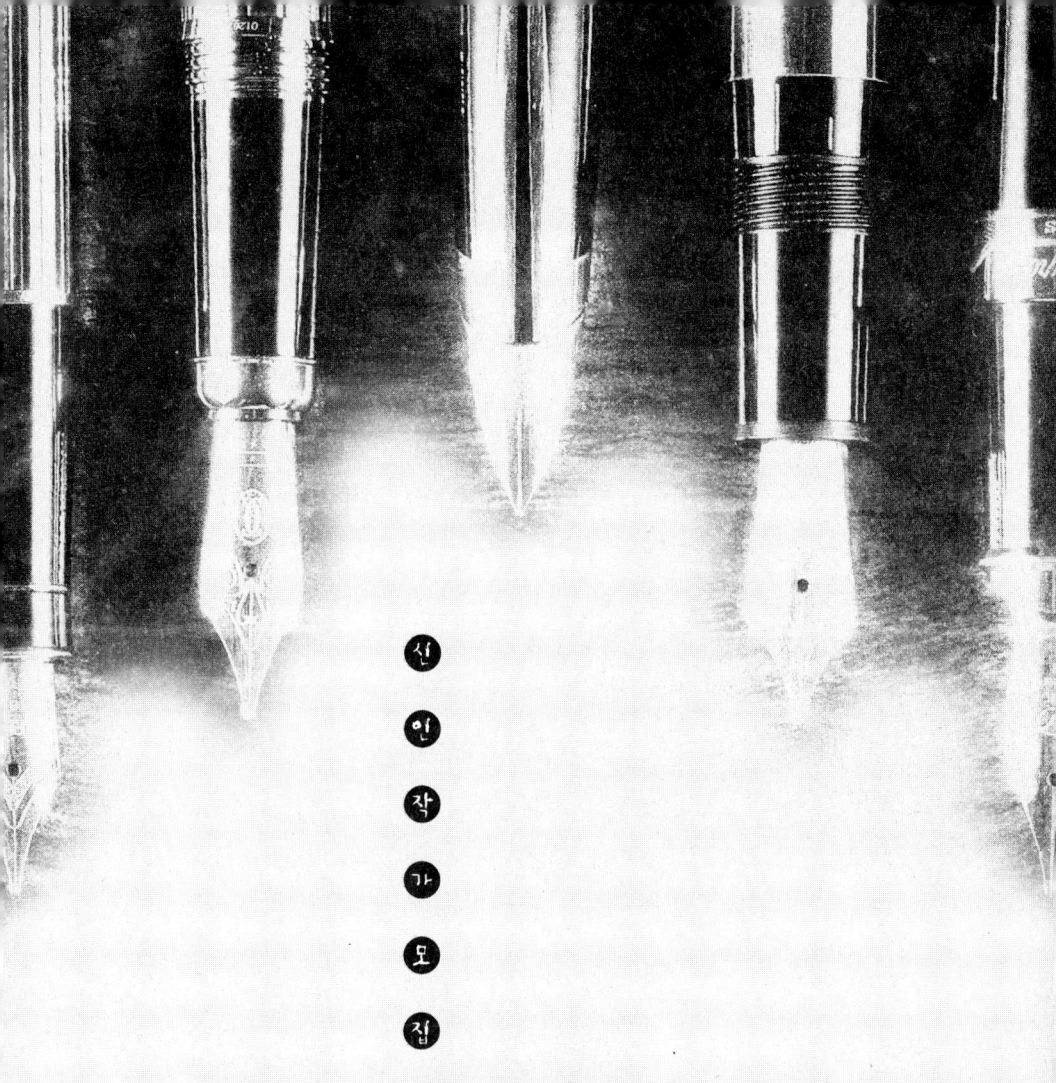

신
인
작
가
모
집

시작이 반이라고 했습니다.
작가의 길에 대한 보이지 않는 벽을 과감히 깨뜨리십시오!
청어람은 작가 지망생 여러분들의
멋진 방향타가 되어드리겠습니다.

저희 도서출판 청어람에서는
소설 신인 작가분들을 모집합니다.
판타지와 무협을 사랑하시는 분들의 많은 참여를 바랍니다.
소정의 원고(A4용지 150매)를 메일이나 우편으로 보내주시면
검토 후 출판 여부를 알려드리겠습니다.

주소:경기도 부천시 원미구 심곡1동 350-1 남성B/D 3F 우편번호420-011
TEL:032-656-4452 · **FAX**:032-656-4453
http://**www.chungeoram.com**
e-mail:chungeoram@chungeoram.com